Andrea Schacht
Auf Tigers Spuren

ANDREA SCHACHT lebt als freie Schriftstellerin in der Nähe von Bad Godesberg. Sie hat etliche Bücher veröffentlicht, in denen Katzen eine Hauptrolle spielen, und machte in den letzten Jahren auch durch ihre historischen Romane von sich reden.

Bei Rütten & Loening liegen von ihr vor: »Die himmlische Weihnachtskatze«, »Die Katze und der Weihnachtsengel«, »Das doppelte Weihnachtskätzchen«, »Die Katze mit den goldenen Augen« sowie »Weihnachten mit Plüsch und Plunder«. Im Aufbau Taschenbuch veröffentlichte sie »Die Katze, die im Christbaum saß«, »Fünf Katzen unterm Weihnachtbaum«, »Katzenweihnacht«, »Tigers Wanderung«, »Der Tag mit Tiger« sowie eine Geschichte in der Anthologie »Möhren zum Fest«.

Nina, eine weiße Faltohrkatze, fühlt sich bei Anne wohl. Sie ahnt nicht, welche Verwicklungen sie auslöst, als sie eine winzige Katze im Gebüsch findet und mit zu ihrer Menschenfrau nimmt. Der Kater Junior legt sich bald mit der halben Nachbarschaft an, doch er hat auch ganz besondere Qualitäten – unter anderem vermag er es, Menschen und Katzen einander auf besondere Weise näherzubringen.

Andrea Schacht

Auf Tigers Spuren

Roman

aufbau taschenbuch

ISBN 978-3-7466-2451-8

Aufbau Taschenbuch ist eine Marke der Aufbau Verlag GmbH & Co. KG

3. Auflage 2010
©Aufbau Verlag GmbH & Co. KG, Berlin 2009
Umschlaggestaltung Mediabureau Di Stefano unter Verwendung
einer Illustration von Frances Broomfield/Port Gallery, London/
The Bridgeman Art Library
Druck und Binden CPI – Clausen & Bosse, Leck
Printed in Germany

www.aufbau-verlag.de

Vorwort
Hierarchien im Katzenleben

Da ich das ungeheure Glück habe, mit sehr weisen Katzen zusammenzuleben, bin ich zu einigen Erkenntnissen gekommen, die sicher nicht jedem Menschen vertraut sind.

Ich habe die Erlaubnis, dieses wertvolle Wissen an Sie weiterzugeben, um Ihr Verständnis für unsere geheimnisvollen Freunde zu vertiefen.

Erwachende Wesen

Die Katzen, die noch neu im Kreis der Leben sind, werden zu den Erwachenden Wesen gezählt. Sie erinnern sich nicht oder nur schemenhaft an die Zwischenzeiten auf den Goldenen Steppen. Meist sind sie sehr agile, muntere Katzen, erdnah und am jeweiligen Leben hängend. Sie werden von den höheren Katzen dennoch geachtet, weil sie sehr tatkräftig und pragmatisch sind.

Die höheren Katzen sind bereit, den Erwachenden Wesen an der Schwelle der Erkenntnis weiterzuhelfen. Sie vermitteln ihnen die Anfangsgründe des Gedankenfluges und nehmen sie in Träumen mit auf die Goldenen Steppen. Erwachende Wesen können Menschen sehr lieben, aber diese Liebe bleibt irdisch. Menschen sind zum größten Teil auf der Stufe zum Erwachenden Wesen, wenige auf der Schwelle zum Glücklichen Wesen.

Glückliche Wesen

Die Glücklichen Wesen erinnern sich zumindest an ein Vorleben. Im weiter fortgeschrittenen Stadium erinnern sie sich an die Goldenen Steppen und beherrschen den Gedankenaustausch mit Gleichgestellten und Höheren. Sie sind noch immer sehr erdverbunden, haben aber eine schärfere Wahrnehmung der Schwingungen und Strömungen zwischen den anderen Lebewesen und reagieren daher auch anders. Ihr Verhältnis zu Menschen ist diffiziler, weniger unvoreingenommen als bei den Erwachenden Wesen. Nicht ausschließlich Futter zählt. Sie sind von sich aus auch fürsorglich und kümmern sich um den Menschen, den sie lieben.

Wanderkatzen
Wanderkatzen erinnern sich an viele Leben und an alle Formen der Goldenen Steppen. Sie beherrschen die Fähigkeit, im Traum dorthin zu reisen und Kontakt mit den dort existierenden Wesen aufzunehmen.

Im fortgeschrittenen Stadium bestimmen sie den Zeitpunkt ihrer irdischen Wiedergeburt, nicht jedoch die Form. Im irdischen Leben sind sie oft Führer einer Gemeinschaft. Sie beherrschen den Gedankenflug und die Reise und kümmern sich um die Erwachenden und Glücklichen Wesen. Sie sind zwar noch erdnah, führen aber ein Leben der Beschaulichkeit und versuchen, Probleme und Konflikte auf spirituelle Art zu lösen.

Sie übernehmen bewusst die Verantwortung für einen Menschen, haben ein sehr enges Verhältnis zu ihm und können den sensibleren Vertretern Träume von den Goldenen Steppen vermitteln. An der Schwelle zur Traumkatze können sie bei großer Zuneigung ihren Menschen und unter besonderen Umständen (unter Schock, in Hypnose, vor dem Tod) für kurze Zeit ein kätzisches Dasein vermitteln.

Traumkatzen
Bislang als die höchste Stufe der Hierarchie bekannt. Traumkatzen können ihr Leben bis zu den Anfängen des Seins zurückverfolgen. Sie bestimmen Zeit und Form ihrer Wiedergeburt, kennen alle Schwingungen und Strömungen belebter und unbelebter Dinge und können zukünftige Entwicklungen erkennen, sofern sie mit dem kätzischen Umfeld im Zusammenhang stehen.

Sie sind Eigenbrötler oder mächtige Herrscher. In ihrer Zuneigung zu einem Menschen können sie so weit gehen, dass sie ihn außerhalb von Zeit und Raum mit in ihre Katzenwelt mitnehmen können. Den wenigen sensiblen Menschen, die auf der Stufe der Erwachenden Wesen stehen, können sie dieses Erlebnis sogar nach dem Traum wieder bewusst machen. Solche Menschen können dadurch zu Glücklichen Wesen werden.

1. Junior tritt auf

Minka war alt geworden.

Sie war eine lebenserfahrene Katze und wusste, was auf sie zukam. Als sie merkte, dass das Ende nahte, machte sie sich langsam und bedächtig auf den Weg zu ihrem Lieblingsplatz.

Nun lag sie sterbend unter einem Busch, versteckt vor den neugierigen Augen weitgehend aller Wesen. Bei ihr war nur ihr jüngstes Kind. Die anderen beiden Kätzchen aus ihrem letzten Wurf hatten bereits vor einigen Tagen ein neues Zuhause gefunden.

Minka fühlte, wie die lähmende Ermattung sich in ihren Gliedern ausbreitete. Sie warf noch einmal einen traurigen Blick auf das grauschwarz getigerte Kätzchen mit den weißen Pfoten, das verstört an ihrem rotbraunen Bauch gedrückt saß.

Es war Herbst geworden, und die Blätter der Büsche und Sträucher glühten golden in der langsam wandernden Sonne. Sie stand an ihrer höchsten Stelle am Himmel, und ihre wärmenden Strahlen streichelten noch einmal sanft ihr Fell. Minka wähnte sich ungestört und wollte die Augen schließen, um langsam in die ferne Welt der Goldenen Steppen zu entgleiten. Doch plötzlich fiel ein Schatten auf ihr Gesicht. Träge hob sie noch einmal die Lider und erkannte verschwommen einen hellen Fleck. Er kam näher, und dann fühlte sie den vertrauten Atem einer anderen Katze an ihrer Nase.

»Minka, was ist geschehen?«

Kaum noch fähig zu antworten, flüsterte die Sterbende: »Müde, Nina.«

Die cremefarbene Katze an ihrer Seite schaute sie mitleidig an.

»Ich bleibe bei dir, Minka«, versicherte sie ihr und begann, der liegenden Rotpelzigen liebevoll die Stirn zu lecken. Deren Augen waren halb geschlossen und die Nicklider zugefallen. Stückchen für Stückchen verließ ihre kleine Seele den sterbenden Körper. Nur noch einmal raffte sie sich auf und flüsterte Nina zu: »Kümmere dich um den Kleinen, er ist etwas Besonderes. Bitte.«

»Natürlich. Ich werde ihn zu meinem Menschen mitnehmen. Sie ist nett und wird ihn schon aufnehmen.«

Dankbar schnurrte Minka, und Nina stupste ihre Nase an die ihre. Dann tat die alte Katze ihren letzten Atemzug.

Als Nina merkte, dass Minka aufgehört hatte zu atmen, drehte sie sich zu dem zitternden kleinen Fellbündel um, das zusammengerollt noch immer an derselben Stelle lag. Vorsichtig tupfte sie es mit der Pfote an, um seine Aufmerksamkeit zu erregen. Zwei grüne Augen funkelten sie an.

»Was willst du? Lass mich in Ruhe!«, fauchte der Kleine unwillig.

»Deine Mutter ist tot. Ich werde mich jetzt um dich kümmern«, antwortete ihm Nina ruhig.

»Nix, ich bleibe hier! Sie hat mich gelehrt, alleine zurechtzukommen!«

»So, du kleiner Held? Dann versuch doch mal mit deinen Milchzähnen Mäuse zu fangen«, forderte Nina ihn auf.

»Mäuse, wieso Mäuse? Es gibt doch Milch.«

»Und wer, bitte, gibt dir die?«

Der Kleine wurde unruhig. Er warf einen Blick auf die bewegungslos daliegende Minka und legte seine Pfote auf ihren Bauch. Nina wartete ab. Nach einiger Zeit drehte sich der Kleine um und sah sie traurig an. Ein leises Wimmern kam aus seiner Kehle, und schutzsuchend drückte er sich dann an Ninas Schulter. Sie leckte ihn tröstend über die Kopf und Rücken und schnurrte leise.

Es dauerte jedoch nicht lange, da hatte er seine Fassung wiedergewonnen, und sein Jammern verstummte. Er richtete seinen Kopf auf und fragte: »Okay, wohin?«

»In das Haus auf der anderen Straßenseite.«

Der grauschwarze Jungkater kam auf die Pfoten, aber da er schon lange kein Futter mehr bekommen hatte, knickte er nach ein paar unbeholfenen Schritten wieder ein. Nina, die neben ihm herschlenderte, bemerkte seinen Schwächeanfall und munterte ihn auf.

»Komm, die letzten paar Meter schaffst du schon noch. Dann gibt es bestimmt bald etwas zu futtern.«

Mühsam schleppte der Kleine sich daraufhin noch einige Schritte weiter. Über den Kiesweg des kleinen Parks schaffte er es noch, aber am Straßenrand blieb er endgültig liegen.

»Geht es nicht mehr?«, fragte Nina fürsorglich.

»Natürlich geht es noch. Aber ich will jetzt hier bleiben.«

»Sturkopf!«, schimpfte seine Begleiterin. »Da muss ich wohl zu anderen Methoden greifen.« Resolut drehte sie sich zu ihm um, biss fest, aber nicht schmerzhaft in sein Nackenfell und hob ihn hoch. Seine Versuche, sich zu wehren, fielen wegen seiner Schwäche recht dürftig aus, und so trug Nina ihren Schützling über die Straße, das Grundstück hinauf bis vor die Terrassentür von Annes Wohnung. Hier maunzte sie laut und fordernd.

2. Nachmittags bei Anne

»Ich würde ja schon gerne abnehmen. Aber ich weiß doch ganz genau, dass ich es sowieso nicht schaffe.«

Bärbels achtzig Kilo füllten den Sessel Anne gegenüber vollständig aus. Ihre Schultern hingen bei ihren Worten traurig nach unten, und sie hatte ihre Unterlippe in trotziger Resignation vorgeschoben.

Anne atmete tief ein, um nicht ungeduldig zu werden. Diese Diskussion führten sie bereits seit Tagen, und um sie gänzlich an den Rand der Geduld zu bringen, kam dann auch noch von Bärbel: »Du hast es gut, du bist so schlank, dass du nicht aufs Essen achten musst.«

Das war eine der Bemerkungen, die Anne jedes Mal, wenn sie an ihre mühsam gezähmte Fressgier dachte, maßlos ärgerte.

»Entschuldige, aber bei solchen Äußerungen beginne ich immer mit den Zähnen zu knirschen. Was meinst du wohl, warum ich so schlank bin?«

Verschreckt zuckte Bärbel zusammen und maulte weinerlich: »Na ja, dann hast du eben mehr Disziplin als ich.«

»Und was hindert dich daran, auch Disziplin zu haben?«

»Alles!«

Anne seufzte. Bärbel war die dreiundzwanzigjährige Nichte ihrer Vermieter, den Rettichs. Sie war im Spätsommer eingezogen, um einige Monate bei ihren Verwandten zu leben, da sie in die Bankfiliale im Nachbarort versetzt worden war. Rettichs hatten Anne hinter vorgehaltener Hand verraten, Bärbel sei ganz froh darüber, nicht alleine wohnen zu müssen. Obwohl ihre Eltern es lieber gesehen hätten, wenn sie selbständiger geworden wäre.

Aber Bärbels Eltern hätten vermutlich vieles lieber gesehen.

Derzeit waren die Rettichs zu einem langen Urlaub in wärmere Gefilde aufgebrochen und waren dankbar, dass ihre Nichte die Wohnung hütete. Anne war ebenfalls froh über ihre Gesellschaft, denn Christian, ihr Nachbar, an dem sie ein gewisses Interesse pflegte, war für einen längeren Aufenthalt nach China gereist. Sie hatte Bärbel schon bald auf einen abendlichen Plausch eingeladen, um sich näher kennenzulernen. Dabei stellte sie zu ihrer Überraschung fest, dass die junge Frau, wenn man sie erst mal aus der Reserve gelockt hatte, durchaus unterhaltsam sein konnte. Sie hatte Humor, der manchmal unerwartet durchbrach, und ein feines Empfinden für die Stimmung anderer, was sie allerdings sehr verletzlich machte. Könnte sie ihr reichlich bemessenes Unterhautfett in eine dicke Haut verwandeln, hätte sie mehr Freude am Leben, waren Annes ketzerische Gedanken dazu, die sie aber für sich behielt.

Nach und nach hatte Bärbel ihr einige ihrer Probleme anvertraut und dankbar den einen oder anderen Rat angenommen. An diesem Abend versuchte Anne nun, ihren Einfluss dazu zu nutzen, Bärbel ein wenig Selbstvertrauen und Lebensfreude einzuflößen. Sie wollten gemeinsam überlegen, wie sie die überschüssigen Kilo loswerden konnte.

»Schau mal, wenn du einfach einen Salatteller isst, statt dir mittags immer Kuchen zu holen, wäre das doch schon mal ein Anfang.«

»Und wie komme ich mittags an einen Salatteller? Den kriege ich doch hier gar nicht zu kaufen.«

Anne wollte schon fast wieder ungeduldig werden. »Bärbelchen, den kann man sich tatsächlich selber machen!«

»Was brauche ich denn dazu? Ich habe doch noch nie so was gemacht?«

»Ja, wovon lebst du denn die ganze Zeit?«

Etwas ungläubig starrte Anne sie an. Bärbels Lebenserfahrung hatte manchmal erstaunlich enge Grenzen.

»Na, ich hole mir Fertiggerichte für die Mikrowelle. Und in

der letzten Zeit auch nur die Diätmenüs!«, antwortete ihre Freundin fast trotzig.

Eine von Annes Lieblingsbeschäftigungen war es, selbst zu kochen, wenn sie die Zeit dazu hatte. Sie schüttelte sich bei der Vorstellung von Fertigfutter. Dann fiel ihr ein, dass Bärbel ja bislang noch sehr wenig Gelegenheit gehabt hatte, selbständig zu werden, und wollte eben anfangen, ihr einige Tipps für die Herstellung von Salaten zu geben, als das vollmundige Maunzen von Nina vor der Terrassentür ertönte.

Erfreut drehte sich Bärbel zum Fenster um. »Das hört sich an wie Nina!«

Nina gehörte eigentlich Annes Nachbarn Christian, aber für die Zeit seiner Abwesenheit hatte sie sich erboten, sie bei sich aufzunehmen. Zu ihrer Überraschung ging das völlig reibungslos, und sie freute sich über Ninas Gesellschaft. Zumal ihr nach dem Tod ihres eigenen Katers Tiger im Sommer eine Katze im Haus fehlte. Sie hatte sich aber nicht entscheiden können, ein eigenes kleines Kätzchen aufzunehmen, da sie beruflich viel außer Haus war.

Diese Entscheidung wurde ihr soeben abgenommen.

Da sie gelernt hatte, auf ein forderndes Maunzen hin sofort die Schiebetür zu öffnen, beobachtete sie nun mit gelinder Überraschung, wie Nina, die ein grauschwarze Pelzchen im Maul hielt, mit aufgerichtetem Schwanz hereinspazierte und das zerzauste Ding vor ihre Füße fallen ließ.

»Oh!«, sagte Anne.

Ninas goldene Augen sahen wie um Verständnis heischend zu ihr hoch, dann begann sie, mit ihrer Zunge das Kleine ein wenig präsentabler zu machen, sicher in der Hoffnung, dass es dann etwas wohlwollender aufgenommen würde.

»Wo hast du dieses Geschöpf denn aufgesammelt, Nina?«

Anne beugte sich herab, betrachtete das regungslose Katzenkind ängstlich und fragte sich, ob es überhaupt noch lebte. So wie es im Moment dalag, glich es einem feuchten Fellknäuel. Als sie jedoch die Hand ausstreckte, trat Nina einen Schritt beiseite und Anne stupste das Tierchen mit dem Finger an.

Ein winziges Fauchen ertönte, und Blitze schossen aus höchst lebendigen grünen Augen.

Bärbel kniete ebenfalls auf dem Teppichboden nieder und besah sich das Fundstück neugierig.

»Hast du etwas zu futtern für das Kätzchen? Es sieht hungrig aus.« Mit einem Anfall von Selbstironie schloss sie: »Etwa so wie ich.«

Anne musste lachen. »Ja, ein kleiner Imbiss ist genau das, was Nina jetzt von mir erwartet«, erwiderte sie und ging in die Küche.

Nina, die selbst eine große Liebhaberin von Sahne war, ließ Kätzchen Kätzchen sein und schoss beim ersten Schüsselklappern hinter Anne her.

»Nee, nee, Nina. Kinder zuerst.« Anne winkte ab und rief dann ins Wohnzimmer: »Bärbel, bring mal den kleinen Tiger hierher!«

Aus dem anderen Zimmer ertönte ein leiser Schmerzensschrei. »Autsch, du Kratzbürste!« Und dann: »Das ist leichter gesagt als getan.«

Das Sahneschälchen wohlweislich noch in der Hand, lugte Anne durch die Tür und sah, wie Bärbel erfolglos versuchte, das sich wehrende Kätzchen zu fassen zu kriegen.

»Dann halt mal die Schale, pass aber auf, dass Nina sie nicht erwischt.«

Bärbel nahm ihr die Sahne ab, und Nina rammte ihr den Kopf gegen das Schienbein.

»Ihr seid eine rabiate Gesellschaft«, schimpfte sie, während Anne mit beherztem Griff dem grauschwarzen Pelzchen ins Nackenfell fasste und es hochhob.

»Benimm dich, Junior!«, fauchte sie, hielt ihn vor ihr Gesicht und schaute ihn intensiv an. Ihre Augen trafen sich, und fast eine geschlagene Minute lang starrten beide sich rechthaberisch an. Dann senkte Junior seinen Blick. Daraufhin nahm Anne ihn in die Armbeuge und trug ihn in die Küche. Dort setzte sie ihn vor das von Bärbel bereitete Schälchen und stupste seine Nase in die Milch. Gleichzeitig musste sie Nina beiseitedrücken, die sich dort auch einen Platz sichern wollte.

Während Junior unter Annes Aufsicht schlabberte, hatte Bärbel ein weiteres Schälchen mit Sahne gefüllt und es der dankbaren Nina hingestellt.

»Eigentlich sollte sie nicht so viel Sahne bekommen. Das ist angeblich gar nicht gut für erwachsene Katzen.«

»Anne, Anne, du missgönnst aber auch jedem von uns den kleinsten Genuss.«

»Ach, entschuldige Bärbel, ich meine es doch nur gut.«

»Das weiß ich ja, es ist ja auch furchtbar lieb, dass du mir helfen willst. Aber was ganz anderes: Wie willst du das Kätzchen denn nennen?«

»Soll ich es überhaupt behalten? Und wenn ja, weiß ich, welches Geschlechts es hat?« Nachdenklich betrachtete Anne die beiden Tiere.

»Aber das Kätzchen ist doch noch so klein. Das kannst du doch nicht so einfach wieder raussetzen. Jetzt, wo es kalt wird«, meinte Bärbel.

»Eigentlich habe ich gar keine Zeit, mich um eine weitere Katze zu kümmern.«

»Ich bin ja auch noch da. Was meinst du, wie alt ist es?«

»Ich würde mal schätzen nicht älter als drei Monate. Aber so gut kenne ich mich mit Katzen doch nicht aus.«

»Aber schau doch mal, wie sie dich ansehen, Anne!«

Zwei goldene und zwei grüne Augen blickten fragend zu ihr auf. Wie konnte man da noch widerstehen? Resigniert zuckte sie mit der Schulter und sagte mehr zu sich selbst: »Ich habe dich ja schon Junior genannt. Dabei wird es fürs Erste bleiben.« Energischer wandte sie sich dann an die ältere Katze und meinte: »Du, Nina, wirst dich seiner Erziehung annehmen!«

Nina kam zu ihr. Sie schob ihren schönen hellen Kopf in Annes Hand und schnurrte. Sie hatte eine ganz eigene Art, sich verständlich zu machen, und darum war Anne ziemlich sicher, in ihren Augen das Richtige getan zu haben.

Junior hatte die Sahne weggeputzt und machte sich gestärkt daran, einen weichen Ruheplatz für ein Verdauungsschläfchen zu suchen. Der kühle Fliesenboden in der Küche schien ihm nicht zu behagen. Auf seinen weißen Pfötchen trippelte er zur Tür, durchquerte das Wohnzimmer, legte sich vor die Heizung, rülpste einmal leise auf und schlief ein.

Anne konnte nicht umhin, seine Selbstsicherheit zu bewundern.

»Ich hoffe, deine Leute haben nichts dagegen, dass ich hier einen halben Zoo halte, Bärbel«, gab sie zu bedenken, als sie ebenfalls zurück ins Wohnzimmer gingen.

»Ich glaube nicht. Die beiden sind ganz froh, dass sie dich als Mieterin haben. Und außerdem: Katzen bellen nicht!«

Die Äußerung bezog sich auf das schrille Gekläff von Hedi, dem hysterischen Nachbars-Terrier, das eben einsetzte. Anne stand auf und schloss das Fenster wieder, warf dann einen Blick auf die Uhr und meinte zu Bärbel: »Wenn wir beide noch eine Runde laufen wollen, dann sollten wir uns jetzt aufmachen, sonst wird es dunkel.«

Leicht gequält verdrehte Bärbel die Augen. »Dann ziehe ich mich jetzt wohl besser um. Aber bitte nicht schon wieder diesen Weg bergauf.«

»Einverstanden, wenn du heute Abend aufs Essen verzichtest.«

»Erpressung, dann lieber bergauf. Anschließend kannst du mich dann hierher zurücktragen. Glaubst du übrigens, dass du die beiden in der Wohnung alleine lassen kannst?«

Sie wies auf Nina und den selig schlummernden Junior.

»Ist ja nicht für lange. Nina ist es gewohnt. Na, und wie Junior sich verhält, werden wir sehen.«

Die Schuhe in der Hand, schlurfte Bärbel kurz darauf vor die Haustür und setzte sich neben Anne auf die Stufen, die ihrerseits die Joggingschuhe schnürte.

»Guck mich nicht so leidend an, Bärbel. Pass auf, gleich fühlst du dich viel besser.«

»Manchmal bist du wie meine Mutter. Die will auch immer, dass ich dies mache und jenes, weil ich mich dann besser fühle. Was für ein Quatsch! Immer muss ich was leisten, mich gut fühlen, fröhlich sein und alles«, murrte Bärbel.

Anne seufzte abermals, schwieg aber wohlweislich. Bärbels aufreizende Bequemlichkeit strapazierte einmal mehr ihre Geduld. Bärbel interpretierte Seufzen wie Schweigen richtig und erhob sich einigermaßen entschlossen.

»Na gut, dann komm! Ich will vor Einbruch der Dunkelheit wieder zu Hause sein. Und weil ich nicht schneller laufen werde, müssen wir eben früher anfangen!«

Anne betrachtete diese Äußerung als Zeichen, dass Bärbel ihr nichts übelnahm. Gemeinsam trabten sie los.

Ihr Weg führte sie ein kurzes Stück durch ein kleines, natürlich belassenes Wiesengebiet mit gepflasterten Spazierwegen, durch das ein Bächlein plätschert, dessen Ufer von Weiden, Eschen und allerlei Gesträuch gesäumt wird. Hier begegneten sie einigen Spaziergängern, die sie fröhlich grüßten. Ein alter Herr, Emil Mahlberg, saß mit seinem Kater auf einer Bank und feuerte sie vergnügt an. Anne winkte ihm zu und fragte ihn im Vorbeitraben, ob er nicht mit Jakob auf eine Runde mitkommen wolle. Emil lachte ihr zu und rief, Jakob sei wohl schon zu alt dazu.

Dann bogen sie in den Schotterweg ein, der zunächst am Waldrand entlangführte. Bärbel schnaufte schon ein wenig, aber Anne hatte ihr ein paar Jahre Training voraus und deshalb bei diesem moderaten Tempo noch viel Luft zum Reden. Damit ihre Begleiterin ihre Anstrengung nicht so merkte, begann sie eine recht einseitige Unterhaltung.

»Hier oben habe ich meinen Kater Tiger im Juni begraben. Habe ich dir die Geschichte von seinem Unfall und dem Brand eigentlich schon erzählt?«

»Nein.« Das Kopfschütteln war eher zu erkennen als die verbale Verneinung, die durch das heftige Atmen etwas an Deutlichkeit verlor.

»Tiger war ein Kater von Persönlichkeit. Er trug einen braunschwarz getigerten Mantel mit weißem Hemd und weißen Strümpfen. Auch sein Gesicht war weiß, allerdings zog sich über die Nase bis zur Stirn ein weißer Streifen, der so ein bisschen wie ein verrutschter Mittelscheitel aussah.«

»Woher … gekommen?«, schnaufte Bärbel.

»Oh, er stand eines Tages vor der Tür und teilte mir mit, dass er zu mir zu ziehen gedachte. Weißt du, Katzen können sich auf unnachahmliche Weise mit Menschen verständigen, auch wenn die wissenschaftlichen Koryphäen ihnen diese Fähigkeit absprechen.«

»Andersrum«, keuchte Bärbel. »Du kannst sie verstehen.«

»Mhm, das könnte natürlich auch sein. Na, jedenfalls kam der Kater zu mir und wickelte mich in Windeseile um seine Pfote. Ich habe ihn sehr geliebt, Bärbel. Obwohl er sich immer sehr distanziert gab, habe ich ihn dann und wann durchschaut – er war ganz zufrieden mit der Art, wie ich Dosen öffnete.«

»Jeder, dem du Futter gibst, wird mit dir zufrieden sein«, japste ihre Begleiterin.

»Gut, dass die niederen Instinkte bei Mensch und Tier gleichermaßen funktionieren.« Anne lachte.

»Ich dachte … uff … Katzen … Einzelgänger.«

»Nein, Katzen sind durchaus gesellige Wesen. Tiger hatte einen großen Freundeskreis, mit dem er sich traf. Nina gehörte dazu und der alte Jakob. Komisch, manchmal treffe ich eine ganze Gruppe von ihnen hier oben an seinem Grab. Tiger wurde von ein paar jungen Idioten angefahren und schwer verletzt. Ich habe die letzte Nacht mit ihm auf dem Sofa verbracht und …«

Anne musste mit ihrer Geschichte innehalten, denn die Erinnerung machte ihr die Kehle eng. Erst als sie den Aufstieg bewältigt hatten, fuhr sie fort: »Ich habe nur noch verworrene Erinnerungen an diese Nacht. Es ist nämlich gleichzeitig hier im Dorf auch ein Unglück geschehen. Ein Haus brannte ab, und die Brandstifter, so stellte sich später heraus, waren die besagten Idioten, die auch Tiger angefahren hatten.«

»Schweine ... hunde.«

»Richtig. Ich habe aber von all dem nichts mitbekommen, weil ich wie bewusstlos neben Tiger geschlafen habe. Als ich morgens aufwachte, war er gestorben, der kleine Held. Christian war ... damals sehr nett zu mir. Und Nina auch.«

»Daher ... Christan?«

»Na ja, ich hatte schon vorher gehofft, einen Grund zu finden, nähere Bekanntschaft mit ihm zu schließen. So hat es sich über Tiger ergeben. Und nun ist Nina unser Bindeglied.«

»Mehr nicht?«

»Christian ist recht zurückhaltend. Geschieden, vermutlich mit Krawall. Wir werden sehen.«

Sie kamen an einer kleinen runden Wiese vorbei, die von Büschen umstanden war. In der Abendsonne leuchteten die Beeren in den dunkelgrünen Blättern orange und gelb, und bei einigen Sträuchern begann sich das Laub schon zu röten. Es herrschte eine friedliche Stimmung, aber immer wenn Anne an diesem Platz vorbeikam, verspürte sie einen Anflug von Traurigkeit und Hoffnung – und die Erinnerung an einen ausgesprochen eigenartigen Traum, der sie seit Tigers Tod nicht loslassen wollte. Er hatte mit diesem Ort und mit Katzen zu tun, aber sowie sie anfing, sich erinnern zu wollen, waren die Traumfetzen nicht mehr zu greifen.

Von diesem Traum erzählte sie Bärbel jedoch nichts, wohl aber, welche entscheidende Rolle Nina bei dem Brand gespielt hatte.

»Seit dem Tag ist eines ihrer Schlappohren ein bisschen verschrumpelt. Ich habe jedoch den Eindruck, dass sie auf die sowieso nicht sehr stolz ist.«

Eine Antwort erwartete Anne nicht, denn der Weg begann wieder ganz langsam anzusteigen, und Bärbel schnaufte vernehmlicher. Anne erzählte einfach weiter, um sie abzulenken.

»Du wirst mich wahrscheinlich für etwas übergeschnappt halten, aber seit damals habe ich ein ganz anderes Verhältnis zu Katzen. Weißt du, ich habe früher nie Tiere gehabt. Meine Mutter war immer dagegen. Zu viel Arbeit, sagte sie. Hat man aber gar nicht. Die Katzen sind sehr selbständig, sauber und anpassungsfähig – zumindest wenn sie wollen. Sonst muss sich eben ihr Mensch anpassen.«

»Gut dressiert!«, keuchte Bärbel.

»Ja, sie haben mich gut dressiert«, antwortete Anne grinsend. »Ich habe sogar ein paar Worte Katzensprache gelernt. Das kommt mir bei Nina jetzt zugute.«

Der Weg wurde noch etwas steiler, bevor er in sanftem Gefälle zum Dorf zurückführte. Allmählich musste auch Anne Atem sparen. Dann hatten sie die Kuppe erreicht. Bärbel ließ ein erleichtertes »Puh!« hören. Sie hatte einen roten Kopf, Schweiß lief ihr in Strömen vom Gesicht.

»Prima, dass du es heute ohne Gehpause bis nach oben geschafft hast!«, lobte Anne sie. »Die letzten zehn Minuten schaffst du jetzt auch noch.«

Eine Spur von Ehrgeiz funkelte in Bärbels Augen, und gleichmäßiger atmend liefen sie schweigend zurück. Als sie wieder am Waldrand angelangt waren, beschleunigte Anne ihre Schritte und winkte Bärbel zu: »Ich brauche noch eine Runde. Tschüs!«

3. Häusliche Erkundungen

Als Anne mit Bärbel die Wohnung verlassen hatte, betrachtete Nina ihr schlummerndes Findelkind nachdenklich. Sie war froh, dass Anne ihn so ohne Widerstand aufgenommen hatte. Sogar einen Namen hatte sie gleich für ihn gefunden. Er schien ihr erstaunlich passend, aber Anne hatte ja auch eine kätzische Art. Zufrieden streckte auch sie sich vor dem warmen Heizkörper aus.

Nina hatte die Frau gerne. Manchmal störte sie lediglich, dass Anne so wenig Ruhe ausstrahlte. Immer war sie in Eile, hatte etwas zu regeln, war auf dem Sprung nach da oder dort hin. Aber vielleicht legte sich das ja noch im Laufe der Zeit. Jedenfalls war sie aufrichtig und kein bisschen bösartig. Das spürte eine Katze ganz genau, und diese Eigenschaft war das, was Nina besonders an ihr schätzte – auch weil sie mit Christians Verflossener weitaus schlechtere Erfahrungen gemacht hatte. Christian selbst mochte sie allerdings noch lieber. Er war ja schließlich auch ihr Mensch. Nach der Trennung von seiner Frau hatte Nina angefangen, sich bei ihm unersetzlich zu machen. Jetzt war er für einige Zeit fort. Er hatte ihr das in einer langen Streichelsitzung erklärt und ihr dann mitgeteilt, dass Anne in dieser Zeit für sie sorgen würde. Das war ihr recht, denn auch in Sachen Katzenkommunikation hatte Tiger Anne gut erzogen. Es bedurfte nur einiger kleiner Korrekturen im Zusammenleben. Gut, auch sie war ja zu Kompromissen bereit. Sie hatte sich damit abgefunden, dass auf dem Sofa eine Decke lag, die sie benutzen sollte, aber dass Katzen das Polstermöbel grundlegend als ihr Eigentum betrachteten, war Anne schnell klar geworden. Gleiches galt für Betten, und zwar insbesondere für das Kopfkissen. Dass täglich ein Schälchen Sahne serviert wurde, hatte Anne ebenfalls ganz schnell begriffen, genau wie die Tatsache, dass Lachshäppchen ihre bevorzugte Geschmacksrichtung bei den Futterdöschen war.

Und geräucherter Wildlachs aus der Hand ... Nun, dazu würde man Anne noch bringen.

Nina räkelte sich behaglich und war mit ihrer Situation recht zufrieden.

Junior zuckte mit den Ohren, blinzelte und wurde langsam wach. Die Sahne und der halbstündige Schlaf hatten aus dem erschöpften Kätzchen ein unternehmungslustiges wildes Tier gemacht. Er sah zu Nina auf, die neben ihm saß.

»Ist sie weg?«, fragte er und spähte misstrauisch in die Runde.

»Wenn du Anne meinst, dann ist sie für eine Weile nach draußen ins Revier gegangen.«

»Puh, dann ist ja gut. Was machen wir jetzt?«

Aufgekratzt kam Junior auf seine weißen Pfötchen, streckte sich und machte einen Buckel.

»Du kannst dir die Wohnung ansehen, aber mach keinen Unfug!«, ermahnte ihn die wohlerzogene Faltohrkatze und folgte seinen Unternehmungen mit aufmerksamen Blicken.

»Pfff!«, war sein einziger Kommentar, als er loszog. Zunächst beschnüffelte er den Boden. »Komisches Gras wächst hier«, bemerkte er, als er ein paar Mal erfolglos an dem grauen Velours-Teppichboden gekratzt hatte. Dann inspizierte er das Sofa. Die Sitzfläche war gerade in rechter Höhe für einen Kätzchensprung, und so begab er sich nach oben.

»Hey, Alte, hier liegst du auch manchmal!«

Er hatte Ninas Decke erkannt, auf der sie oft zusammen mit Anne den Abend verbrachte. Da Nina keinen Verweis aussprach, betrat er den flauschigen, dunkelblauen Stoff, auf dem einige helle Haare einen hübschen Kontrast bildeten, und tretelte versuchsweise. Dann drehte er sich um und wollte die andere Sofaecke inspizieren. Doch kaum war er drei Schritte gegangen, blieb er wie erstarrt stehen. Sein Rücken wölbte sich, und das Fell richtete sich auf. Mit aufgerissenen Augen starrte er in die Polster, und Nina fuhr in die Höhe.

»Was ist, Junior?«

Der kleine Kater stand immer noch stocksteif vor der Ecke.

»Junior?«

Leise kam ein Fauchen.

»Tod!«

Auf spitzen Pfoten stakste der kleine Kater rückwärts, bis er wieder an die blaue Decke stieß.

»Du hast es tatsächlich gespürt, Junior?«, fragte Nina, die zu ihm hochgesprungen war. Er wirkte noch immer verstört und fauchte erneut angstvoll auf, als er gegen sie stieß.

»Ruhig, Kleiner, ganz ruhig. In der Ecke ist vor einigen Monaten der Herr des Hauses gestorben. Ich spüre es auch immer noch, und selbst Anne meidet diesen Platz, doch nicht aus Angst, Junior, sondern aus Ehrfurcht.«

»Ehrfurcht?« Juniors Stimme klang noch ein bisschen zitterig.

»Ehrfurcht vor einem großen Kater. Aber das lernst du noch. Vorerst empfehle ich dir, diese Sofaecke zu meiden.«

»O ja, o ja, bestimmt.«

Nina schlappte ihm einmal über die Stirn und brummelte dabei leise. Die Anspannung fiel von Junior ab, und gleich darauf war sein Übermut auch wieder erwacht. Er löste sich abrupt aus der mütterlichen Zuwendung und begab sich mit frisch erwachter Abenteuerlust von der Sitzfläche auf den niedrigen Wohnzimmertisch. Das Glas fühlte sich kühl und glatt unter seinen Ballen an, aber am meisten irritierte es ihn, dass er darunter auf den Boden schauen konnte. Es war ihm deutlich anzusehen, dass ihm das Stehen in der Luft unheimlich war.

Nina amüsierte sich heimlich darüber und nahm sein Unbehagen zum Anlass, ihn darauf hinzuweisen, dass Menschen es im Allgemeinen nicht sehr gerne sahen, wenn man auf ihre Tische sprang.

Vorsichtig tastete Junior sich also wieder zum Rand der unheimlichen Platte und setzte mit einem gewagten Sprung auf das Sofa zurück. Von hier hüpfte er auf den Boden und wandte sich dem Regal an der Wand zu. Die untersten Regalbretter waren so hoch, dass er sich mit den Vorderpfoten gerade darauf abstützen konnte, um zu prüfen, was es dort zu sehen gab. Es roch staubig, und er nieste. Beherzt sprang er dennoch auf die erste Etage, um der Quelle des Übels nachzuspüren und sie gegebenenfalls zu erlegen. Auf dem schmalen Grad zwischen Bücherrücken und Abgrund setzte er vorsichtig Schritt vor Schritt. Neugierig schnupperte er an den Buchdeckeln – mit dem Erfolg eines neuen Niesanfalls.

Nina klärte ihn darüber auf, dass Anne in der untersten Regalreihe die Werke eingeordnet hatte, die sie selten in die Hand nahm. Außerdem gehörte Abstauben nun mal nicht zu ihren besonderen Leidenschaften. Damit hatte sie Junior, ohne es zu wollen, für alle Zeiten das Interesse an Literatur verdorben. Er sprang angeekelt wieder zu Boden und widmete sich einem Beistelltischchen, auf dem eine Leselampe und ein gerahmtes Foto standen. Entgegen Ninas vorherigem Hinweis, nicht auf Tische zu springen, begab er sich auf die Ablagefläche und tatzte nach dem Stromkabel, das ihm wie ein unvorsichtiger Regenwurm erschien. Es setzte ihm Widerstand entgegen. Er zog die Pfote zurück und betrachtete das regungslose Kabel, das interessanterweise eine Verdickung mitten auf dem Weg zum Lampenfuß aufwies. Vielleicht war es hier empfindlicher. Vorsichtig hob er die Pfote. Als keine Regung erfolgte, schlug er zu. Das Kabel schlug zurück und hüllte ihn plötzlich in grelles Licht.

Junior hatte den Schalter gefunden.

Entsetzt prallte er zurück und stieß dabei das Foto zu Boden. Es gab ein leichtes Scheppern von sich und zersprang in tausend glitzernde Splitter. Junior sah fasziniert zu. Vorsichtig berührte er einen der Splitter mit der Pfote und zog sich sogleich mit einem unwilligen Quiekser davon zurück. Es hatte ihn in den empfindlichen Ballen gepiekst.

Nina kam näher und sah sich den Schaden an.

»Das wird Anne nicht sehr entzücken, Junior. Das ist ein Bild von ihrem Tiger!«

Vorsichtig um die Glassplitter herumtastend, schaute sie sich das Foto an. Es zeigte einen getigerten Kater mit weißer Brust in majestätischer Haltung auf einem Zaunpfahl thronen. Seine Augen waren in die Ferne gerichtet, als ob er über die Wege des Schicksals nachsänne.

Nina fand es sehr anständig von Anne, dass sie gerade dieses Bild in der Vergrößerung gerahmt hatte. Darum sah sie sich zu Junior um, Missbilligung in den Augen. Doch der Kleine hatte sich, seinem natürlichen Instinkt folgend, Schwierigkeiten aus dem Weg zu gehen, bereits in die Küche verzogen.

Nina trottete hinterher und hoffte, dass ihr Schützling keine weiteren Schäden anrichtete. Verständnis hatte sie für ihn. Die Gerüche waren hier viel angenehmer als in den staubigen Bücherregalen. Da lag der Duft von Fleisch und Milch, von Gebratenem und Geräuchertem in der Luft, und aus einer Türritze quoll das Versprechen von noch weiteren unbeschreiblichen Genüssen. Doch leider war der Zugang zur Vorratskammer verschlossen, und den Trick, Türen zu öffnen, hatte Junior zum Glück noch niemand beigebracht. Deshalb schnüffelte er lediglich interessiert in den Ecken herum, fand ein Brotkrümchen und leckte es auf. Ein versprengtes Körnchen Trockenfutter knackte zwischen seinen Zähnen, und ein abgefallenes, vertrocknetes Blatt vom Küchenefeu musste wieder ausgespuckt werden. Sehnsuchtsvoll wandte er dann seinen Blick zum Küchentisch hinauf, aber einen so hohen Sprung traute er sich denn doch noch nicht zu.

Nina fand es an der Zeit, sich bemerkbar zu machen, und trat mit kritischem Blick durch die Tür.

»Komm mal wieder zu mir ins Wohnzimmer, Junior!«, befahl sie ihm.

»Warum? Kannst du mir nicht lieber den Weg zu dem anderen Raum da drüben zeigen?«

»Könnte ich schon, aber wir müssen eine gewisse Achtung der Revieroberhoheit beachten. Anne möchte nicht, dass wir in die Speisekammer gehen. Also komm endlich!«

Schmollend folgte Junior der Älteren.

»Wer ist diese Anne eigentlich?«, fragte er, während er hinter ihr hertrippelte und versuchsweise an der Kante des Sofas kratzte. »Sie ist ein Mensch, das habe ich auch schon gemerkt. Aber Menschen sind sonst anders.«

»Nun hör doch mal auf, herumzuzappeln, und roll dich einfach hier an meiner Seite zurecht.«

Nina war auf ihre Decke gesprungen, und als der Kleine dann endlich neben ihr lag, drei heftige, aber liebevolle Schlecker erhalten hatte, klärte sie ihn über das häusliche Zusammenleben auf. Sie hatte Mitleid mit dem Jungkater, denn seine Mutter Minka war eine Bauernhofkatze, die in den Ställen und auf den umliegenden Feldern frei lebte und nur hin und wieder von den Menschen dort beachtet wurde. Im Haus selbst war sie nie geduldet worden und schon gar nicht ihre Jungen. Sie und ihre Nachkommen hatten damit den Vorteil, dass sie viel natürlicher aufwuchsen und überlebensfähiger waren als die reinen Hauskatzen. Dafür hatten sie ein deutlich distanzierteres Verhältnis zu den Menschen. Also erklärte Nina ihm, dass er jetzt in einer anderen Form von Lebensgemeinschaft aufgenommen worden war und dass er Anne als Herrin über das inhäusige Revier respektieren müsse, auch wenn ihm manche Formen des Zusammenlebens ein wenig seltsam vorkommen mochten.

»Aber sie ist komisch!«, beharrte Junior auf seinen Beobachtungen. »Die Menschen, die ich kenne, können mich nicht so angucken.«

Es schüttelte ihn leicht, und Nina ahnte, dass er sich des Blickes entsann, mit dem Anne ihn vorhin betrachtet hatte.

»Ach ja?«, fragte Nina ihn.

»Ja, weil – als sie mich vorhin hochhob und mir in die Augen sah, hatte ich für einen Moment den Eindruck, eine große, mächtige Katze würde ganz tief in mich hineinsehen. Es war echt unheimlich!«

Zufrieden legte sich Nina auf ihre säuberlich gefalteten Vorderpfoten und lächelte ihn wissend an.

»Ja, Anne hat manchmal etwas Kätzisches an sich. Sie wird

dich oft genug durchschauen, mein Kleiner. Also versuch erst gar nicht, sie hinters Licht zu führen.«

Damit musste sich Junior zufriedengeben, denn Nina legte jetzt ihren Kopf auf die Pfoten und begann, ein wenig vor sich hin zu dösen.

Junior plagten inzwischen allerdings völlig andere Probleme. Die vor geraumer Zeit genossene Sahne war verdaut und begehrte jetzt, seinen kleinen Körper zu verlassen. Leicht panisch blickte er sich um. Draußen hatte er gelernt, irgendwo ein Loch zu graben, aber seine Versuche, den Teppichboden aufzuwühlen, waren ja vorhin schon fehlgeschlagen. Die Küche würde vermutlich sein Lieblingsrevier werden, dort mochte er also auch seinen Bedürfnissen nicht nachkommen. Kläglich maunzte er auf. Nina war sofort hellwach und erkannte in seinem gequälten Gesichtchen sein Begehr. Sie hatte zwar ihre Kiste mit Katzenstreu im Badezimmer stehen, aber ihm in seinem jetzigen Zustand den Gebrauch klarzumachen, überstieg ihre Fähigkeiten.

Aufgeregt sauste der Kleine hin und her – vom Fenster zur Küche, von der Küche zum Sofa, vom Sofa zur Garderobentür, zur Eingangstür.

Kurz bevor es endgültig zu spät war, ging diese Tür auf. Nina konnte Junior nicht aufhalten und musste beobachten, wie Anne, die von ihrem Lauf noch heftig atmete, von dem herausschießenden Fellknäuel fast umgeworfen wurde. Er wurde hinausgelassen, und als Anne in die Wohnung trat, machte Nina das Beste daraus und begrüßte die Frau, die dem Kater mit einem fragenden Blick nachsah, mit einem sehr gesetzten Maunzen.

»Na, der Kleine hatte aber ein dringendes Bedürfnis, was? Wir werden ihn auch an ein Kästchen gewöhnen müssen, wenn er sich entschließen sollte, bei uns einzuziehen.«

Da konnte Nina ihr nur zustimmen und sah dann zu, wie Anne sich belustigt ihre Joggingschuhe auszog und im Badezimmer verschwand, um zu duschen.

4. Revierordnung

Junior war erleichtert, wieder draußen zu sein, und begann die nähere Umgebung zu untersuchen. Die Dämmerung machte ihm wenig zu schaffen, er sah schließlich ganz ausgezeichnet in der hereinbrechenden Dunkelheit. Um das Haus herum fand er einen Garten mit Büschen und Blumenrabatten vor. Sein Sinn für Ästhetik war jedoch nicht besonders ausgeprägt, die leuchtendbunten Astern und Chrysanthemen ließen ihn kalt. Für die Gartenkünste der Menschen hatte er keine Zeit, viel wichtiger war das Kennenlernen des Reviers. Ein Holzzaun umschloss das Grundstück, aber er stellte fest, dass er ohne Schwierigkeiten darunter durchschlüpfen konnte. Er überquerte mutig die Straße und verschwand in den trockenen Gräsern am Wegesrand. Von dort beobachtete er zunächst unbemerkt das abendliche Treiben.

Hedi wurde von seinem Herrchen ausgeführt und bekläffte lauthals jede Fährte. Zwei Kinder krochen kichernd und lachend durch das Gebüsch, sie versteckten sich offensichtlich vor anderen Spielgefährten. Ein Auto startete und hüllte seine empfindliche Nase in eine Wolke von Abgasen, und eine weiße Katze mit einem Glöckchen um den Hals machte ihre Runde direkt an seinem Versteck vorbei. Sie bemerkte ihn und blieb kurz stehen.

»Hallo, Kleiner, wer bist du denn?«, fragte sie freundlich.

Er beäugte sie ungezogen von unten und fragte zurück: »Ist das der letzte Schrei unter Katzen, wie eine Kuh mit einer Glocke um den Hals herumzulaufen?«

Sein kurzes Leben auf dem Bauernhof hatte ihn geprägt.

Fleuri zögerte nicht lange und haute ihm eine runter.

»Autsch!«, quiekte Junior empört auf.

»Das wird dich lehren, auf eine freundliche Frage nicht mit

einer Beleidigung zu reagieren, du kleiner Stinker«, ermahnte Fleuri den versuchsweise fauchenden Junior. »Hör auf, dich so aufzuspielen«, kommentierte sie dann seine kläglichen Geräusche. »Gib mir lieber eine Antwort! Wer bist du, und was hast du hier in meinem Revier zu suchen?«

Endlich besann sich Junior darauf, dass er es mit einer größeren und älteren Katze zu tun hatte, der eine gewisse Form von Respekt gebührte. Er teilte ihr mit, dass er jetzt Junior genannt werde und dass Nina ihn mit zu Anne genommen habe.

»Ah ja, Nina. Das ist gut – sie wird dir schon Manieren beibringen«, entgegnete ihm Fleuri verständnisinnig.

Von seinem Anfall von Achtung hatte Junior sich schnell erholt. Er fragte jetzt seinerseits dreist zurück: »Und wer bist du, Bimmelbammel?«

Die Kätzin sah ihn mit Nachsicht an und ließ sich zu der Erklärung herab, sie werde Fleuri gerufen und lebe einige Häuser von seiner neuen Wohnstätte entfernt bei Marion und Elke, zwei älteren Schwestern. »Die haben immer so entsetzliche Angst, ich könne den armen, armen Vögelchen etwas tun, darum haben sie mir dieses blöde Glöckchen umgebunden.«

Sehr glücklich schien Fleuri nicht mit diesem Arrangement zu sein. In einem Anfall von Hilfsbereitschaft schlug er ihr vor: »Ich könnte dir das Bändchen durchbeißen.«

»Vergebene Liebesmüh. Die haben diese Bimmeldinger vermutlich zu Hunderten beschafft. Immer, wenn ich mal eins los bin, haben sie schon Ersatz parat. Na egal, ich komm auch so zurecht. Aber danke für die gute Absicht.« Sie sah ihn etwas freundlicher an. »Ich muss jetzt weiter, sonst komme ich Jakob in die Quere. Und du solltest auch sehen, dass du nach Hause kommst. Hier herrscht eine strenge Revierordnung. Die muss dir Nina wohl noch beibringen.«

»Schade, dass du schon gehen musst, Fleuri. Du gefällst mir eigentlich richtig gut, Süße«, bemerkte Junior, ganz Kater.

»Oh, Oh!«, murmelte Fleuri amüsiert, als sie erhobenen Schwanzes von dannen eilte.

Animiert von dieser Begegnung verließ Junior sein Versteck und schlenderte einige Meter weiter den Weg entlang. Hier stieß er auf eine neue Katzenspur, die ihm anzeigte, dass vor nicht allzu langer Zeit ein Artgenosse vorbeigekommen war. Er folgte der Fährte und stieß nicht weit entfernt auf eine dicke graue Katze mit weißen Flecken auf Brust und Gesicht, die am Ufer des Bächleins ihren Durst stillte. Etwas an gesellschaftlichen Formen hatte er bei seiner letzten Begegnung gelernt, daher stellte er sich diesmal als Erster vor.

»Hi, ich bin Junior! Und du?«

Verblüfft drehte sich der Angesprochene um und musterte das vorlaute Würmchen, das auf ihn zukam. Henry (sein voller Name war King Henry VIII.) war von Natur aus phlegmatisch und äußerst gutmütig. Wenn ihn das vorwitzige Benehmen des Jungkaters irritierte, so zeigte er es doch nicht. Er setzte sich auf und hob die Pfote, um sich ein Wassertröpfchen aus dem Bart zu streichen. Junior, schon einmal abrupt geohrfeigt, deutete die Geste falsch, machte einen Satz nach hinten und quietschte: »Nicht hauen!«

Henry brummelte irgendetwas Beruhigendes und ließ die Pfote sinken. »Keine Angst, Junior. So schnell verprügele ich Kleinere nicht. Habe ich dich nicht vorhin von Annes Haus kommen sehen?«

Henry war trotz aller Behäbigkeit ein guter Beobachter. Vertrauensvoll kam Junior wieder näher.

»Ja, Nina hat mich zu Anne mitgenommen, weil … meine Mama ist doch gestorben.«

»Armer Kleiner«, brummte Henry. »Aber mit Nina und Anne hast du es gut getroffen. Anne ist unter Katzen eine ausgezeichnete Adresse. Ich bin übrigens Henry. Meinen vollen Namen erspare ich dir. Den können sich sowieso nur Menschen merken.« Er sah den kleineren Kater neugierig an. »Für dein Alter bist du ziemlich weit von deinem Haus entfernt. Du hast noch kein eigenes Revier, nicht wahr?«

»Ähm … äh … nö!«

Es kam Junior hart an, dies eingestehen zu müssen, doch keine noch so gute Ausrede hätte sein scharfsinniges Gegenüber täuschen können. Das war ihm auf jeden Fall klargeworden.

»Dann sieh zu, dass du nach Hause kommst«, war auch Henrys wohlmeinender Rat.

»Warum? Ich kann schon auf mich aufpassen!« Selbstbewusst streckte Junior sein rosa Näschen in die Luft.

»Und wer hat dich vorhin verhauen?«, fragte Henry freundlich.

»Woher weißt du das?« Verblüfft sah ihn Junior an.

»Ich kann schon eins und eins zusammenzählen, du Jungspund. Also, damit du nicht noch weitere schmerzliche Erfahrungen heute Abend sammelst, gehst du jetzt nach Hause. Und sieh zu, dass du Jakob nicht über den Weg läufst.«

»Alle haben Angst vor Jakob. Wer ist denn das?«

»Unser Ältester hier im Revier. Er hat sehr wenig Verständnis mit vorlauten Kleinkatern.«

»Pah, ich bin jung und stark. So 'n Alterchen soll mir mal begegnen.«

»Oh, oh«, murmelte Henry, als Junior siegesgewiss Richtung Heimat stolzierte.

Er hatte eigentlich noch nicht vor, zurückzugehen, aber ein sanft nagendes Hungergefühl sagte ihm, dass es vielleicht doch keine ganz schlechte Idee sei, nochmals Annes Dienste in Anspruch zu nehmen.

Nur, mh, wo war das Haus?

Er lief den Weg hoch, doch als er an die Straße kam, sah alles so anders aus. Verwirrt lief er zurück und stellte fest, dass er an einer Gabelung wohl die falsche Richtung eingeschlagen hatte. Er nahm die andere Abzweigung und landete an der Stelle, zu der ihm am Morgen seine Mutter gebracht hatte.

Ach, Mama!

Er schnüffelte und schnüffelte und fand den rotgoldenen Pelz.

5. Mutterpflichten

Anne kam aus der Dusche und zog sich bequeme Trainingshosen und einen weiten Pullover über. Dann ging sie in die Küche, um sich ein Brot und etwas Salat zum Abendessen zu machen. Nina, die bislang auf ihrer Decke geschlummert hatte, wurde bei diesen Geräuschen sofort wach und folgte ihr zum Kühlschrank. Sie hatte einen untrüglichen Sinn dafür, wann es etwas zu futtern gibt. Und, na ja, sie bekam ja auch immer etwas ab.

»Hunger, Nina?« Anne beugte sich zu der leise schnurrenden Katze und zog liebevoll eines ihrer Schlappohren durch die Finger. »Machen wir dir jetzt schon ein Döschen auf, oder wollen wir warten, ob Junior noch kommt?«

»Brrrrrp«, sagte Nina, und Anne deutete es richtig, dass die mütterliche Fürsorge ihre Grenzen hatte, wenn es um den eigenen Magen ging. Sie löffelte eine Portion Katzenfutter – Lachstöpfchen – in eine Schüssel und stellte sie an den gewohnten Futterplatz. Anders als einst Kater Tiger bevorzugte Nina den Fischgeschmack.

»Lachshappen schmecken dir, nicht wahr? Nur das Feinste für die Feinen«, sagte Anne, als Nina gewissenhaft und mit großer Geschwindigkeit den Napf leerte. »Das liegt wohl an deinen schottischen Vorfahren«, mutmaßte sie.

Nina hob kurz den Kopf und sah sie an, als hätte sie etwas sehr Treffendes gesagt. Dann wandte sie sich weiter mit Genuss ihrem Menü zu.

Anne war Christian sehr dankbar, dass er Nina ihrer Obhut überlassen hat. Sie war eine sehr verträgliche und liebevolle Katze. Sie war ausgesprochen verschmust, um es ganz ehrlich zu sagen. Aber gerade das tat Anne gut. Sie konnte so viel Ärger und Stress vergessen, wenn sie in dem weichen Katzenfell wühlen durfte. Und wenn dann der ganze kleine Körper unter dem Schnurren zu vibrieren anfing, fiel auch die ganze Spannung des Tages von ihr ab.

Mit Brot, Salat, einem Glas Wein und einer Zeitschrift setzte sie sich gemütlich an den kleinen Küchentisch, und während sie ihre Mahlzeit verzehrte, putzte sich Nina sorgfältig die letzten Fischmoleküle vom Schnäuzchen. Dann räumte Anne ihren und Ninas Teller in die Spülmaschine und begleitete die Katze zum Sofa. Dabei entdeckte sie die Scherben und das heruntergefallene Foto. Nina guckte unbeteiligt einer Fliege nach, die ihren Weg zur Deckenlampe suchte.

»Es erübrigt sich wohl, nach dem Verursacher zu fragen? Du hast ja nicht plötzlich eine Abneigung gegen Tiger gefasst?«

Annes Verdacht ging in Richtung kätzischer Neuerwerbung, die im Augenblick durch Abwesenheit glänzte. Und da man Katzen nicht erziehen konnte, indem man ihnen lange Vorhaltungen machte, hob sie mit einem Achselzucken die Überreste des Rahmens auf und holte den Staubsauger. Als alle Spuren von Juniors erstem Auftritt beseitigt waren, setzte sie sich zu der dösenden Katze auf das Sofa. Müßig blätterte sie in einer Illustrierten, summte den einen oder anderen Hit aus dem Radio mit, las Nina ein paar interessante Rezepte vor und diskutierte dann etwas einseitig mit ihr über die Vorzüge einer neuartig beschichteten Auflaufform. Sie hatte von Christian erfahren, dass Nina es liebte, wenn man ihr vorlas oder mit ihr sprach. Nach anfänglichen Hemmungen gefiel Anne das auch ganz gut, denn die cremefarbene Katze konnte mit einem derartig hingerissenen Blick zuhören, dass das Vorlesen richtig Spaß bereitete.

Doch nach dieser Ablenkung schlich sich ein unruhiger Gedanke ein.

»Wo ist eigentlich der kleine Racker geblieben?«, fragte sie Nina, die daraufhin nur kurz mit den Schnurrhaaren zuckte, sich aber nicht weiter besorgt zeigte.

Dennoch, inzwischen waren seit Juniors überstürztem Aufbruch bereits drei Stunden vergangen, und Anne fing an, sich Gedanken über seinen Verbleib zu machen. Darum zog sie ihre Füße unter Ninas Decke weg und ging zum Fenster. Einen kleinen Spalt schob sie es auf, denn die Nachtluft war bereits empfindlich kalt geworden, und stieß diesen Zweiton-Pfiff aus, auf den sowohl Tiger als auch Nina bislang gehört hatten. Nichts regte sich. Sie schloss die Tür wieder und sah, dass Nina auch aufgestanden war. Eben machte sie ihre Kurzgymnastik – runder Buckel, Beine in die Lehne stemmen und herzhaft gähnen – , dann sprang sie vom Sofa, um sich neben sie an das Fenster zu stellen.

»Vielleicht solltest du draußen mal nach deinem Schützling Ausschau halten, was meinst du?«, schlug Anne ihr vor und öffnete noch mal die Tür. Nina schlüpfte kommentarlos hinaus.

Die herbstlichen Gerüche füllten die kühle Luft. Nina schnupperte suchend nach Spuren von Junior. Es war schon sehr nett von Anne, dass sie sich Sorgen um dieses kleine Ungeheuer machte. Also musste sie ihn jetzt auch finden. Sie lief zur Grundstücksgrenze hinunter und entdeckte seinen Geruch am Gartenzaun. Eben wollte sie unter den Zaun durchkriechen, als sie Fleuri auf dem Rückweg von ihrem Reviergang sah.

»Ah, Nina, suchst du deinen Adoptivsohn?«, fragte diese im Vorbeischlendern. »Da hast du dir vielleicht einen Filou eingehandelt.«

Nina wusste nichts darauf zu erwidern und sah der kichernden Fleuri gedankenverloren nach.

Ein Filou war der Kleine ganz gewiss, aber sie hatte Minka nun mal versprochen, sich um ihn zu kümmern, also nahm sie ihre Aufgabe ernst.

Minka – das war überhaupt die Idee. Sollte der kleine Bursche etwa zu seiner Mutter zurückgelaufen sein? Nina war sich nicht ganz sicher, ob er wirklich verstanden hatte, dass Minka zu den Goldenen Steppen zurückgekehrt war.

In schnellem Trab machte Nina sich auf den Weg zu dem Gebüsch, unter das sich die sterbende Katze zurückgezogen hatte.

Der Platz war leer.

Verdutzt beschnüffelte Nina das niedergedrückte Gras, an dem sie gelegen hatte. Es roch nach Tod – ganz eindeutig.

Also hatte jemand Minka fortgetragen.

Ein Mensch, kein Tier, schloss sie aus den hauchfeinen Duftspuren. Ein Mensch mit einem Hund.

Menschen führten ihre Hunde gerne in diesem kleinen Park aus, und einer von ihnen mochte Minka gewittert haben. Sie öffnete ihr Mäulchen ein wenig und ließ die feinsten Geruchsspuren über ihre empfindlichen Geruchsnerven fließen.

Das Flehmen gab ihr Auskunft, Mensch und Hund hatten sich, vermutlich mit Minkas leblosen Körper, Richtung Häuser begeben. Aber auch Junior war noch einmal hier gewesen. Voll Mitleid dachte sie an den Kleinen. Er mochte nach außen hin wie ein Rabauke auftreten, aber der Verlust seiner Mutter hatte ihn nicht unberührt gelassen. Nina zögerte einen Moment. Sollte sie nachsehen, was der Mensch mit den sterblichen Überresten der Katze getan hatte? Oder war es wichtiger, Juniors Verbleib aufzuspüren?

Noch einmal schnüffelte sie den Ort ab, dann entschied sie sich für die Lebenden und gegen die Toten.

Junior hatte sich nicht lange an diesem traurigen Platz aufgehalten, er war offensichtlich verschreckt tiefer in die Büsche gekrochen. In der Hoffnung, dass er sich noch in der Nähe aufhielt, versuchte Nina ihn maunzend zu locken.

Keine Antwort.

Sie überlegte. In das tiefe, dornige Gestrüpp wollte sie nicht kriechen. Das mochte noch für einen Winzling wie Junior angehen, sie würde sich nur Kratzer holen und in dem hakeligen Geäst verfangen. Also lieber nachdenken.

Könnte ihn der Hund gejagt haben?

Nicht auszuschließen.

Nina kontrollierte die umstehenden Bäume und lauschte

nach oben. Kleinkatzen fanden den Weg nach oben schnell, aber oft fehlte ihnen der Mut, wieder nach unten zu klettern. Doch das erwartete ängstliche Jammern ließ sich nicht hören.

Wohin würde sonst ein verstörter Jungkater fliehen?

In sein einziges Zuhause, das er nun noch kannte, hoffentlich.

Wenn er denn den Weg zurück fand.

Nina prüfte noch einmal die Umgebung, ohne Erfolg, und trabte dann zurück zu Annes Garten.

Dort lauschte sie weiter in die stille Nacht. Trockene Blätter raschelten, leise Mausepfötchen huschten durch das dürre Laub, ein Igel schnarchte unter den Büschen, und ganz, ganz leise war das regelmäßigen Ein- und Ausatmen einer kleinen, erschöpften Katze zu hören. Ninas Faltohren drehten sich in verschiedene Richtungen, um den Ursprung des Geräusches zu orten. Da, unter der Hecke an der Terrasse war die Quelle der Schlaflaute zu finden.

Befriedigt, sich nicht noch länger auf die Suche durch das Gelände machen zu müssen, trabte Nina zu Juniors Versteck und weckte ihn mit einem unsanften Nasenstüber.

»Mama ...«, murmelte Junior verschlafen und wollte die Augen wieder schließen, doch Nina stupste ihn erneut an.

»Mama? O nein.«

Sanft schnurrte Nina ihn an.

»Nein, nicht deine Mama. Ich bin's, Nina. Du hast deine Mama gesucht, nicht wahr?«

»Hab sie gefunden, aber sie ...«

»Sie wandert auf den Goldenen Steppen.«

»Nein, ein Mensch hat sie mitgenommen. Ich hab's gesehen. Er hat sie in eine Mülltonne geworfen.«

Nina sträubten sich die Nackenhaare. Mochte Minka auch nur noch ein lebloser Haufen Fell sein – das Katerchen musste diese lieblose Behandlung schmerzen. Trotzdem, er hatte sich mit den Realitäten des Lebens abzufinden, und zur Mütterlichkeit gehörte auch Härte.

»Auf jetzt! Anne hat mich losgeschickt, dich zu suchen, also kommst du mit.«

Befehle liebte Junior überhaupt nicht, und so plötzlich geweckt und wegen des bohrenden Hungers übel gelaunt, gab er Widerworte.

»Ich bin nicht so eine verweichlichte Wohnungskatze. Ich werde hier in meinem Revier bleiben!«, beharrte er.

»Dein Revier? Dass ich nicht lache! Welch Größenwahn! Aber das nützt dir nichts. Freiwillig ins Haus, oder ich helfe nach!«

»Versuch's doch!«

Herausfordernd erhob sich Junior und plusterte seinen noch sehr mickerigen Schwanz auf. Gelangweilt sah ihm Nina zu.

»Sonst noch?«

Der Schwanz wurde unter ihrem Blick schlapp und hing schließlich deprimiert nach unten.

Oh, oh, dachte Nina, und ohne weitere Überredungskünste schnappte sie das Kätzchen an der Halsfalte und trug den protestierenden Junior zur Terrassentür.

6. Katzenwäsche und andere Geschäfte

Anne öffnete den beiden sofort und musterte das zerzauste Kätzchen.

»Bring ihn lieber gleich in die Küche. Der Kleine wird wahrscheinlich schon wieder einen Mordshunger haben«, meinte sie. Nina war jedoch anderer Ansicht. Sie setzte den Kleinen auf dem als Fußabstreifer deklarierten kleinen Teppich ab und begann, sein Fell energisch zu putzen und zu glätten. Erst als sie ihn einigermaßen zurechtgemacht hatte, entließ sie ihn, und maunzend schoss Junior in den vielversprechenden Nachbarraum. Anne hatte inzwischen vorsorglich ein weiteres Döschen Katzenfutter aufgemacht und ein wenig davon zerdrückt auf einen Teller dekoriert.

»Ob du das wohl schon fressen kannst?«, fragte sie ihn und beugte sich zu dem bettelnden Katzenjungen hinunter. Diese Äußerung gehörte offensichtlich in die Kategorie der saudummen Fragen, denn Junior fiel mit dem Appetit eines halbverhungerten Löwen über den Teller her. Etwas ungeübt in der Bewältigung von Futter auf Porzellan, verursachte er dabei eine reichliche Schweinerei, beseitigte sie aber selber wieder, indem er die Bröckchen anschließend säuberlich vom Boden aufleckte. Dann sah er – stolz auf seine Tat – zu Anne auf. Diese nahm ihm den Teller weg und wies ihn in Richtung Wohnzimmer. Doch Junior hatte andere Ideen. Die Küche roch weit verlockender als jeder andere Raum, und so verschwand er erst einmal in der Ritze zwischen Küchenschrank und Wand.

»Kommst du wohl da wieder raus, Junior!«, befahl Anne ihm mit fester Stimme. Aber das war verschwendeter Atem. Es rumorte hinter dem Schrank und raschelte, doch kein Junior erschien.

»Wenn du meinst, dass ich deinetwegen anfange, die Möbel zu verrücken, hast du dich geirrt.«

Eigentlich wollte sie sich später noch mit ein paar Bekannten treffen, aber wegen Juniors Einzugs in ihr bislang wohlgeordnetes Heim beschloss Anne, lieber den Abend zu Hause zu verbringen. Als sie das ungerahmte Foto von Tiger auf dem Wohnzimmertisch sah, fiel ihr ein, dass Bärbel ihr eine CD mit Aufnahmen gebracht hatte, die sie von ihr und Nina für Christian gemacht hatte.

Anne setzte sich an ihren Laptop und schob die Diskette ein. Als sie die Datei öffnete, war sie sofort begeistert. Schon das erste Foto zeigte eine Nahaufnahme von Nina, die ihren ganzen Charme entfaltete. Dann kamen einige Aufnahmen gemeinsam mit Nina und ihr, die ihr alle ungeheuer lebendig und gut getroffen erschienen. Die drei letzten Bilder hatte Bärbel dann wohl ohne ihr Wissen gemacht, denn darauf hatte sie Anne im Porträt abgebildet, wie sie selbstvergessen und ein wenig sehnsüchtig auf ein unbekanntes Ziel blickte. Eine ungewöhnliche Darstellung ihrer Person. Trotzdem, das Mädchen hat richtig Talent, dachte sie bei sich und betrachtete nochmals die Bilder gründlich.

Ihre Konzentration wurde jäh unterbrochen.

Ein lautes Scheppern mit einem anschließenden dumpfen Aufprall erklang aus der Küche. Nina und sie waren gleichzeitig auf den Beinen und stürzten hinüber. Junior saß verschreckt zwischen den Trümmern des Blumentopfes, in dem Anne ihre Petersilie zog. Der Topf hatte eigentlich auf der Fensterbank gestanden, und wie die kleine Katze es geschafft hatte, ihn herunterzuholen, ließ sich nur vermuten. Erde und einige Petersilienblätter zierten Juniors Haupt, und er sah Anne in Erwartung einer Strafe mit großen, kindlich-runden Augen an. Sie musste sich zusammenreißen. Der Anblick war so witzig, dass sie kurz vor einem Anfall von Kichern stand, doch sie sagte sich, dass die Erziehung zumindest einen scharfen Verweis erforderte.

»Kssssssssss!«, zischte sie ihn an.

Junior hopste rückwärts, landete mit dem Hinterteil in der Hälfte des zerbrochenen Topfes und kippte damit um. Mit dem Schnäuzchen voller feuchter Blumenerde und Tonscherben wirkte er nicht sehr glücklich. Damit war Anne endgültig an die Grenzen ihrer Selbstbeherrschung gelangt. Lachend zupfte sie den vor Schreck erstarrten Junior aus der Petersilie.

»Du gehörst gewaschen«, stellte sie fest, als sie sich das erdige Fell ansah, denn sie hatte heute ihre Pflanzen reichlich gegossen. Unentschieden, wo sie den kleinen Kater absetzen sollte, schaute sie sich um. Auf den Boden wollte sie ihn nicht lassen, damit er seine Schmutzspuren nicht bei seinem zu erwartenden Ausbüxen in der ganzen Wohnung verteilte. Kurzentschlossen setzte sie ihn in das Spülbecken, drehte lauwarmes Wasser an und stellte den Wasserhahn auf Brausen. Junior nahm ihr das erwartungsgemäß übel. Fauchend, zappelnd, kratzend und um sich beißend, wehrte er sich gegen diese Behandlung, aber Anne blieb hart und hatte ihn so fest im Griff, dass ihm keine seiner Reaktionen half. Doch sehr schnell beendete sie seine Pein, hüllte ihn in ein weiches Handtuch und tupfte ihn trocken. Mitsamt Tuch trug sie ihn ins Wohnzimmer und legte ihn in Ninas Korb.

»Jetzt bist du dran, ich räume die Küche auf«, wies sie Nina an.

An diesem Abend hatte Anne von ihrem neuen Mitbewohner keine weiteren Eskapaden mehr zu erwarten, denn Junior war völlig erschöpft und schlief bald tief und fest. Auch Anne ging einige Zeit später zu Bett.

Irgendwann um vier Uhr morgens weckte Nina sie wie fast jeden Tag und verlangte Auslass. Im Halbschlaf öffnete Anne ihr und Junior die Tür. Dann schlüpfte sie wieder in ihr warmes Bett, in der Hoffnung, bis um halb sieben weiterschlafen zu können. Das gelang ihr auch, aber sie versank dabei in einen so bodentiefen Schlummer, dass ihr Wecker schon die schrillste Alarmstufe erreicht hatte, als sie endlich wie benommen die Augen aufschlug. Eine unerklärliche Traurigkeit hielt sie noch umfangen, und als sie etwas wacher wurde, erinnerte sie sich, dass sie einen sehr lebhaften Traum von ihrem verstorbenen Kater Tiger gehabt hatte, den sie verzweifelt in einem verwilderten Garten suchen musste.

Mit einem Seufzen kroch Anne aus dem Bett. Der kleine Junior mochte diesen sehnsüchtigen, trauervollen Traum wohl ausgelöst haben.

Nichtsdestotrotz, das Leben ging weiter. Eine ausgiebige Dusche half ihr, sich den Anforderungen des Morgens zu stellen.

Als Anne um acht Uhr das Haus verließ, waren die beiden Katzen noch nicht von ihrem Rundgang zurückgekommen. Das beunruhigte sie jedoch nicht weiter, denn die letzten Tage waren noch sonnig und trocken gewesen. Sie stellte ihnen vorsorglich zwei Schälchen mit Futter in den Schatten auf der Terrasse und machte sich auf den Weg ins Büro der Werbeagentur, für die sie seit sieben Jahren tätig war. Der erste kleine Stau brachte sie schon etwas aus der Ruhe, und als sie in der Stadt von einem ortsfremden Trödler daran gehindert wurde, in ihren Schleichweg einzubiegen, bemühte sie herzhaft und laut ihren undamenhaften Wortschatz. Immerhin hob dieser kurze Temperamentsausbruch ihre Stimmung so weit, dass sie anschließend lächelnd den Gruß zweier Kollegen erwidern konnte, als sie durch die Glastür in das Bürogebäude trat.

In ihrem Büro warf sie ihren Beutel mit Schwung in den Schrank und schaltete den Computer ein. Die erste Mail hatte eine »Dringend«-Markierung. Ihr Chef, Peter Clausing, wünschte, dass sie sich wegen eines eiligen Auftrags sofort mit ihm in Verbindung setzen solle. Da sie lieber mit ihren Mitmenschen persönlich sprach, statt zu schreiben, verließ sie den Raum, um zwei Türen weiter den Kopf in das Büro ihres Vorgesetzten zu strecken.

»Hallo, guten Morgen, Peter. Ich soll dich ansprechen wegen dieser Industrie-Reinigungsgeräte.«

Peter, der in seinen Bericht versunken war, hob seinen Kopf und lächelte sie an. Anne hatte ihn im Verdacht, dass er sie attraktiv fand, aber außer einem harmlosen Wortgeplänkel hin und wieder vermied er alles, was nach Flirt aussehen konnte. Ihr war das recht so. Er war zwar ein gutaussehender Mann, Witwer mit einer kleinen Tochter, aber sie wollte keine Verwicklungen zwischen Job und Privatleben.

»Netter Anblick heute Morgen«, würdigte er, was er sah.

»War's das, was du mir mitteilen wolltest?«, neckte sie ihn.

»Ich hingegen finde, du solltest dir mal wieder die Haare schneiden lassen, wenn wir schon bei Äußerlichkeiten sind.«

»Dazu habe ich bis jetzt keine Zeit gehabt. Die nehme ich mir jetzt, und deswegen wirst du heute mit Benson & Co. die neue Kampagne vorbereiten. Hier sind die Unterlagen, die wir bisher erarbeitet haben. Um sechzehn Uhr ist der Termin. Bis dahin kannst du dir ja schon mal ein Bild machen.«

Beide waren in kürzester Zeit in einen Gedankenaustausch verwickelt, bis ein Telefonat ihre morgendliche Fachsimpelei beendete und sie sich über die Unterlagen hermachen konnte. Etwas früher als notwendig verließ sie das Haus. Auf dem Weg zu dem Termin wollte sie noch einige sehr wichtige Dinge für ihren neuen Hausgenossen erstehen, da nicht absehbar war, wann sie Feierabend machen konnte.

Den Kofferraum beladen mit einem Beutel Streu, einem weiteren Katzenklo, einem grünen und einem roten Fressnapf und einigen Dosen Katzenkinderfutter, fuhr sie schließlich weiter zu Benson & Co. Dort meldete sie sich bei einer überaus gelangweilten Empfangsdame an, die ihr mitteilte, dass ihr Gesprächspartner das Haus wegen eines anderen Termins verlassen hatte. Toll!

»Sind Sie sicher, dass er für mich keine Nachricht hinterlassen hat? Schließlich hatten Sie ja um den Termin gebeten«, fragte Anne nach.

»Wer, sagten Sie, sind Sie?«

Anne zog eine Visitenkarte aus der Tasche und legte sie auf

die Theke, in der Hoffnung, die träge Dame möge des Lesens kundig sein.

»Sie sind von der Werbeagentur!«, erklärte die Frau freudig nach dem eingehenden Studium des Kärtchens, und richtiggehend aufgeweckt griff sie zum Telefon und kündigte Frau Breitner an.

Ohne Schwierigkeiten fand Anne das angegebene Besprechungszimmer, trat ein, stellte ihre Tasche ab und fischte die notwendigen Unterlagen heraus. Schritte erklangen auf den Gang, und ein Herr im grauen Anzug trat durch die Tür. Überrascht sah sie ihn an.

»Der Mann, der samstags Mohnbrötchen kauft«, entfuhr es ihr mit einem überraschten Lachen. »Ich wusste gar nicht, dass Sie bei Benson beschäftigt sind.«

»Ah, die Frau, die samstags Hörnchen isst. Frau Breitner, wir sind uns doch schon so oft begegnet. Welche Freude, Sie hier zu sehen.« Staubinger reichte ihr mit strahlendem Lächeln die Hand. »Wir sind ja sozusagen Nachbarn, nicht wahr?«

In der Tat wohnten Staubingers im selben Dorf, einige Häuser von ihrer Wohnung entfernt. Bislang war Anne ihm aber allenfalls bei einem Gang durch den Ort oder beim Einkaufen begegnet. Er mochte Ende vierzig sein, seine dunklen Haare zeigten an den Schläfen bereits einige attraktive Silberfädchen, sein gutgeschnittener Anzug und ein feiner Hauch von Vetyver verrieten ihr, dass er auf sein Äußeres zu achten wusste. Angenehm überrascht, ließ sie sich von seiner altmodischer Galanterie den Stuhl zurechtrücken, und als sie sich gesetzt hatte, fragte er sie: »Was führt Sie denn zu uns, meine Liebe?«

Die familiäre Anrede irritierte Anne kurz, aber sie fasste sich schnell wieder. Gemeinsame Bäckereibesuche am Samstagmorgen waren eigentlich kein Anlass zu derartigen Vertraulichkeiten.

»Oh, ich dachte, Sie seien über mein Kommen informiert, da Herr Benson selbst ja den Termin nicht einhalten konnte.«

»Natürlich. Verzeihen Sie meine Überraschung, Frau Breitner. Wir dumm von mir, einen Herren Ihrer Agentur zu erwarten. Dann werden wir beide also das neue Programm durchsprechen.«

»Ich hoffe, wir kommen zu einem konstruktiven Ergebnis, Herr Staubinger. Keine Sorge, ich habe meine Hausaufgaben gründlich gemacht.«

Staubinger nickte und schlug den Ordner auf, den er mitgebracht hatte.

»Aber sicher, Frau Breitner. Es ist zwar eine trockene und technische Materie, aber ich will versuchen, Ihnen die wesentlichen Punkte so verständlich wie möglich zu schildern.«

Man musste als Frau diesen galanten Herren gegenüber wohl immer noch mit gepflegten Vorurteilen rechnen, was die geistige Kapazität von Frauen anbelangte, stellte Anne erheitert fest. Aber was sollte es? Er war der Auftraggeber, und sie würde ihm sein altmodisches Weltbild nicht vorwerfen, solange er die notwendigen Informationen lieferte. Freundlich erwiderte sie also: »Es ist mir bekannt, dass Sie hochtechnische Geräte produzieren, Herr Staubinger. Aber Sie werden zugeben, dass sich Frauen auch mit solch komplizierten Geräten wie Wasch- und Spülmaschinen, Trocknern und Staubsaugern auseinandersetzen können.«

»Selbstverständlich, Frau Breitner. Nur dürfen wir nicht außer Acht lassen, dass unsere Industriereiniger auf einem klein wenig anderen Niveau angesiedelt sind.«

»Dann fangen wir damit mal an. Welchen Kundenkreis haben Sie sich denn für diese Industriesauger mit dem speziellen Schadstofffilter vorgestellt? Dazu fehlen mir noch einige Angaben.«

Während er sich in seinen Erklärungen erging, öffnete sich die Tür, und eine elegante Dame mittleren Alters kam mit einem Tablett herein. Staubinger unterbrach sofort seine Erläuterungen.

»Ah, danke, meine Liebe. Stellen Sie die Kanne hierhin. Und die Süßigkeiten natürlich für die Dame.«

Anne wurde zum zweiten Mal an diesem Tag überrascht. Die

Sekretärin zwinkerte ihr über Staubingers Kopf hinweg vertraulich zu, gab aber nicht zu erkennen, dass sie sie erkannte. Anne registrierte das und hielt sich an die Botschaft. Marianne Kranz war die Mutter ihres ehemaligen Freundes Matthias, mit der sie sich am Ende besser verstanden hatte als mit ihrem allzu empfindlichen Sohn. Anne nahm sich vor, bald mal wieder Kontakt mit ihr aufzunehmen und bei ihr anzurufen. Was ihr aber bei dem Geplänkel auffiel, war die Tatsache, dass Staubinger die Anrede »meine Liebe« wohl für alle weiblichen Wesen reserviert zu haben schien. Milde amüsiert fragte sie sich, ob er wohl seine männlichen Kollegen ebenfalls mit »mein Lieber« titulierte.

Die Verzögerung durch das Kaffeeausschenken störte Anne zwar etwas, aber geduldig wiederholte sie ihre Fragen. Diesmal erhielt sie recht wortreiche Antworten, die sie sich in Stichpunkten notierte. Über eine Stunde zog sich das Gespräch hin, bis sie endlich ihre Unterlagen zusammenschob, um einen freundlichen Abschluss zu schaffen.

»Vielen Dank, Herr Staubinger, dass Sie sich die Mühe gemacht haben, meine Fragen so ausführlich zu beantworten. Ich schicke Ihnen in den nächsten Tagen dann das Besprechungsprotokoll zu.«

»Aber das ist doch nicht nötig, dass sie sich diese Arbeit machen. Wir beide wissen doch, was wir besprochen haben«, wehrte Staubinger lächelnd ab.

»Kein Problem, Herr Staubinger, ich schreibe sowieso immer Protokolle von meinen Gesprächen.«

Staubinger gab sich väterlich und kam auf sie zu, um ihr die Hand auf die Schulter zu legen.

»Schön, dann machen Sie das, Frau Breitner. Es war mir ein Vergnügen, Ihnen weitergeholfen zu haben.«

Sie wollte sich gerade unter seiner Hand wegdrehten, als er auch schon einen Schritt zurück machte. Er mochte ein ansehnlicher und auf seine etwas antiquiert höfliche Art ein charmanter Mann sein, aber seine Art, Vertraulichkeit zu erzeugen, war ihr ein wenig unangenehm. Dennoch blieb sie freundlich und verabschiedete sich, indem sie ihm zulächelte.

»Auf Wiedersehen, Herr Staubinger. Sollte ich noch Fragen haben, kann ich mich sicher an Sie wenden.«

»Aber natürlich, meine Liebe. Nötigenfalls sogar beim Brötchenkaufen in unserer Bäckerei.«

Na, gewiss nicht, sagte sich Anne mit einem Schmunzeln. Geschäft war Geschäft – und Brötchen waren Brötchen.

7. Junior wird in die Gemeinschaft aufgenommen

Nina und Junior hatten am selben Morgen um vier ihren Reviergang begonnen. Junior war ausgeschlafen und unternehmungslustig, Nina entspannt und gut gelaunt. Geduldig beobachtete sie das übermütige Herumtollen ihres kleinen Begleiters und versuchte, ihn in seinen etwas ruhigeren Phasen auf die Besonderheiten ihres Reviers aufmerksam zu machen. Sie zeigte ihm ein paar Fluchtwege durch heckenumsäumte Vorgärten, wies ihn an, seine Krallen an einer Birke zu schärfen (»Und nicht an Annes Sofa, hörst du!«), mahnte ihn vor den krächzenden Raben, die einer kleinen Katze durchaus gefährlich werden konnten, und wies ihn darauf hin, dass man stehende Fahrzeuge sehr gut als Versteck vor großen Hunden nutzen konnte. Sie zeigte ihm auch die Hausecken, an denen Reviermarkierungen oder Nachrichten zu finden waren, was ihn prompt dazu brachte, seine eigene, ziemlich dürftige Duftmarke über die des Revierchefs zu setzen. Nina kommentierte es nicht, merkte sich aber vor, dass ihr Schützling vermutlich zu einem Herausforderer heranwachsen würde. Die fälligen Nackenschläge würden ihm schon andere verpassen.

Doch Junior war zwar ein temperamentvoller Vertreter seiner Rasse, aber nicht unintelligent und überaus wissbegierig. Nur wenige Dinge musste Nina ihm zweimal erklären. Zwischen den einzelnen Lektionen steckte er sein neugieriges rosa Näschen in alle möglichen Ecken, unter nervenkitzelnde Grasbüschel, in dunkle, feuchte Erdlöcher und beuteversprechende Mauerritzen. Einmal kreuzte ein unvorsichtiger Regenwurm seinen Weg. Er sprang mit Einsatz seines gesamten Gewichts auf das glitschige Etwas und trug dann stolzen Schwanzes das Ergebnis seines Jagdeifers zu Nina.

»Gut gemacht, Junior. Dann friss ihn jetzt auch auf!«, lobte sie ihn, und schmatzend würgte er seine Beute herunter.

Durch den Erfolg war sein Jagdfieber deutlich gestiegen, und jeder sich bewegende Grashalm, jedes raschelnde Blatt wurde in seinen Augen zum Versteck potenzieller Opfer. Ein dicker, schwarzer Käfer wurde als Nächstes gestellt und mit Knacken und Knispern zermalmt. Besonders stolz zeigte sich Junior, als er ein sich aus seinem Nest leichtsinnig entfernendes Mausekind aufstöberte und mit schon fast professionellem Nackenbiss zur Strecke brachte. Nur das Fressen machte ihm Schwierigkeiten, da seine Milchzähne für Fell und Knöchelchen noch nicht die richtigen Werkzeuge waren.

Betrübt saß er vor dem Mäuschen und beklagte sich bei Nina: »Geht nicht. Geht einfach nicht!« Dann aber hellte sich seine Miene auf, und er kam mit dem vielversprechenden Vorschlag: »Dieses Zeug, das Anne uns gegeben hat, schmeckt mir sowieso besser. Willst du die Maus? Dafür bekomme ich dann nachher von deiner Portion was ab?«

»Junior, merk dir für alle Zeiten: Was du gefangen hast, musst du auch fressen! Sonst brauchst du es gar nicht erst zu töten. Klar?«

»Ja«, antwortete Junior gehorsam und kaute mühsam an dem Mausefell.

Eine kleine Weile sah Nina seinen gutgemeinten Bemühungen zu, dann schubste sie ihn nicht unfreundlich zur Seite, und mit zwei schnellen Bissen war das winzige Mäuschen verschwunden.

»Geben die Menschen uns eigentlich immer solches Futter?«, wollte Junior daraufhin wissen.

»Nun ja, mir schon. Aber ich habe auch einige Freunde, die nur sehr unregelmäßig von ihren Menschen solche Sachen bekommen. Deine Mutter zum Beispiel musste oft selbst für ihren Lebensunterhalt sorgen. Nicht dass es ihr dadurch schlecht ging. Es gibt dort in den Ställen und auf den Weiden viele fette Mäuse und anderes Getier. Es ist natürlich viiiiel vornehmer, man bekommt sein Tellerchen bereitgestellt«, meinte sie mit einem gewissen Hochmut und schwärmte dann: »Besonders aufregend ist es natürlich, wenn sie sich selbst ihr Futter zubereiten. Weißt du, die Menschen können diese ganz großen Tiere jagen.«

»Und die geben sie uns dann?« Junior bekam leuchtende Augen.

»Nun ja, den uns zustehenden Tribut. Du kannst dir jedoch gar nicht vorstellen, wie gierig Menschen plötzlich werden können, wenn es um ihr Futter geht. Man muss da schon genau aufpassen, wie sie es aufteilen, und sehr energisch auf seinem Recht bestehen.«

Nina stand auf und schlenderte ein Stückchen weiter, Junior im Schlepptau. Das viele Gerede über Essen und der Happen Maus hatten ihren Appetit geweckt.

Es war inzwischen schon hell geworden. Vermutlich war es langsam an der Zeit, zu Hause vorbeizuschauen und auf der morgendlichen Portion Futter zu bestehen. Sie standen schon am Straßenrand, als Anne eben davonfuhr. Junior sah das blaue Auto irritiert an.

»Die bewegen sich?«

»Ja, natürlich. Und wenn sie sich bewegen, muss man sehr vorsichtig sein. Die können nämlich nicht sehen. Also jetzt schnell über die Straße.«

Nina sauste zum Grundstück, und Junior hoppelte hinterher.

»Anne ist jetzt weg, aber meistens stellt sie dann das Futter auf die Terrasse«, klärte sie den Kleinen auf.

»O ja, o ja, ich rieche es schon«, jubelte er und schoss los.

Nina fand ihn schmatzend über dem Teller und stellte beruhigt fest, dass Anne auch an eine zweite Portion gedacht hatte. Nach ihrer Mahlzeit rollten sie sich auf dem weichen Gras zu einem Verdauungsschläfchen in der Morgensonne zusammen.

Einige Stunden später wachten sie fast gleichzeitig auf, und Nina unterwies ihren Schützling im Putzen, wobei sie noch tatkräftig mithelfen musste.

»So, nun bist du hübsch. Wollen wir mal sehen, ob wir ein paar Freunde treffen. Es ist zwar nicht eigentlich die richtige Zeit für Geselligkeit – dafür ist der Abend besser geeignet –, aber es ist Jakobs Revierzeit, und wir müssen dich vorstellen!«

»Hach, von dem putzigen Alterchen hat mir Henry schon erzählt. Ja, stell mir den mal vor!« Unternehmungslustig richtete Junior die Ohren auf.

Nina musterte ihn nachsichtig. Er würde schon seine Erfahrungen machen, dachte sie und erwiderte nichts. Gemeinsam zockelten sie wieder los. Diesmal schlugen sie den Weg zum Bach ein, denn Nina verspürte ein leichtes Durstgefühl. Für Junior suchte sie eine flache Uferstelle aus, an der sie gemeinsam das kühle Wasser schlabberten. Dabei erspähte Nina ein paar silbern glänzende Fischlein.

Sie verharrte. Nur die Augen folgten den flinken Bewegungen der Elritzen. Ein Opfer wurde ausgewählt, und mit einem plötzlichen Krallenschlag ins Wasser hatte sie eine geangelt. Der Fisch flog im hohen Bogen ins Gras, und Junior, der das Schauspiel gebannt beobachtet hatte, zog den falschen Schluss, dass diese Aktion zu seiner persönlichen Belustigung veranstaltet wurde. Er sprang dem Fischlein hinterher und wollte es eben verspeisen, als er sich derb zur Seite getreten fühlte. Beleidigt fauchte er Nina an, die den Fisch mit wenigen Bissen hinunterwürgte.

»Meiner!«, betonte sie anschließend.

»ßßöner Tag heute, nicht? Ich ßehe, du haßt einen jungen Begleiter, Nina. Wer ißt denn dießer junge Held?«

Nina und Junior drehten sich zu den Neuankömmlingen um.

»Hallo, Diti, hallo, Hommi«, grüßte Nina erfreut. »Das da ist Junior! Hab ihn in meine Obhut genommen.« Sie schob den Kleinen ein Stückchen vor, und die beiden schmalköpfigen weißbraunen Katzen beschnupperten ihn kurz. Junior ließ sich das noch gerade eben gefallen, wollte dann aber auch sofort wissen, mit wem er es zu tun habe.

»Ihr riecht so komisch – wer seid ihr denn?«

»Also Junior! Benimm dich!«, fuhr ihn die sehr auf die

Einhaltung der Formen bedachte Nina an. Doch dann wandte sie sich an Diti: »Aber er hat recht, du riechst wirklich komisch. Bist du in Parfüm getreten?«

»Ach, rühr da nicht dran. Elißa hat unß mit ihrem Badeßeugß ßßamponiert. Und dann hat ße mir waß von ßßaumgeborener Aphrodite geßßwallt. ßo eine ßßeiße.«

Ditis Augen funkelten noch immer empört. Die edle Katze war stolz auf ihre Verwandtschaft zu einer Siam-Familie. Sie war mit ihrem Bruder Homer bei Eliza zu Hause, einer unverheirateten Dame mittleren Alters, deren Vorliebe für Studienreisen nach Griechenland ihnen zu diesen ausgefallenen Namen Aphrodite und Homer verholfen hatte. Gemeinhin wurden sie aber Diti und Hommi gerufen, was besser zu ihnen passte. Leider hatte Diti einen kleinen Sprachfehler, den sie aber mit Fassung trug. Darauf angesprochen, erwiderte sie meist mit gutem Humor: »Ich bin ßßon froh, daß ße mich nicht Kaßßandra oder Kaßßiopeia genannt hat.«

Homer hatte zwar keinen Sprachfehler, doch eine etwas andere schrullige Eigenart. Junior, der neugierig an der gebadeten Schönheit schnupperte, musste niesen und bekam gesagt:

»Katzen die niesen,
gehören nicht auf Wiesen!«

»Hä?«, fragte Junior verblüfft nach.

»Kätzchen, die nicht hören,
kriegen was auf die Öhren!«

»Uuuch, Hommi, muss das schon wieder sein?« Nina wand sich gequält bei den Reimversuchen.

»Da ßiehßt du mal, waß ich immer ßu leiden habe, wenn er dieße Anfälle hat.« Diti drehte die Augen gen Himmel und seufzte. Homer äugte beleidigt über die Köpfe der beiden Katzendamen und schwieg daraufhin.

Junior war inzwischen schon wieder vorwitzig geworden und fragte Diti, ob Menschen immer ihre Katzen waschen. Er erinnerte sich nur zu gut an die Dusche, die er am vorherigen Abend erhalten hatte.

»Nur ßolche bißßchen ßpinnerten wie unßere Elißa. Aber wir müßen jetßt weiter, wir ßehn unß ßicherlich heute Abend«, verabschiedete sich Diti und verschwand mit Homer im hohen Gras.

»Ißt Anne auch ßpinnert?«, äffte Junior die Sprechweise nach und erhielt eine prompte Ohrfeige.

»AUA! Lass das!«

Nina blitzte ihn zornig an. »Es wird langsam Zeit, dass du Manieren lernst, Freundchen! Wenn du dich bei Jakob nicht gleich anständig benimmst, dann war das dein letzter Auftritt hier. Ich schleppe dich im eigenen Maul zum Bauernhof zurück, dann kannst du sehen, wie du durchkommst!«

»Grrr«, grollte Junior leise, aber hielt sich von weiteren Kommentaren zurück. Sie begaben sich wieder auf den vorgesehenen Revierpfad, und diesmal dauerte es nicht lange, bis sie auf Jakob trafen.

Der alte weiße Kater mit den grauen Flecken hatte schon siebzehn Jahre lang Weisheit gesammelt und war deshalb noch immer unbeschränkter Herr im Revier. Er galt als mürrisch und rechthaberisch und war sehr auf die Regeln des Zusammenlebens bedacht. Aber da er sich selbst ebenfalls streng an die Vorgaben hielt, gab es für keine der Katzen einen Grund, ihn nicht zu respektieren. Sein einziger potenzieller Nachfolger wäre Tiger gewesen, aber der war ja nun leider aus dem Kreis der Anwärter ausgeschieden.

Als sich Nina und Junior seinem Hoheitsgebiet näherten, saß Jakob in einem Laubhaufen und ließ die Herbstsonne sein Fell wärmen. Höflich trat Nina zu ihm, beugte den Kopf und ließ sich beschnuppern.

»Hallo, Jakob, wie geht's denn so? Gutes Futter und alles?«

»Wird nicht besser. Aber auch nicht schlechter.« Griesgrämig putzte der Alte sich das rechte Ohr. »Emil hat ein neues Hörgerät. Jetzt springt er immer schon beim leisesten Maunzer auf, der Dummkopf. Gestern hat er sich dabei die Zehen blutig gestoßen.« Er knurrte ärgerlich. »Man hat schon seine Sorgen mit den Menschen!«

Nina grinste leicht in sich hinein. Früher hatte Jakob sich immer beschwert, dass sein Mensch Emil, ein verwitweter Rentner, so entsetzlich schwerhörig sei. Jetzt war ihm die korrigierte Hörfähigkeit auch wieder nicht recht. Aber sie sagte darüber nichts zu Jakob, denn sie wusste, wie empfindlich der war, wenn jemand seinen Emil kritisierte.

»Was ist das da für eine Ratte, die sich hinter deinem Rücken versteckt?«, herrschte Jakob sie an.

Nina stellte Junior vor und gab ihm einen kurzen Abriss über die Umstände, die ihn zu ihr gebracht hatten.

»Minka, ja, drüben im Stall. Hübsche Rote. Kommt wohl mehr nach dem Vater, der Junge.«

»Wird wohl so sein. Er ist noch ein wenig übermütig, aber ich werde darauf achten, dass er sich an die Ordnung hält.«

»Das will ich auch hoffen. Ich dulde keine Extratouren in meinem Revier.«

Jakob konnte ganz schön ehrfurchtgebietend sein. Gegenüber einem unmündigen Jungkater, dem es noch ganz offensichtlich noch an Anstand und Sitte fehlte, stellte er seine ganze Autorität zur Schau. Er musterte den Kleinen scharf und erlaubte ihm dann gnädigst, näher zu treten, damit er seinen Geruch aufnehmen konnte. Mit diesem bedeutsamen Akt war er dann in seiner Gemeinde aufgenommen.

»Dass mir keine Klagen zu Ohren kommen! Die nächste Zeit begleitest du Nina im Revier. Sollte ich dich alleine erwischen, setzt's was. Verstanden?«

»J-j-jaw-w-wohl, J-j-jakob«, stotterte Junior eingeschüchtert und zog sich vorsichtig aus der Krallenweite zurück.

»Ihr könnt gehen«, entließ Jakob die beiden mit hoheitsvollem Schwanzzucken.

Nina schubste den orientierungslosen Junior in die richtige Richtung. Noch viele Meter weiter war der Kleine still und in sich gekehrt und reagierte kaum, als eine neckende Stimme brummelte: »Na mein junger, starker Kater, hast du's dem Alterchen gezeigt?«

Junior stand vor Henry und sah verdrossen auf seine weißen Pfötchen hinunter. Amüsiert fuhr Henry dem Kleineren mit der Zunge über den Kopf und schnurrte ihn beruhigend an. Der graue Kater war ein ausgesprochen harmoniebedürftiger und zärtlicher Geselle. Das streitbare, jetzt verunsicherte Katerchen tat ihm leid.

»Mein Mensch hat eine Schüssel Sahne rausgestellt, ihr solltet mal vorbeigehen. Aber passt auf, dass sie euch nicht erwischt«, schlug er vor, um Nina zu helfen, Juniors gute Laune wiederherzustellen.

»Oh, Sahne!« Nina sah ihn dankbar an. »Darf ich wirklich?«

»Sicher, du Schleckermäulchen, ich werde sowieso zu dick.«

Er fuhr sich demonstrativ mit der Zunge über seinen vornehm gerundeten weißen Bauch.

Erfreut nahmen beide das Angebot an und besuchten Henrys Heimstatt. Sie wurden nicht entdeckt und schleckten einen Großteil der üppig bemessenen Sahne auf. Anschließend hielten sie ein weiteres Schläfchen unter den Büschen.

Das hieß, Junior schlief.

Nina dachte nach. Dieser kleine Kater, den sie da in ihre Obhut genommen hatte, beschäftigte sie mehr als nur oberflächlich. Einerseits tat er ihr leid, nicht nur, weil er früh von seinen Geschwistern getrennt worden war, auch seine Mutter hatte er verloren, bevor er noch so richtig den Kinderpfoten entwachsen war. Er musste sich an ein neues, fremdes Revier gewöhnen und sich an die Menschen anpassen. Andererseits bewies er Kampfgeist – auch wenn der derzeit eher zu Katastrophen führte. Richtig eingesetzt, würde sicher mal aus dem Übermut ein mutiger und selbstbewusster Charakter. Und aus der überwältigenden Neugier ein gesunder Wissensdurst und Anpassungsfähigkeit.

Dazu brauchte er jedoch Hilfe, und zwar solche, die über das Maß hinausging, ihm zu zeigen, wie eine Maus zu fangen war.

Er bedurfte geistiger Führung, um seine Fähigkeiten in die richtigen Bahnen zu lenken. Etwas davon, glaubte Nina, würde ihm Anne geben. Nicht bewusst – so viel war auch den besten Menschen nicht zuzutrauen –, sondern schon alleine dadurch, dass sie ihm vernünftige Grenzen setzte, ihn aber, wenn er Neues entdecken wollte, nicht daran hinderte. Außerdem hatte sie ihn trotz seines bislang nicht besonders rühmlichen Auftretens schon gerne. Das hatte Nina bereits festgestellt.

Und sie selbst mochte den kleinen Rüpel ja auch. Weshalb sie beschloss, die bestimmt nicht einfache Aufgabe zu übernehmen, in seiner Erziehung den kätzisch-kulturellen Teil zu übernehmen. Sie würde ihn in den Überlieferungen und Traditionen der Katzen unterweisen, die geheimen Wege, die sichtbaren und unsichtbaren Machtströme zeigen, die strengen Hierarchien lehren und die verborgenen Fähigkeiten in ihm wecken. So weit sie es eben konnte. Nina selbst wusste von sich, dass auch sie noch viel zu lernen hatte. Wieder bedauerte sie, dass ihr Freund Tiger ein so frühes Ende gefunden hatte. Er war in ihrem Leben ein wichtiger Berater gewesen. Sie legte den Kopf auf die Pfoten und träumte vor sich hin.

8. Untaten eines Jungkaters

Es dämmerte bereits, als Anne nach Hause kam. Am Gartentor traf sie Bärbel an, die sich, noch heftig atmend und mit rotem Kopf, den Schweiß von der Stirn wischte.

»Hallo Bärbel, so fleißig heute«, grüßte Anne sie, wobei sie ächzend den Beutel Katzenstreu aus dem Kofferraum wuchtete. »Hast du meine zwei Lieblinge gesehen?«

»Grüß dich, Anne. O ja, deine sogenannten Lieblinge habe ich nicht nur gesehen, sie haben mir auch schon mein Abendessen weggefressen.«

»Was willst du mir damit wohl andeuten? Dass Katzen jetzt auf Knäckebrot und Tomaten stehen?«

Bärbel zuckte so schuldbewusst mit den Schultern, dass Anne nicht umhin konnte, spöttelnd nachzufragen. Und siehe da! Ihre Vermutung hatte sie nicht getrogen. Es hatte sich natürlich nicht um das Abendessen gehandelt. Dennoch hatte sich Folgenschweres ereignet. Sie hörte sich die Geschichte mit wachsender Erheiterung an. Bärbel neigte hin und wieder zur Selbstironie.

»Ich hatte heute wieder in der Bank meinen hochqualifizierten Einsatz als perfekte Haussklavin. Ich frage mich, warum man während der Lehre zur Bankkauffrau in diesen geschäftsbestimmenden Tätigkeiten nur so unzureichend ausgebildet wird. Niemand hat mir beigebracht, die Espressomaschinen unterschiedlichster Bauart auseinanderzunehmen und zu reinigen, keiner hat auch nur eine Stunde Wert darauf gelegt, wie man die Magie des Tonerwechsels in Tischkopierern meistert, geschweige denn hat man uns die Handhabung von Geschirrbürste und Handtuch gelehrt, damit wir die schmutzigen Tassen und Teller der Kollegen abwaschen können. Nein, solch unwichtigen Blödsinn wie Buchführung, Kontenpläne, Hypothekengeschäfte und Wechseldarlehen mussten wir pauken.«

»Schlimmer Tag?«

»Noch ein bisschen schlimmer. So schlimm, dass ich mir zum Trost ein Stück Sahnetorte spendiert habe. Und jetzt schimpf nicht.«

»Nein, ich schimpfe nicht. Manchmal muss das sein. Hat die Torte geholfen?«

»Schön wär's!

»Erzähl!«

Während sie ins Haus gingen, berichtete Bärbel, wie sie voller Vorfreude ihre Kaffeemaschine angestellt und das Papier von dem Kuchenpäckchen entfernt hatte.

»So herrlich cremig, süß, kalorienreich und verlockend stand die Erdbeersahnetorte vor mir. Ich weiß, ich war gierig, aber während ich in der Lade nach einem Löffel kramte, fiel mein Blick aus dem Küchenfenster auf die Straße. Eine weiße Katze und ein grauschwarz getigertes Junges strolchten auf das Haus zu.«

»Ich muss nicht raten, Nina und Junior?«

»Dieselben. Weißt du, Anne, das kleine Schauspiel gestern Abend, als Nina das putzige Kätzchen vorbeigebracht hat, weckte in mir ganz plötzlich den Wunsch nach kätzischer Unterhaltung. Ich dachte, ich könnte mal versuchen, sie auch zu mir einzuladen. Darum öffnete ich die Haustür und rief Nina mit Namen.«

»Hat sie auf dich gehört?«

»Ich glaube ja. Sie blieb zumindest stehen und sah zu mir hin. Aber ich habe wohl noch nicht die richtigen Vokabeln drauf. Als ich rief: ›Komm, Kätzchen. Miez, miez, miez!‹, wandte sie sich höchst indigniert ab.«

»Das kann sie außerordentlich gut«, bestätigte Anne und schloss ihre Wohnungstür auf. »Komm rein und erzähl weiter.«

Bärbel folgte ihr und beschrieb launig das Geschehen.

»Junior scheint ganz anderen Gemüts zu sein als die vornehme Nina. Ihn überwältigte die Neugier. Er schoss direkt auf meine Tür zu. Da sich Nina vermutlich gezwungen sieht, auf ihn aufzupassen, folgte sie ihm, allerdings etwas zögernder.«

»Deine Wohnung ist fremd für sie, in solchen Fällen sind Katzen gewöhnlich immer vorsichtig.«

Anne hängte ihre Jacke auf und schleppte mit Bärbels Hilfe den Sack Katzenstreu ins Badezimmer.

»Junior kennt solche Hemmungen aber nicht. Er sauste gleich durch alle ihm zugänglichen Räume, roch an allen Ecken, wühlte in meinen Schuhen und verprügelte die Fußmatte mit Begeisterung. Nina blieb wesentlich zurückhaltender, folgte mir aber in die Küche.«

»Reines Instinktverhalten!«

»Meinst du? Ich dachte, sie mag mich. Sie schnurrte mir nämlich um die Beine und hinterließ eine schöne Anzahl cremefarbener Haare auf meiner Hose.«

»Sicher mag sie dich. Wer immer einen Sahnekuchen auf dem Tisch stehen hat, ist ihr Freund.«

»Ach, nimm mir doch nicht den schönen Glauben.«

Anne lachte. »Schon gut, sie mag dich bestimmt auch ohne Kuchen. Sie ist eine zutrauliche, freundliche und liebebedürftige Dame.«

»Ja, das ist sie. Ich habe ja nicht sehr viel Erfahrung mit Katzen, aber nachdem ich sie ein wenig zwischen den Ohren gekrault hatte, knallte sie mir höchst liebevoll den Kopf an mein Schienbein.«

Anne richtete das neue Katzenklo ein und meinte: »Sie kann sehr heftig ihre Zuneigung zeigen.«

»Ja, und darum habe ich den Fehler gemacht, sie auf ein Häppchen Sahne einzuladen. Das verstand sie sofort und hopste begeistert auf die Eckbank.«

»Das war aber sehr leichtsinnig von dir«, meinte Anne. »Bei Nina hat Sahne die höchste Priorität unter allen Lebensmitteln.«

Gemeinsam gingen sie in Annes Küche, wo sie die Futterdöschen im Schrank verstauten.

»Daran hatte ich nicht gedacht. Es sah so witzig aus, Anne! Nur das Näschen und diese elegant abgeknickten Ohren ragten gerade über die Tischkante. Aber in diesem Augenblick hatte Junior von den Schuhen in der Diele genug. Es polterte, er kam in die Küche gerast und kletterte so schnell an meinen Hosenbeinen empor, dass ich noch nicht einmal ›Au!‹ sagen konnte. Er hat schon mächtig scharfe Krallen, der Kleine.«

»Ich sehe es förmlich vor mir. Wie erwehrtest du dich seiner Aufmerksamkeiten?«

Anne nahm zwei Gläser aus dem Schrank, goss Mineralwasser ein und lotste Bärbel ins Wohnzimmer.

»Ich versuchte, den kleinen Teufel vom Tisch zu scheuchen, aber Worte waren Schall und Rauch für ihn. Also fasste ich ihn mit diesem energischen Griff in den Nacken, wie du es auch immer machst, und setzte ihn wieder auf den Boden. Er fauchte mich beleidigt an und wollte einen erneuten Aufstieg beginnen.« Bärbel kicherte. »Weißt du, meine ganze mistige Laune hat sich wie von selbst verflüchtigt, während ich mit den Katzen zusammen war. Darum habe ich den Kleinen auch hochgenommen, ihn neben Nina auf die Eckbank gesetzt und ihn gemahnt, sich anständig zu benehmen.«

»Ich fange an, das Schlimmste zu ahnen.«

»Wie recht du damit hast! Dann klingelte nämlich das Telefon. Aber das wäre alles nicht so schlimm gewesen, wenn es nicht gerade … Also … naja, es war ein Bekannter.«

»Du hast Bekannte. Aha.«

»Ja. Ich habe auch Bekannte – entfernte.«

»Bärbel, wie entfernt?«

»Ziemlich entfernt, eigentlich. Ich kenne Günter schon recht lange. Er war in der Bank, in der ich gelernt habe, für die Hypotheken zuständig. Und er hat gehört, dass ich jetzt hierhin versetzt worden bin. Und weil – na, wegen alter Zeiten … und so. Aber du weißt ja, wie ich bin. Und er wollte mich treffen. Ja, am Wochenende – auf ein Glas Bier.«

»Wie schön für dich. Dann ist es ja ganz gut, dass du die

Sahnetorte in der Küche vergessen hast. Dann darfst du dir jetzt sogar zwei kleine Bier leisten«, unkte Anne.

»Tja, das sollte mir Trost genug sein.«

»Und für die zwei Räuber wird es heute Abend kein Futter mehr geben. Sag, war es ein großes Kuchenstück?«

»Mhhh.«

»Ganz aufgegessen?«

»Ach, frag doch nicht. Ich habe doch schon ein schlechtes Gewissen.«

»Quatsch, du hast ja sowieso nichts davon gegessen. Ich will nur wissen, wie viel die beiden davon wieder auskotzen.«

Bärbel musste lachen und gestand, dass sie das ganze Stück weggeputzt hatten, nur die Erdbeeren waren noch übrig geblieben. Dann wechselte sie abrupt das Thema.

»Meinst du, ich sollte mir für die Verabredung irgendwas Neues kaufen?«

Anne grinste sie an. »Alte Liebe oder neuer Verehrer?«

»Guter Bekannter.«

»Dann brauchst du nichts Neues«, provozierte sie ihre unpräzise Freundin.

»Vielleicht kann man auch alte Bekannte zu neuen Verehrern machen. Ich bin jedenfalls ab jetzt in der Laune, wahllos Männerherzen zu brechen.«

»Nur keine Hemmungen, die haben es nicht anders verdient.« Draußen maunzte es. »Ah, da sind ja die beiden wilden Tiere.«

Die Katzen saßen wie zwei artige Kinder vor der Glastür, aufrecht, eine jede ihren Schwanz säuberlich über die Vorderpfoten gekringelt. Sie sahen aus, als ob sie kein Wässerchen trüben, geschweige denn frei herumstehende Sahnetorten verzehren könnten. Anne schob das Fenster auf, und auf leisen Sohlen schlichen die beiden ins Haus.

»Jetzt erzählt mir nicht, dass ihr noch hungrig seid. Ich weiß alles!« Zu Bärbel gewandt schlug sie dann vor: »Ich fahre jetzt ins Training. Hast du Lust, mitzukommen?«

»Nein, danke. Diese brutalen Sachen liegen mir nicht. Außerdem habe ich ja gerade meinen Sport gehabt.«

»Na, dann bis bald. Wir verabreden uns später zum Einkaufsbummel.«

Als Bärbel gegangen war, wies Anne Nina und Junior auf das neue Katzenklo hin und hoffte, dass die ältere Katze ihn in den Gebrauch einweisen würde. Dann packte sie ihren Karate-Anzug in die Tasche und verließ das Haus.

Fairerweise muss gesagt werden, dass weder Nina noch Junior den leisesten Wunsch nach Futter äußerten, sondern sich verdauend irgendwo in der Wohnung verzogen.

Also – die Sahnetorte, die war ja mal richtig gut. Also echt richtig gut. Viel besser als alle Mäuse, Käfer und Regenwürmer zusammen und sogar noch viel besser als das Futter, das die Frau für sie in die Näpfe füllte.

Das war Juniors abschließende Beurteilung des nachmittäglichen Genusses. Sein prall gefülltes Bäuchlein aber verlangte nun nach Ruhe, große Abenteuer konnte man damit nicht bestehen. Er trottete, um ungestört zu sein, in das Badezimmer und verkroch sich im Wäschekorb. Da roch es ziemlich menschlich drin. Die Frau schien sich ja jeden Geruch abzuputzen, genau wie eine Katze war sie sehr reinlich. Nina hatte ihm nicht lange erklären müssen, dass ein Jäger nicht seine Beute durch den eigenen Gestank auf sich aufmerksam machen durfte. Das war ihm schnell einsichtig. Auch das Vergraben von Verdautem gehörte dazu. Machten die Menschen auch. Sie vergruben es unter Wasser in so einer Schüssel – anders, aber einsichtig. Da sie aber kein angewachsenes Fell hatten, mussten sie es, wenn es müffelte, ausziehen. Und dann wuschen sie sich darunter ebenfalls mit Wasser. Brrrr.

Die Wechselfelle der Frau rochen gar nicht so fies – dieses eine hier irgendwie nach Blumen und Kräutern. Man konnte sich ganz darin vergraben und sich vorstellen, auf einer Wiese zu liegen. Hach – schön.

Viel weniger schön war Juniors Erwachen eine Weile später. Während des Schlummers nämlich hatte sich die Sahne in seinem Bauch entschlossen, denselben wieder zu verlassen. Und zwar exakt auf dem Weg, durch den sie in den Magen gelangt war.

Junior konnte sie nicht daran hindern. Entsetzt sprang er aus dem beschmutzten Lager und landete auf dem Duschvorleger. Hier musste er nochmals einen Schwall Mageninhalt von sich geben und floh dann, weil die Tür zugefallen war, in die Kiste, die in der Ecke stand. Ganz klein rollte er sich in dem Katzenstreu zusammen und fühlte sich elend.

Nina würde mit ihm schimpfen. Ganz bestimmt!

Nina ging es erheblich besser, sie hatte einen angenehmen Verdauungsschlummer gehalten, und als Anne zurückkam, leistete sie ihr am Schreibtisch Gesellschaft. Sie mochte dieses sanft brummelnde Gerät und das leise Klappern, wenn Annes Finger über die Tasten flogen. Manchmal durfte sie auch mit ihrer Pfote darauf tupfen. Diesen Abend beispielsweise. Anne hatte ihrem Mensch Christian eine Nachricht geschrieben, und sie hatte gelacht, als Nina mit der Nase an den Bildschirm stupfte, und gesagt, sie möge ihre eigenen Grüße daruntersetzen. War gar nicht so schwer. Anne hatte auch laut vorgelesen, was sie Christian mitgeteilt hatte. Nämlich, dass es ihr, Nina, gut gehe und dass sie einen kleinen Kater adoptiert habe, der sich als rechte Rabatzmarke erweise. Und dass sie sich über einen Mann namens Staubinger geärgert habe, der ihr dumm gekommen war. Von Bärbel hatte sie auch geschrieben und erzählt, dass sie sie zu einer Diät überredet hatte, die Nina und Junior tatkräftig unterstützt hatten.

Und öakjq pi oid jükigfhhjk.

Das war Ninas Beitrag.

»So, das schicken wir jetzt nach China, Nina.«

»Mau.«

Wo immer China lag! Näher lag die Frage, die Anne ihr jetzt stellte.

»Sag mal, machst du dir eigentlich gar keine Sorgen um Junior? Wir haben schon so lange nichts mehr von ihm gehört.«

Etwas beunruhigt lauschte Nina in die Wohnung, ob nicht von irgendwoher ein verräterisches Maunzen oder die Geräusche einer kleinen Katastrophe drangen. Doch außer dem üblichen abendlichen Knistern und Knacken, Tropfen und Gluckern und Bärbels Stereoanlage war nichts zu hören. Das machte sie misstrauisch. Der Kleine konnte doch nicht nach draußen entwischt sein? Hilfesuchend blickte sie Anne an. Die stand auf und begann, alle denkbaren Lieblingsplätze abzusuchen.

Kein Junior!

Erst als sie die Tür zum Badezimmer öffnete, wurde ihnen beiden klar, was passiert war.

»Sieht aus, als müsste ich heute Abend noch eine Maschine Wäsche waschen!«

Aber weder Anne noch Nina schimpften mit dem Unglückswürmchen.

Nina vermerkte dabei wieder einmal, dass die Menschenfrau ein recht ordentliches Katzenverständnis bewies. Das Verhalten eines Katzenmagens bei Überfüllung war nun mal einfach nicht kontrollierbar. Junior hingegen, der sehr wohl wusste, dass er sein eigenes Revier beschmutzt hatte, schlich bedrückt aus dem Badezimmer, als die Waschmaschine zu arbeiten begann. Er drehte sich ganz klein in der Sofaecke zu einer Pelzkugel zusammen und sah zu Anne mit einem jammervollen Gesichtsausdruck hoch. Die aber lächelte nur und setzte sich zu ihm. Als sie ihm jedoch ein bisschen zwischen den Ohren streicheln wollte, war er so verängstigt, dass er gleich nach ihr tatzte.

»Nicht doch, Junior. Ich will dir doch nichts Böses. Das ist für dich doch bestimmt schlimm genug gewesen, so ein scheußliches Gefühl im Bauch zu haben.«

Leise und beruhigend redete Anne weiter auf ihn ein, bis er sich langsam entspannte. Er streckte schließlich die weißen Vorderpfötchen aus und legte sein Schnäuzchen dazwischen auf das Polster. Als er die Augen geschlossen hatte, begann Anne ihn noch mal vorsichtig zu streicheln. Diesmal wurde sie mit einem schläfrigen Schnurren belohnt.

Nina befand, dass das nun genug der Zuwendung war, und gesellte sich zu dem Kleinen und forderte ihrerseits kraulende Finger ein.

Bekam sie auch.

In den folgenden Tagen begann Junior ernsthaft damit, sich einzuleben. Seinen Tagesablauf richtete er nach Nina und Anne und lernte ständig neue Dinge hinzu. Seine Erfahrung im Wäschekorb ließ ihn zum Beispiel fürderhin einen Bogen um diesen Behälter zu machen. Das Kästchen mit dem Katzenstreu hatte er als Notlösung bei heftigen Bedürfnissen zu schätzen gelernt. Eine ausrangierte rosa Decke war an seinen Lieblingsplatz auf dem Sessel gelegt worden. Damit besetzten jetzt Nina und er je eines dieser Sitzmöbel. Anne konnte da sehen, wo sie blieb!

Neben vielen anderen kleinen Erfahrungen ragte der Besuch beim Tierarzt heraus; er hatte einen positiven und einen negativen Aspekt. Der negative war der Tierarzt selbst. Der Mann roch fies, zudem hatte er ihn mit einer Nadel gepiekst und an den unterschiedlichsten Stellen angefasst, an die keine Katze und schon erst recht kein Mensch zu fassen hatte. Grauslich!

Das absolute Spitzenerlebnis war jedoch das Autofahren. Obwohl Nina ihn gewarnt hatte, dass es ihm schlecht werden könnte. Nina selber hatte nichts gegen Autofahren, neigte dabei aber zu einem instabilen Verhalten ihres Verdauungssystems. Er hingegen genoss dieses berauschende Gefühl, sich schneller als der Wind zu bewegen. Bei der Hinfahrt hatte Anne ihn in den Transportkorb gesteckt. Da der noch so schön vertraut nach Katze roch und sie auch sein Lieblingsfutter hineingestellt hatte, war er bereitwillig hineingeschlüpft. Aber dann im Auto! Junior hatte geschnurrt, was das Zeug hielt, und – man konnte ja von den Menschen halten, was man wollte – diese Anne hatte genau verstanden, dass er etwas vom Leben sehen musste. Nach ein paar Kurven hatte sie angehalten, den Korb aufgemacht und ihn hinten auf die Hutablage gesetzt. Sie hatte zwar irgendwas von »Ich gehe jetzt ein ziemliches Risiko ein, Junior! Also enttäusch mich nicht«, gemurmelt und ihm wieder mit diesem abgründigen Blick in die Augen geschaut, aber das wäre eigentlich gar nicht nötig gewesen. Er hatte die ganze Fahrt über fasziniert aus den hinteren Fenstern gestarrt und die Landschaft an sich vorüberziehen lassen. Geschnurrt hatte er dabei wie der Teufel!

Und kein bisschen war es ihm schlecht geworden!

Diesen erfreulichen Gedanken hing Junior auf seiner rosa Decke nach. Nina würde sich übrigens nie auf eine rosa Decke legen. Ihr cremefarbenes Fell hob sich von Rosa nicht gut ab. Sie bevorzugte die blaue Decke in ihrer Sofaecke. Junior fand jedoch den Kontrast zu seinem grauschwarzen Fell und den weißen Akzenten äußerst passend. Mit zunehmendem Alter wurde auch er nämlich ein ganz klein wenig eitel. Allerdings war er sich ganz sicher, dass er die anderen Schwächen, die Nina besaß, ganz gewiss nicht entwickeln würde. So zum Beispiel ihr ständiges Bedürfnis, mit Menschen herumzuschmusen. Verweichlicht, weibisch war das. Ja, schon fast peinlich mitanzusehen, wie sie um Streicheleinheiten bettelte und sich vor Anne sogar auf den Rücken legte, damit die dann ihr weiches Bauchfell kraulte. Nicht auszudenken, dass er sich jemals so weit gehen ließ. Das Einzige, was er in dieser Hinsicht duldete, war, dass Anne ihm ein wenig zwischen den Ohren kratzte, wenn er vorgab zu schlafen.

Nur dass sich dieses blöde Schnurren dann nicht unterdrücken ließ.

Junior räkelte sich und stand auf. Die vier Pfoten in die Unterlage gestemmt, spannte er alle Muskeln an, streckte sich lang und machte einen Buckel. Dann sprang er auf den Boden, streckte sich erneut und schaute sich nach Gesellschaft oder einer kleinen Herausforderung um. Nina, die alte Transuse, schlief natürlich tief und fest, Anne war noch nicht zu Hause, das Fenster nach draußen war geschlossen, also musste es ohne Gesellschaft gehen.

Er begann zunächst mal mit einem Kontrollgang in alle erreichbaren Räume. Und oh, heute war die Tür zum Schlafzimmer nur angelehnt. Mit dem Pfötchen langte er durch den Türspalt und zog daran. Der Spalt wurde breiter. Noch ein Stückchen, und er konnte in das Zimmer huschen. Hier roch es sehr vertraut nach Anne. Eigentlich roch diese Frau ja nicht unangenehm. Blumen, Kräuter und Mensch. Mhhh, da auf dem Bett lag eines ihre Felle – oder Pullover, wie sie diese Wechselpelze nannte. Schwarz mit flauschigen weißen Flecken drin, wie eine schwarz-weiß gemusterte Katze. Mit einem kühnen Sprung war er auf dem Bett und krabbelte auf den Pullover. Herrlich! Das war wie an Mutters Bauch treteln. Und wie lustig! Da blieben kleine Fäden zwischen den Krallen hängen. Wenn man an denen zog, wurden sie immer länger.

»Hatschi!«, nieste er, denn die weißen Angoraflusen reizten seine Nase. »Hatschi!«

Nach diesem zweiten Nieser beschloss er, diesem fusseligen Ding zu entkommen, und sprang auf den Boden zurück. Doch der Wechselpelz folgte ihm, denn einer der Wollfäden hing noch in seinen Krallen fest. Jetzt wurde Junior zornig.

»Hatschi!«, sagte er noch mal, fauchte wütend und begann, das aufsässige Kleidungsstück zu bekämpfen. Das Resultat war, nachdem er sich von allen lästigen Fäden befreit hatte, keine modische Hülle mehr. Zufrieden mit seinem Sieg über die fusselnde Materie verließ Junior erhobenen Hauptes das Schlachtfeld.

Sein nächstes Ziel war sein Lieblingsraum, die Küche, in der Hoffnung, etwas Essbares zu finden. Bedauerlicherweise war der Napf leer. Doch irgendwoher roch es nach Futter. Er schnüffelte. Sollte das aus dem weißen Beutel da herkommen? Wieso stand der denn da?

Vorsichtig näherte er sich dem lose zugebundenen Plastikmüllbeutel, den Anne morgens vergessen hatte mit nach draußen zu nehmen, um ihn in die Mülltonne zu werfen. Er enthielt unter anderem die Reste ihres gestrigen Abendessens und auch die leeren Katzenfutterdosen von diesem Morgen.

Da sich der Beutel nicht rührte, ging Junior mit der Nase immer näher. Die Außenhaut roch nach nichts, schien aber doch verletzlich. Versuchsweise legte er seine Krallen an. Siehe da, ein Löchlein entstand. Da er genau die Stelle getroffen hatte, an der der nicht sehr sauber abgeschabte Knochen eines Kasseler Rippchens lag, wurde auch der köstliche Geruch deutlicher. Ein nächster Einsatz der Krallen führte zu einem langen Riss in dem dünnen Plastik, und der Inhalt purzelte auf den Fliesenboden. Begeistert machte sich Junior über seine Beute her. Da war dieser Knochen, an dem noch Mengen von Fleisch hingen. Vor allem hatte diese wählerische Anne das ganze Fett daran gelassen. Danach fand er eine Wurstpelle, ganz frisch zum Auslecken, und in den Döschen von heute morgen waren noch kleine Reste, die seinem unverbildeten Geschmack genügten. Nur ein paar andere Sachen rochen schon scheußlich vergammelt, die räumte er beiseite. Neugierig wühlte er weiter. Die Salatblätter, nein! Die Zwiebelschalen, igittigitt! Ein Putzlappen, pfui Teufel! Aber da ... In einem Plastikbecher waren Spuren von einer Joghurtcreme, die Anne morgens zum Anmachen ihres Obstsalates verwendet hatte. Nur, wie sollte er an die Reste am Boden des Bechers kommen? Der Kopf passte da nicht rein.

Beinahe wäre er in der engen Öffnung hängen geblieben, nur eine heftige, panische Bewegung rettete ihn vor dem Ersticken im Joghurtbecher. Bei dem zweiten Versuch stellte er sich klüger an, fuhr mit der Pfote hinein und schleckte sich dann das süße Zeug von Ballen und Pelz ab.

Ganz versunken in seine Tätigkeit, überhörte er das Öffnen der Tür. Erst der entsetzte Aufschrei von Anne schreckte ihn auf.

»Verdammt, Junior, musste das sein? Du lieber Gott, was für eine Sauerei!«

Ertappt senkte er die Pfote, an der er gerade geleckt hatte, zog sich vorsichtig zurück und hinterließ eine dünne Joghurtspur am Boden. Anne machte einen großen Satz über den ausgebreiteten Müll und schnappte sich den Kleinen. Er zappelte und fauchte, konnte sich aber nicht befreien. Die grünen Augen der Frau blickten ihn zornig an, und ihm wurde deutlich klar, dass seine Handlungsweise von dem gewünschten korrekten Verhalten einer wohlerzogenen Hauskatze weit entfernt war.

»Das machst du mir nicht noch mal, mein Lieber«, zischte ihn diese unheimliche Frau leise an, und er bemühte sich, ihr zu versichern, dass es bestimmt nicht wieder vorkommen würde. Auf sein kläglich Maunzen hin wurde er wieder zu Boden gelassen. Gedemütigt verkroch er sich in eine dunkle Ecke hinter dem Schrank, von wo er hörte, dass die Zeugnisse seiner Mülldurchsuchung beseitigt wurden. Dann verschwand Anne, um den Beutel nach draußen zu bringen.

Nina fand Junior kurze Zeit später und erkundigte sich nach der Ursache seines kleinlauten Verhaltens.

»Ich habe den Müllbeutel aufgemacht. Das fand Anne nicht gut«, gestand er.

»Wie bist du denn auf die Idee gekommen, du kleiner Dummkopf?«

»Ich hatte Hunger, und es roch so gut.«

»Du bist pervers, mein Kleiner. Müll riecht nie gut.«

»Hast du eine Ahnung! Das war gar nicht mal schlecht, was da drin war«, begehrte er auf.

Nina schüttelte resigniert den Kopf. »Du wirst wohl immer eine Gossenkatze bleiben. Kein Hauch von Stil.«

Sie ließ ihn in seinem Schmollwinkel sitzen und wanderte ebenfalls durch die Wohnung. Die offene Schlafzimmertür reizte sie genauso wie Junior, doch als sie den aufgeribbelten Pullover auf dem Boden sah, verließ sie den Raum sehr schnell, um nicht in einen falschen Verdacht zu geraten. Sie schätzte Anne zwar sehr, aber ihrem Zorn wollte sie sich denn doch nicht aussetzen. Und obwohl sie den Übeltäter kannte und der

Meinung war, dass das ebenfalls kein guter Streich war, fühlte sie sich bemüßigt, den Kleinen zu warnen. Also suchte sie noch einmal sein Versteck auf und stupste ihn an.

»Junior, du hast Annes Pullover kaputt gemacht. Ich denke, das gibt noch größeren Ärger als die Sache mit dem Müllbeutel. An deiner Stelle würde ich für ein paar Stunden unsichtbar bleiben.«

»Das war nicht meine Schuld – der Pelz hat sich gewehrt.«

»Quatsch! Und selbst wenn, Anne wird ziemlich sauer sein.«

»Warum denn? Sie soll solche gefährlichen Sachen hier gefälligst nicht rumliegen lassen.«

»Junior, ich gebe dir nur einen guten Rat. Verdrück dich! Sie schwätzt zwar im Moment noch draußen mit Minni Schwarzhaupt, aber gleich kommt sie wieder ins Haus. Dann wird es nicht lange dauern, bis sie deine Aktion entdeckt.«

»Vielleicht meint sie ja, du bist das gewesen«, erwiderte der Jungkater hoffnungsvoll.

Nina maß ihn lediglich mit einem verächtlichen Blick.

»Okay, okay, ich verschwinde ja schon«, gab er nach und sauste aus der Küche, um sich im Wohnzimmer hinter der Stereoanlage zu verkriechen. Hier oben in dem Kabelgewirr würde Anne ihn nicht so schnell finden. Bislang hatte sie ihn hier jedenfalls noch nie gesucht.

Seine Flucht geschah nicht einen Augenblick zu früh, wie sich herausstellte.

9. Männerbekanntschaften

Diesmal war Anne wirklich wütend auf den kleinen Kater!

Über den in der ganzen Küche verteilten Müll war sie verärgert, gab sich aber selbst die Schuld daran, und eigentlich war das ja auch ganz lustig, wie dieser kleine Kater in Hinterhofmanier zwischen den Abfällen saß.

Aber die Sache mit dem Pullover war etwas anderes!

Den hatte sie am Vortag zum ersten Mal angehabt, und nun lag er voller Ziehfäden und Laufmaschen in ihren Händen. Sie hätte heulen können. Dieses kleine, graue Miststück!

Sie stand vom Bett auf, legte die traurigen Reste des Pullovers hin und suchte den Übeltäter, um ihn rigoros des Hauses zu verweisen. Aber er war wie vom Erdboden verschwunden, und auch Nina hielt sich bedeckt.

»Ihr steckt doch unter einer Decke, verdammt noch mal«, fuhr sie die Katze an. Nina rollte sich jedoch nur noch mehr zusammen und legte sich eine Pfote über die geknickten Ohren. Eine Geste, die andeuten sollte, dass sie mit all dem nichts zu tun haben wollte.

»Grrrrrr!«, knurrte Anne sie böse an und ging fort, um ihre Trainingstasche zusammenzuräumen.

Als sie später zurückkam, hatte sie sich schon wieder etwas beruhigt. Dennoch blieb Junior den ganzen Abend unauffindbar. Selbst als sie seinen und Ninas Futterteller füllte, erschien er nicht. Es beunruhigte Anne allerdings nicht weiter, da sie ihn in der Wohnung wusste.

Um elf ging sie zu Bett und schlief bald ein, aber irgendwann nach Mitternacht weckte sie ein ungewohntes Geräusch. Sie wühlte sich aus den Federn und ging leise zur Tür. Im bläulichen

Schein der Blumenlampe konnte sie beobachten, wie ein kleiner Kater den vorsichtigen Abstieg von dem Regal wagte, auf dem ihre Musikanlage stand. Er lief sporntreichs in die Küche. Gleich darauf hörte man leise Schmatzgeräusche.

Leise lächelnd schlüpfte Anne wieder unter die Decke.

Hab ich dich, dachte sie und war nicht mehr böse. Das Katerchen konnte ja nichts dafür, dass sie Dummkopf den Pullover draußen liegengelassen hatte. Selbst wenn sie ihn zur Strafe rausgesetzt hätte, würde sie ihn doch wieder in die Wohnung gelassen haben. Die Vorstellung, wie der Kleine draußen im strömenden Regen vergeblich vor der Tür maunzte, schauderte sie. Er hatte ganz still und heimlich ihr Herz erobert.

Am nächsten Tag herrschte kühl-herbstliches Wetter, und Anne war froh, als sie endlich die Wochenendeinkäufe aus dem triefenden Regen in die Wohnung gebracht hatte. Gegen Mittag war sie dann endlich mit ihren Reinigungs- und Aufräumarbeiten fertig und setzte sich an den Schreibtisch, um die eingegangenen Mails durchzusehen. Ihre Laune besserte sich schlagartig, als sie eine Nachricht von Christian vorfand.

Als hätte sie das geahnt, tauchte Nina plötzlich wieder auf und sprang auf ihren Beobachtungsposten an Annes Seite.

»Ich soll dir wohl vorlesen, Süße, was?«

Nina schnurrte vernehmlich und sah sie mit ihren schönen, goldenen Augen richtig erwartungsvoll an.

»Na dann!«

Christian berichtete ihr von seinen neuen Bekannten, seiner Arbeit und dem Leben im chinesischen Stil. Er betreute für seine Firma den Einsatz von Sicherheitssystemen im Kohlebergbau in der Provinz Jiangsu. Aus seinen kargen Worten entnahm Anne, dass es mit den Arbeitsbedingungen, die sie vor Ort vorfanden, nicht eben zum Besten stand. Sie dachte sich ihren Teil, die chinesischen Minen galten nicht als die sichersten der Welt. Aber Christian ging nicht ins Detail, sondern erkundigte sich nach Nina und hieß den kätzischen Zuwachs willkommen. Anne freute sich darüber, dass er sich überhaupt die Zeit genommen hatte, ihr all das zu berichten, aber eigentlich hatte sie ein bisschen mehr erwartet. Dummliese schalt sie sich selbst. Sie waren Nachbarn, freundschaftlich einander zugetan, nicht mehr. Warum sollte er also in einer Mail von mehr schreiben?

Sie hatte sich ja auch auf die Fakten beschränkt.

»Ach!«, schnaufte sie einmal kurz und frustriert. Dann beugte sie sich zu Nina und streichelte ihr dichtes, cremeweißes Fell.

»Brrmmm«, erwiderte diese und drehte sich zur Seite, so dass Anne auch unter ihr Kinn kam. Das Schmusen mit der Katze besänftigte ihren Anflug von Selbstmitleid. Bald darauf gewann ihre gute Laune wieder Oberhand. Sie las das Schreiben noch einmal, und als sie vom Bildschirm aufsah, entdeckte sie, dass auch Junior inzwischen wieder seinen Platz auf der rosa Decke eingenommen hatte. Sie stand auf und setzte sich zu ihm. Wenn sie nicht alles täuschte, stand in seinen Augen die deutliche Frage, ob sie ihm noch böse war. Ganz vorsichtig, weil sie wusste, wie wenig ihm daran lag, strich sie ihm mit einem Finger über den Kopf. Er schloss die Augen, blieb aber angespannt sitzen, so als ob er erwartete, dass noch etwas Schlimmes nachkäme.

»Ist okay, Junior. Brauchst dich nicht mehr zu verstecken.«

Vielleicht war es der ruhige Ton ihrer Stimme oder das unablässige Streicheln, jedenfalls rollte er sich daraufhin zusammen und schnurrte leise.

Anne lächelte. Er war niedlich, der kleine Racker – auch wenn in ihm ein Teufelchen steckt.

Am Nachmittag kam Bärbel, und nach einem Blick aus dem Fenster in den regendunklen Tag beschlossen sie, auf ihren Lauf zu verzichten und lieber bei einem heißen Tee die Zeit zu verschwatzen. Die Unterhaltung plätscherte über belanglose Themen dahin, und Anne musste ihr von Juniors neuesten Untaten erzählen.

»Wenn ich ihm nicht böse war, weil er meinen Kuchen gefressen hat, solltest du ihm wegen des Pullovers auch nicht grollen, Anne. Wir beide haben den Fehler gemacht, das, was wir lieben, unbeaufsichtigt zu lassen.«

»Du meinst also, Junior ist die katzengewordene Mahnung, Geliebtes fürsorglich zu behandeln?«

»Schätzungsweise so.«

»Meine Müllbeutel habe ich aber nicht geliebt.«

Bärbel prustete. »Nein, aber deine Ordnung in der Küche.«

»Du bist aber auch immer auf seiner Seite, Bärbel.«

»Ich fühle mich als so etwas Ähnliches wie seine Patentante. Nina und du, ihr erzieht ihn mit Ernst und Strenge, doch ein Geschöpf braucht auch eine Person, die mal nachsichtig ihren Fehlern gegenüber ist.«

Damit, so vermutete Anne, sprach Bärbel mehr von sich selbst als von Junior. Aber sich damit zu befassen hatte sie im Augenblick kein Bedürfnis. Darum sagte sie nur: »Der kleine Strolch weiß gar nicht, wie gut es ihm geht.«

»Wo ist er überhaupt?«

»Vorhin wollten die beiden nach draußen. Nina ist ja klug genug gewesen, schnell wieder reinzukommen, aber Junior ist wohl noch auf Erkundungstour.«

»Bei dem Mistwetter?«

Anne zuckte mit den Schultern. »Er hat ja auch die Dusche bei mir überlebt. Wenn es ihm zu nass wird, findet er bestimmt schnell genug den Weg zurück, was, Nina?«

»Mau«, bestätigte die Katze und streckte die Vorderpfoten genüsslich aus.

»Man könnte meinen, sie versteht dich wirklich.«

Anne lachte nur und kraulte Nina den Nacken.

Dann fragte sie Bärbel nach dem Verlauf des vergangenen Wochenendes, worauf die Freundin grämlich das Gesicht verzog. Anne hakte nach.

»Ich dachte, du hast den Kontakt mit deinem ›alten Bekannten‹ aufgenommen. Wolltet ihr euch nicht auf ein Bier treffen?«

»Doch. Haben wir ja auch.«

»Und? Wie ist es gelaufen?«

Bärbel hob resigniert die Schultern. »Wir werden uns besser nicht wiedersehen.«

»Tja, manchmal ist es schwer, nach langer Zeit Kontakt zueinander zu finden. Die meisten Freundschaften zerbrechen daran, dass man keine Gemeinsamkeiten mehr hat.«

»Das ist es ja gar nicht. Ich meine, über alte Zeiten haben wir schon reden können. Aber ...«

»Aber?«

»Ach, es ist so doof.«

Anne schenkte sich Tee nach und musterte ihre Freundin kritisch. Da war doch etwas vorgefallen.

»Wahrscheinlich nicht.«

»Doch. Er ... er ...«

»... ist dir zu nahe getreten, und du hast ihn k. o. geschlagen und jetzt tut es dir leid.«

Bärbel lachte bitter auf. »Zu nahe getreten ja, und er wäre mir sogar noch näher getreten, hätte ich mich nicht mit Händen und Füßen gewehrt.«

»Woraus ich schließen kann, dass er dir zuwider ist.«

»War er eigentlich nicht. Aber – ich weiß doch, wie ich aussehe, Anne. Mich findet kein Mann wirklich begehrenswert. Ich ... ich fühlte mich so benutzt.«

»Oh, Bärbel, dass du dich immer so klein machst. Wäre es nicht denkbar, dass schon seit Jahren eine glühende Sehnsucht nach dir in ihm schwelt?«

»Möglich. Die hat ihn aber nicht daran gehindert, eine andere Frau zu heiraten.«

»Oh!«

»Eben.«

»Hast du das gewusst, als du dich mit ihm verabredet hast?«

»Nein, aber nach diesem mistigen Abend habe ich es herausgefunden. Er wohnt ja drüben an der Hauptstraße. Ich bin vorbeigegangen. Am Türschild steht auch der Name seiner Frau.«

»Also gut, Männer sind doch alle Schweine. Ein Grund mehr, sich aufzuraffen und es ihnen zu zeigen.«

»Schimpf nicht mit mir. Immerhin habe ich in der letzten Woche drei Pfund abgenommen.«

»Klasse! Nächste Woche noch mal drei. Dann gehen wir einkaufen.«

»Und du wirst mir wieder raten, welche Farben mir stehen.«

»Nein, das werde ich dir nicht sagen. Ich mische mich sowieso schon viel zu viel in dein Leben ein, nicht wahr?«

»Stimmt.«

»Gut, das war wenigstens ehrlich.«

»Du hast die Frage ernst gemeint, was?« Bärbel schaute sie plötzlich mit erstauntem Blick an.

»Natürlich habe ich das ernst gemeint. Ich hänge dir doch ständig mit irgendwelchen Vorschlägen im Nacken, versuche, dich laufend zu mehr Bewegung zu bekehren, mache dir Diätvorschriften und alles Mögliche. Wenn das keine Einmischung ist!«

Bärbel zog die Beine an und kuschelte sich etwas tiefer in die Sofaecke. Eine Weile spielte sie verlegen mit dem Zipfel eines Sofakissens, dann sah sie wieder auf.

»Du mischst dich wahrscheinlich deshalb ein, weil ich immer zu müde bin, selbst etwas zu machen. Ich weiß manchmal nicht, wie ich das finden soll. Eigentlich denke ich, das lohnt sich doch gar nicht für mich. Es ist doch allen egal, ob ich dick oder dünn bin, ob ich schlampig oder elegant angezogen bin. Warum sollte ich mich anstrengen?«

Bärbel war inzwischen wieder in eine Stimmung übler Selbstzerfleischung geraten.

Anne seufzte auf. »Komm, sei nicht so ein Jammerlappen. Du bist so lieb und so warmherzig, und wenn du willst, kannst du auch sehr viel Humor beweisen.«

»Ja, ich bin ein Jammerlappen und antriebslos und habe Angst vor fremden Leuten und bin meistens mürrisch und unzufrieden.«

»Was jetzt noch fehlt, ist die Aussage ›und niemand liebt mich!‹«

»Stimmt.« Wider Willen musste Bärbel lächeln.

»Gibt es eigentlich irgendetwas, das du gerne machen würdest?«

»Im Moment? Da würde ich gerne ein großes Stück Schokolade essen.«

Theatralisch verdrehte Anne die Augen zur Decke und seufzte.

»Jetzt habe ich dich genervt«, kicherte Bärbel. Gleich darauf wurde sie aber wieder ernst, um auf die Frage zu antworten: »Es hört sich blöd an, aber ich würde gerne etwas Schönes machen.«

»Wer nicht? Also: malen, singen, Harfe spielen, Gobelins sticken, Häuser einrichten, Jesusfiguren schnitzen? Was genau?«

»Du hast Vorstellungen! Wenn ich wüsste, was ich kann, wäre ich schon ein Stück weiter. Aber ich hab so wenige Talente. Du solltest mich mal singen hören. Ich kann keinen Ton halten.«

»Oh, dann musst du unbedingt mal mit Nina singen. Wenn die eine Serenade anstimmt, dann fallen die Vögel vor Schreck von den Bäumen.«

»Ich lese ganz gerne«, überlegte Bärbel. »Aber damit kann man wohl kein Geld verdienen.«

»Du könntest Buchhändlerin werden«, schlug Anne vor, doch Bärbel winkte ab.

»Bloß nicht. Das ist meine Cousine schon. Sie wird mir sowieso immer als leuchtendes Beispiel vorgehalten. Hoppla, was ist denn jetzt los?«

Nina war aufgestanden und auf die Lehne des Sofas gesprungen. Sie sah Bärbel ins Gesicht und gähnte sie dann ausgiebig an.

»Du riechst nach Fisch!«, rief Bärbel.

Da dies ein Faktum war, widersprach Nina nicht, sondern drapierte sich geschmackvoll an Bärbels Seite, die daraufhin vorsichtig die hellen Schlappohren streichelte, was mit einem lauten Schnurren honoriert wurde.

Anne beobachtete die beiden still und meinte dann versonnen: »Die Fotos von der Katze sind übrigens wunderbar

geworden. Könntest du nicht noch ein paar von Nina und Junior machen? Ich möchte Christian welche schicken.«
»Aber sicher doch, gerne.«
Wie auf Befehl maunzte es vor der Tür, und ein nasser Jungkater mit schlammigen Pfoten marschierte in die Wohnung.
»Igitt!«, sagte Anne, während der junge Held sich schüttelte. Bärbel lachte.

10. Bärbel bannt den Superstar

Junior hatte der Nieselregen nicht sehr viel ausgemacht. Während Nina nur eine kurze Runde drehte und wieder nach Hause lief, genoss er es, das ganze Revier fast für sich alleine zu haben. Lediglich frische Marken von Tim und Tammy verrieten ihm, dass die beiden Stallkatzen ähnlich unempfindlich auf das Schmuddelwetter reagierten wie er. Er sah sich jedoch vor, ihre Wege nicht zu kreuzen. Da er im Augenblick nicht unter Aufsicht stand und auch niemand seine Gebietshoheit geltend machte, unternahm er einen weiten Ausflug. Er durchquerte den kleinen Park, trank am Bächlein einige Schlucke, schlenderte auf die andere Seite, die er bisher noch nie erkundet hatte, und wurde am Straßenrand von einem vorbeifahrenden Auto nass gespritzt.

Bah, das war fies! Fast so widerlich wie die Dusche, die Anne ihm verabreicht hatte. Er flüchtete kopflos ins Unterholz. Dort schüttelte er sich gründlich und nahm sich vor, demnächst besser aufzupassen, wenn diese glühäugigen Monster vorbeirauschten. Seine Abenteuerlust war trotzdem ungebrochen. Noch ein paar gezielte Zungenschlappe, und er fühlte sich aufbruchbereit. Wohin jetzt?

Etwas ziellos stromerte er umher und landete schließlich wieder bei einigen Häusern. Die hier kannte er noch nicht. Vielleicht wohnten hier so gefällige Menschen, die ähnlich wie Bärbel exquisite Leckerbissen unbeaufsichtigt herumstehen ließen? Oder vielleicht sogar einen attraktiven Müllbeutel bevorrateten?

Ein hell erleuchtetes Fenster lud ein, einen Blick ins Innere zu werfen. Ein kühner Sprung, und schon saß er auf dem Sims und konnte sich einen Überblick über das Geschehen machen.

Eine Küche – wie erfreulich!

Eine Frau werkelte am Herd, was auch immer ein gutes Zeichen war. Wenn sie doch bloß auf sein Maunzen hören wollte! Aber das tat sie nicht. Wahrscheinlich, weil so laute Stimmen durch die Tür schallten – als ob im Nebenzimmer eine ganze Herde Menschen herumtobte. Aber da war sonst niemand, nur so komisch bläuliches Licht flackerte von einer viereckigen Scheibe im Nebenraum.

Dann waren plötzlich die Stimmen weg, und ein Mann kam durch die Tür. Der warf einen Blick auf die Töpfe und begann auf die Frau einzureden. Junior verstand nicht ganz, worum es ging. Dem Mann schien irgendwie das Futter nicht zu gefallen, das sie zubereitet hatte. Die Frau wurde ganz huschelig, ganz so wie eine Maus, wenn sie eine Katze erblickte. Sie hätte sich am liebsten wohl in ein Loch verkrochen. Aber da war kein Loch in der Küche.

Stattdessen begann sie, Teller und Tassen aus dem Küchenschrank zu räumen und den Tisch zu decken.

Das gefiel dem Mann auch nicht, und er zerrte an ihr.

Dabei hatte sie doch gar nichts getan. Noch nicht mal gebrummt oder gefaucht. Oder doch? Jetzt kreischte sie den Mann an.

Autsch!

Junior knurrte. Der Kerl hatte ihr eine geknallt. Das kannte er. Das tat weh. Er hätte jetzt im Gegenzug die Krallen ausgefahren und wäre mit Gebrüll und aufgestellten Haaren über den Angreifer hergefallen. Aber die Frau machte gar nichts. Und der Mann haute weiter auf sie ein. Ihr lief schon das Blut aus der Nase, aber sie hob einfach nur die Arme und versuchte, aus der Tür zu kommen.

Das war doch nicht fair! So kämpfte man doch nicht!

Jetzt fiel die Frau hin. Und der Mann trat nach ihr. Große Katze, das machte man doch auch nicht! Das verstieß doch gegen die einfachsten Regeln des Raufens.

Junior war so empört, dass sein Schwanz wie wild hin und her peitschte und er damit fast das Gleichgewicht verlor. Er sprang vom Sims, um nicht zu fallen, und trabte vom Grundstück. Nein, hier würde er gewiss kein Futter bekommen, keinen Happen. Wenn der Mann schon wegen des Essens auf die Frau einprügelte, dann würde er ihm ganz bestimmt nicht freiwillig auch nur einen Bissen abgeben.

Der Regen war heftiger geworden, und Junior beschloss, sein warmes, trockenes Heim aufzusuchen. Ein paar Mal allerdings verirrte er sich noch, dann aber fand er schließlich den Weg zur Terrasse, und als er hier vor der Fensterscheibe maunzte, wurde ihm sogleich aufgetan.

Hach, Wärme!

Junior putzte sich die meiste Feuchtigkeit aus dem Fell, räkelte sich dann an der Heizung und streckte sich lang aus. Doch bevor er eindösen konnte, wurde seine Aufmerksamkeit geweckt. Die beiden Menschenfrauen waren aufgestanden und hatten irgendwas vor, wie es schien. Nina lag noch auf der Lehne des Sofas, aber auch sie hatte die Ohren gespitzt, so weit es bei ihr ging, und beobachtae das Geschehen. Junior trottelte zu ihr hin.

»Was machen wir jetzt?«, fragte er.

Von oben herab schaute ihn die cremeweiße Katze vorwurfsvoll an.

»Wir bemühen uns, ein gesittetes Benehmen an den Tag zu legen, Junior«, war die Antwort.

»Och wie langweilig.«

»Du bist noch immer in Ungnade, Junior! Vergiss das nicht.«

»Bin ich nicht. Sie hat mich gekrault. Ja, hat sie!«

»Ich würde es nicht überstrapazieren, mein Junge!«

Gemächlich kam Nina von ihrem hohen Sitz zu dem kleinen Kater auf den Boden hinunter.

Junior erstarrte plötzlich. »W… was ist das? Was m…machen die da?« Vorsichtig schlich er zur Seite. »So pass doch auf, Nina, die haben was Gefährliches in der Hand. D… das guckt mich so an.«

Nina musterte ihn herablassend. »Du bist doch ein Angsthase. Damit machen die Menschen Bilder von uns.« Sprach's und setzte sich in Pose. Mit dem Befehl »Bleib hier, das ist ganz harmlos« versuchte sie ihn an seinem Rückzug zu hindern.

Geduckt und fluchtbereit blieb er an ihrer Seite sitzen. Bärbel zielte, und ein greller Blitz blendete unverhofft seine Augen. Aufquieksend sprintete er davon und verschwand unter dem Bücherregal. Nur die schwarze Schwanzspitze schaute noch nervös zuckend hervor.

»Komm da raus, du kleine Nervensäge. Das war doch nur Licht.«

Nina appellierte fruchtlos. Junior wusste, dass dieses Blitzauge gefährlich war. Nur hier im Dunkeln, unter dem Schrank, war er vor dem bösen Blick sicher. Und noch nicht mal das richtig. Was, wenn sie ihm den Schwanz absengten?

Autsch! Da zwickte es ihn auch schon.

»Junior!«, fauchte Ninas Stimme.

Warum floh sie nicht in Sicherheit?

Warum versuchte die, ihn in das Blitzgewitter zu zerren?

Warum wollte die ihn dem Verderben ausliefern.

Autsch!

Schon wieder zwickte es in seinen Schwanz.

Wie eine Krallentatze fühlte sich das an.

Das war eine Krallentatze.

Er fauchte, Nina blieb stur.

Er quietschte, Nina hielt fest.

Er jammerte, Nina blieb hart.

Dann ließ sie plötzlich los. Junior schoss wie eine Gewehrkugel aus seinem Versteck, rannte in voller Geschwindigkeit Richtung Fenster und kletterte wie ein Eichhörnchen die Gardine hoch. Erst kurz unter der Decke endete seine Flucht.

Hier erst wurde es ihm bewusst, dass er sehr hoch oben angekommen war und keinen Weg nach unten wusste. Verzweifelt rief er, allen Streit vergessend: »Nina, was mach ich jetzt? Niiiiiiina, hilf mir doch.«

Sein Klagen klang so mitleiderregend, dass sich alle Augen

auf ihn richteten. Nina blickte erheitert zu ihm hinauf und versuchte ihm Rat zu bieten.

»Du musst kopfüber nach unten klettern, du kleiner Tollkopf.«

Mit Panik im Blick jaunerte er: »Aber ich kann mich doch nicht umdrehen. Hol mich hier runter!«

»Den Teufel werde ich tun. Was meinst du, was Anne davon hält, wenn ich erwachsene, wohlerzogene Katze plötzlich die Gardinen hochklettere? Spring, wenn du dich nicht drehen kannst. Du kommst schon wieder auf den Füßen auf.«

Der Vorschlag fand ebenfalls keinen Beifall. Hilflos jammerte Junior weiter.

»Junior, gib nicht so an. Die beiden lachen schon über dich«, mahnte Nina, aber an Junior prallte alles ab. Er befand sich im Zustand fortgeschrittener Hysterie, und sogar als Anne schließlich nach ihm griff, krallte er sich so eigensinnig in dem Gardinenstoff fest, dass sie eine Pfote nach der anderen herausziehen musste. Jedes Mal, wenn eine Tatze frei war, klammerte er sich an ihre Hand.

»Lass los, du kleiner Dummkopf!«, befahl Anne ihm. »Sag mal, muss ich dich erst k. o. schlagen, bevor du aufgibst?«

Das war eine rein rhetorische Frage, denn Junior hatte den Kontakt zur Wirklichkeit vollständig verloren. Er reagierte nur noch in blinder Panik.

Die Panik wich erst, als eine kalte Dusche aus der Sprühflasche sein Gesicht traf.

Die Krallen lösten sich vor Schreck.

Dann war er endlich wieder auf der Erde.

Benommen lag er jetzt zu Ninas Füßen, die ihn tröstend trocken leckte. Langsam kam er zu sich und blinzelte sie an.

»O danke, dass du mich da runtergeholt hast«, schnurrte er leise.

Zwischen zwei Bürstenstrichen antwortet Nina: »Dafür hast du Anne und Bärbel zu danken und nicht mir. Anne ist auf einen Stuhl geklettert, um dich aus der Gardine zu pflücken, und zum Dank hast du sie blutig gekratzt.«

»Aber die hat mich nassgemacht!«

»Das war Bärbel mit der Blumenspritze, und das hast du verdient. Junior. Denn ich kann dir versichern, du hast dich wieder mal gewaltig danebenbenommen.«

»Das war aber doch so fies da oben«, erwiderte Junior.

Nina schlappte noch einmal mit der Zunge über seine Ohren und meinte geduldig: »Du lernst das auch noch.«

Junior erholte sich schnell von seinem schlimmen Erlebnis, und schon wenige Minuten später sah er, dass die Menschen ihr Spielzeug aus dem Korb genommen hatten. Das kleine silberne Bällchen an der Schnur hüpfte verlockend vor seiner Nase auf und ab. Schon stürzte sich der wiedererstarkte Junior mit einem Kampfschrei darauf, um es zu erbeuten. Gerade, als er glaubte, das Bällchen zwischen den Vorderpfoten zu haben, war es auch schon wieder weg. Ihm nach!

»Jetzt hab ich's!«, quietschte er und biss kräftig in die Alufolie. Da zog man ihn mitsamt dem Bällchen über den Teppich. Er ließ los.

Das Bällchen war hinter ihm. Auf dem Rücken liegend tatzte er mit allen vier Pfoten danach.

Es war zu hoch.

Er sprang in die Höhe und landete unsanft auf dem Hinterteil. Das Bällchen umkreiste ihn. Er wälzte sich von Bauchlage in Rückenlage, vom Rücken auf den Bauch. Das Blitzen und Klicken nahm er jetzt überhaupt nicht mehr wahr.

Jetzt, jetzt, JETZT hatte er das Bällchen!

Es mit allen Pfoten haltend, biss er wollüstig hinein.

Da krabbelte eine Hand in sein weiches Bauchfell und kraulte ihn. Huch, war das komisch. Hiiii, wegdrehen. Aber nicht ganz. Hach, war das ein ulkiges Gefühl. Huiii, wie das kitzelt! Mmmmhhrrrrrrrr, och schöön!

Den Apparat mit dem starren Auge bemerkte er überhaupt nicht mehr. Das Leid in der Gardine war vergessen und auch das hässliche Geschehen, das er bei seinem Ausflug beobachtet hatte.

11. Katze, Mensch und Maus

Die folgende Woche war arbeitsreich für Anne. Sie hatte den Entwurf der Werbekampagne für die Industriereiniger zusammengestellt und durchgesehen. Einige Punkte waren noch offen, denn die Aussagen dazu von Staubinger erschienen ihr im Nachhinein ziemlich vage. Ein weiterer Anruf bei ihm hatte zwar neue Erkenntnisse gebracht, aber seine Angaben befriedigten sie noch immer nicht. Dafür hatte er aber versucht, sie zum Essen einzuladen. Selbstverständlich hatte sie abgelehnt, auch wenn sie sich einen kleinen Moment geschmeichelt gefühlt hatte.

Sie blätterte unzufrieden das Protokoll durch und fragte sich, ob es ihr tatsächlich an technischem Sachverstand fehlte, als ihr Chef Peter zur Tür hereinschaute.

»Na, so versunken, Anne?«

»Ach, das ist ein Mist«, murrte sie und schob die Papiere ungeduldig zusammen. »Aus Staubingers Angaben kann ich mir keinen vernünftigen Reim machen.«

»Erreichst du Benson denn nicht? Soll ich es vielleicht mal versuchen?«, bot er seine Hilfe an.

»Nützt nichts. Benson ist auf Dienstreise und kommt erst Ende der Woche zurück.«

»Du könntest eine Fragenliste an den Produktionsleiter schicken. Vielleicht sind dessen Aussagen erhellender für dich. Nicht, dass wir uns da nächste Woche blamieren.«

»Peter ...!«

Er hielt Annes vorwurfsvollen Blick stand und meinte: »Entschuldige, ich weiß ja, dass ich mich auf dich verlassen kann.« Freundlich lächelnd wechselte er dann das Thema. »Eigentlich bin ich überhaupt nur hergekommen, um dich zu einer Pflichtverletzung zu überreden.«

»Nanu, welch ein Ereignis steht an?«

»Yvonne feiert ihre Beförderung.«

Die kleine Feier lenkte Anne für kurze Zeit von den Problemen mit Unterlagen ab, aber schon auf dem Heimweg machte sie sich wieder Gedanken darüber. Als sie zu Hause ankam, hatte sie einen Entschluss gefasst. Während der Fahrt hatte sie sich an die Begegnung mit Staubingers Sekretärin, Marianne Kranz, erinnert, und sie beschloss, die Mutter ihres Exfreundes noch diesen Abend anzurufen.

Die beiden Katzen waren an diesem Tag im Haus geblieben. Als Anne die Tür aufschloss, begrüßte Nina sie wie üblich mit erfreutem Maunzen. Junior verhielt sich erheblich zurückhaltender und begehrte nach der abendlichen Speisung sofort energisch Auslass. Beide verschwanden für etwa eine Stunde, während der Anne sich umzog, ihre Post durchsah und die Zeitung durchblätterte. Die Katzen erschienen erst wieder pünktlich in dem Moment, als sie anfing, sich ihr Abendessen zu richten. Weil gerade ein Töpfchen Suppe überzukochen drohte, öffnete Anne nur die Verandatür einen Spalt und kehrte zum Herd zurück. Daher bemerkte sie nicht, dass Junior sich etwas von draußen mitbrachte.

Junior fühlte sich großartig. Den Tag über hatte er der Ruhe gepflegt und war am Abend mit vollem Bauch bereit, sich den Anforderungen des Reviers zu stellen. Obwohl er der Einschränkung unterlag, sich nur in Ninas Nähe aufzuhalten, genoss er die täglichen Rundgänge sehr. Mit jedem Tag wurde sein Wissen größer. Er hatte gelernt, wer ihm freundlich gesonnen war und wem er besser aus dem Weg ging; er hatte die verschiedenen Pfade vom und zum Haus kennengelernt und verlief sich jetzt auch nicht mehr. Selbst sein Respekt vor Jakob war auf ein erträgliches Maß zurückgegangen, da er ihm anschließend nie wieder begegnet war. Ja, Junior ging sogar so weit, ihn Nina gegenüber als »alten Zausel« zu bezeichnen, was ihm jedoch eine strenge Rüge eintrug.

Einen weiteren Verweis hatte er sich eingefangen, weil er seine betrübliche Neigung zu Müllbeuteln einfach nicht unterdrücken konnte. Sicher, Anne hatte ihn einmal heftig gescholten, aber hier draußen im Revier sah sie es ja nicht und konnte auch nicht eifersüchtig über den Inhalt einer solchen Zaubertüte wachen.

Dreimal schon hatte er einen herrenlosen Beutel gefunden und in einem unbewachten Augenblick die Kralle in die zarte Außenhaut geschlagen, um anschließend begeistert in den stinkenden oder duftenden, schmierigen oder krümeligen, genießbaren oder ekelerregenden Überresten zu wühlen. Es waren immer neue Genüsse zu finden: Reste aus Ölsardinendosen, ein fast ganz frischer Fischkopf, ein Schokoladenkeks, ein paar Kartoffelchips, Überbleibsel eines Sahnekuchens und viele traumhafte Sachen mehr. Und nicht nur Futter, nein, auch Spielzeug war darin. Ein verbeultes Tischtennisbällchen zum Beispiel machte ihm einen ungeheuren Spaß, ein weggeworfener Wollhandschuh konnte bearbeitet werden und erinnerte ihn wage an seinen Sieg über Annes Pullover, selbst ein Stück Stromkabel konnte zum Hinterherjagen verwendet werden. Der Vorwurf »Gossenkatze«, von Nina geäußert, traf ihn angesichts derartiger Vergnügen nur in geringem Maße.

An diesem Abend aber gab es keine Müllbeutel. Dafür hatte er eine kapitale Maus erlegt. Nicht nur so ein verlorengegangenes Mäusebaby, nein, eine echte, richtige, ausgewachsene Maus. Natürlich hatte ihn Nina wie erwartet wegen seiner Leistung bewundert, aber um die ganze Sache rund zu machen, begehrte er jetzt noch das Lob der Überkatze Anne. Also trabte er, trotz Ninas Hinweis, dass Nager im Haus nicht gerne gesehen seien, zur Wohnung. Allerdings musste er Nina zum Öffnen maunzen lassen, da sein Mäulchen ziemlich voller Maus war. Drinnen stolzierte er mit seiner Beute schnurstracks in die Küche, um sie zu präsentieren. Das Unglück wollte es jedoch, dass Anne eben mit ihrer Suppe beschäftigt war und nicht mitbekam, was der erfolgreiche Jungkater ihr zeigen wollte. Um ihre Aufmerksamkeit deutlicher auf sich zu lenken, öffnete er also das Schnäuzchen, um ein forderndes »Miau« auszustoßen. Dabei entwischte die Maus, die sich von ihrem Schock erholt hatte.

Verblüfft sah Junior ihr hinterher, wie sie entlang der Küchenschränke auf nackte Menschenfüße zulief. Anne stellte gerade die Kochplatte ab und schaute verdutzt auf das, was da über ihre Zehen huschte.

»Eine Maus!«, konstatierte sie trocken und schaute den kleinen Kater an. »Fang sie!«, befahl sie ihm.

Doch Junior war viel zu entgeistert darüber, dass seine Beute noch lebte, um darauf reagieren zu können. In Panik piepsend verkroch sich die Maus unter dem Kühlschrank, pfiff noch einmal schrill und stellte sich dann tot. Weil Junior keine Anstrengung unternahm, sie dort aufzustöbern, wandte Anne sich an Nina.

»Mäuse haben sehr kalte Pfoten, weißt du, und ich mag es gar nicht, wenn sie mir damit über meine Füße laufen. Also entsorg das Tier bitte, Süße!«, forderte sie die hoheitsvoll dreinblickende Katze auf. Nina beachtete aber die strenge Regel, dass sich nur der um die Beute zu kümmern hat, der sie auch zuerst gefangen hat. Sie blieb sitzen und putzte sich gedankenverloren die Pfoten.

Empört stützte Anne die Hände in die Hüfte und wetterte: »Zwei Katzen im Haus werden von mir durchgefüttert, bekommen Extraportionen Sahne, jede hat eine eigene Decke, und keine von euch Triefnasen ist in der Lage, eine Maus zu fangen! Ihr wollt wohl, dass ich euch was beweise?«

Junior zuckte zusammen. Sie hatte ja recht. Bevor er sich jedoch ans Aufstöbern der dummen Maus machen konnte, hatte Anne bereits nach der Fliegenklatsche gegriffen und schob ihn zur Seite.

Der kleine Kater begann zu staunen. Denn als die Frau auf den Knien vor dem Kühlschrank lauerte, wirkte sie plötzlich sehr kätzisch. Regungslos und konzentriert beobachtete sie die

Maus. Ihre Augen waren ein wenig zusammengekniffen, doch ihr Gesicht strahlte grenzenlose Geduld aus.

Natürlich, die Maus konnte ja nicht ewig dort sitzen bleiben. Wie eine lauernde Katze würde Anne einfach warten, bis sie aus ihrem Versteck geschlüpft war. Wie man das eben so machte.

Da, ein Rascheln.

Ein schwarzes Näschen erschien, und zwei kleine Knopfaugen schauten Anne an. Ihr Atem ging ganz flach, alle Muskeln spannten sich in Bereitschaft, alle Sinne waren nur auf die Bewegung ihrer Beute ausgerichtet. Selbst ihre Ohren schienen sich anzuspannen. Nur die Fliegenklatsche zitterte ganz leicht in ihrer Hand.

Da sich nichts Bedrohliches bewegte, kam das Mäuschen aus seinem Versteck heraus.

Anne schlug zu.

Dann schob sie die k. o. geschlagene Maus auf die Fliegenklatsche und richtete sich auf. Mit verächtlichem Blick streifte sie Junior, der vor Bewunderung runde Augen machte, und mit den Worten »Aus die Maus!« expedierte sie das bewusstlose Tier durch das Fenster in die Wiese. Interessiert unterbrach Nina ihre Putzorgie und sah der fliegenden Maus nach.

Junior erwachte aus seiner Verblüffung und fragte aufgeregt: »Wieso hat sie meine Maus gefangen?«

Er bekam keine Antwort. Aufgeregt sauste er deshalb durch die Küche, schnüffelte nervös an den Schränken. »Sie darf das doch nicht. Das ist nicht menschlich!« Ein herzhafter Protestschrei krönte sein Vorwürfe: »Das war MEINE Maus!«

Endlich bequemte sich seine Erzieherin zu einer Antwort. »Junior, sei endlich still. Du hast deine Beute verloren. Das ist schon schlimm genug. Aber dann bist du auch noch zu dumm gewesen, sie wieder einzufangen, obwohl sie vor deiner Nase saß. Also wirklich! Hör auf mit dem Gezeter und leg dich in deine Ecke.«

Junior schmollte und schlich aus der Küche.

Nachdem Anne ihr Abendessen mit Hindernissen beendet hatte, griff sie zum Telefon, um Marianne anzurufen.

»Hallo, Anne, schön, dass du dich meldest. Ich hatte mit deinem Anruf schon gerechnet, als ich dich neulich bei Benson sah. Wie geht's?«

»Bestens, Marianne. Und dir? Ich wusste gar nicht, dass du die Firma gewechselt hast.«

»Woher auch? Wir haben ja schon fast zwei Jahre nichts mehr voneinander gehört.«

»Oh, wirklich. Ich scheine vergesslich zu werden«, antwortete Anne betreten.

Am anderen Ende ertönte leises Lachen. »Macht doch nichts! Ich hätte mich ja auch mal melden können. Ich bin übrigens schon seit vorletztem Sommer bei Benson. Es ist eine gute Stelle, ständig viel los. Du weißt ja, im Trubel fühle ich mich immer am wohlsten. Außerdem arbeite ich direkt für Benson senior; der lässt mich auch viele Aufgaben erledigen, die über die reine Sekretariatsarbeit hinausgehen.«

»Das ist prima, dass du dich so wohlfühlst. Bei mir hat's auch einige Veränderungen gegeben.« Sie erzählte von Tigers Tod, Bärbel, Nina und Junior und erkundigte sich anschließend nach Matthias.

»Mein missratener Sohn hat eine neue Freundin. Ich bin mir nicht ganz sicher, ob sie das Wahre für ihn ist. Mir ist sie etwas zu ökologisch. Aber sie verstehen sich ganz gut. Du wärst mir als Schwiegertochter zwar lieber gewesen, aber ihr zwei passt nun mal wirklich nicht zusammen. Du bist so zielstrebig und manchmal ein bisschen sehr hart mit denen, die nicht so hohe Ansprüche an sich stellen.«

»Uff, Marianne, ein präziser Schlag in die Magengrube. Ich scheine zarte Pflänzchen gerne zu zertrampeln.« Das Thema wollte sie jedoch nicht vertiefen, daher besann sie sich auf den eigentlichen Grund ihres Anrufes. »Eine ganz andere Frage, Marianne. Ich habe da doch mit eurem Herrn Staubinger zu tun gehabt. Was hast du denn für einen Eindruck von ihm?«

»Oh, ein netter Mann, nicht wahr? So höflich und zuvorkommend. Bitte und Danke gehört ja nicht zu jedermanns Wortschatz einer Sekretärin gegenüber.«

»Ja, sehr höflich, da hast du recht. Schon fast zu höflich mir gegenüber.«

»Na, Anne, warum wunderst du dich? Du bist schließlich eine sehr hübsche junge Frau.«

»Und er ist verheiratet mit Haus und Dackel, Marianne.«

»Na, das schließt doch einen kleinen Flirt nicht aus, oder? Er ist eben so, du musst dir dabei nichts denken.«

»Woraus ich schließen darf, dass auch du ein wenig mit ihm flirtest?«

Die winzige Verzögerung bis zur nächsten Antwort ließ Anne hellhörig werden.

»Er bewahrt immer den guten Ton, Anne. Aber – seine Frau … Na ja, sie ist ihm nicht ganz ebenbürtig, würde ich mal sagen.«

»Ich habe sie bisher nur ein-, zweimal gesehen, wenn sie den Hund ausführt. Das zumindest scheint sie gut zu machen.«

Marianne gab ein kleines Glucksen von sich. »So wie ich höre, ist das aber auch die obere Grenze dessen, was sie hinbekommt. Aber das ist übler Tratsch. Vielleicht hat sie verborgene Qualitäten.«

»Ich wollte eigentlich auch nichts über seine Familienverhältnisse wissen, sondern mir ein Bild von dem machen, wie ich ihn fachlich einschätzen soll. Ich frage, weil er mein Ansprechpartner in einem Auftrag ist und ich mir bei seinen Aussagen manchmal nicht ganz sicher bin, ob ich sie richtig verstanden habe oder ob er nicht genau weiß, was er erzählt. Ich habe leider nicht genug Ahnung von eurem Geschäft, um den Finger drauf zu legen.«

Marianne brauchte einige Zeit, um etwas zu erwidern. Anne wartete geduldig am Hörer und kraulte mit der einen Hand Nina unter dem Kinn. Dann hatte ihre Gesprächspartnerin wohl die richtigen Worte gefunden, um ihr zu antworten.

»Es ist schwierig für mich, dir dazu etwas zu sagen. Ich bin ja, wie gesagt, nur Bensons Sekretärin und kenne die Details des Geschäftes auch nicht so genau, um seine Fachkenntnis zu beurteilen. Ich persönlich halte Staubinger für kompetent. Er formuliert gelegentlich etwas weitschweifig, aber da gibt es andere, die noch viel schlimmer sind. Er kommt, so weit ich das beobachten kann, mit allen Kollegen gut aus, wobei es immer mal harte Diskussionen gibt. Ein paar Mobber haben wir bei uns auch rumlaufen, die ihm seine Position nicht gönnen. Darauf darf man aber nichts geben.«

»Schon in Ordnung, Marianne. Ich will ja gar kein amtliches Urteil.«

Marianne hatte sich aber in Rage geredet, und ein wenig verblüfft hörte Anne ihr zu, wie sie über die technische Leiterin und einen anderen Sachbearbeiter herzog, die Staubinger beständig unter Druck setzten. Je länger sie das Thema auswalzte, desto mehr gelangte Anne zu dem Eindruck, dass Marianne möglicherweise etwas parteiisch war. Sie empfand wohl mehr als Kollegialität Staubinger gegenüber, bei ihr war seine Art auf fruchtbaren Boden gefallen. Was auch den Hinweis auf die nicht ebenbürtige Ehefrau erklären mochte.

Vorsichtig versuchte sie also das Gespräch in andere Bahnen zu lenken, kam schließlich nochmals auf ihren Sohn Matthias zu sprechen und sagte dann: »Ich fürchte, ich muss das Gespräch nun wegen meiner beiden Quengelkatzen abbrechen.«

»Knuddele die beiden unbekannterweise von mir, und wir bleiben jetzt etwas häufiger im Kontakt, nicht?«

Anne verabschiedete sich und legte den Hörer auf, um dem Drängen der beiden Katzen nachzugeben und die Tür zu öffnen. Dann verbrachte sie einige nachdenkliche Minuten. Staubinger war kein seltener Fall. Männer, die es nicht lassen konnten, jede erreichbare Frau anzumachen, gab es genug. Man konnte jedoch sehr leicht mit ihnen fertig werden – vor allem, wenn man so ein unangenehmes Mundwerk hatte wie sie. Bedenklich aber stimmte sie der Hinweis auf die mobbenden Kollegen. Wenn Marianne Staubinger durch die rosa Brille der

Verehrung sah, mochten die anderen möglicherweise für seine Fehler nicht ganz so blind sein. Anne nahm sich vor, seine Aussagen zu ihrem Projekt am nächsten Tag noch einmal kritisch unter die Lupe zu nehmen. Vielleicht war ja doch nicht ihr fehlendes technisches Verständnis schuld, dass alles nicht so recht einen Sinn ergab. Und die Frageliste an den Produktionsleiter wollte sie wegen ihrer Zweifel auch endlich erstellen und abschicken. Dann würde man sehen.

Damit beschloss sie, die Gedanken an Firma und Arbeit zur Seite zu schieben, nahm ein Buch vom Regal und versank in einen Katzenroman.

12. Der Kuhfladen

Nina hatte Junior zu einem Ausflug über die Wiesen an den Waldrand mitgenommen. Fröhlich tobte und schlich, hüpfte und duckte sich der Kleine durch das herbstlich trockene Gras. Da gab es einen Schmetterling, der verlockend vor seiner Nase aufflatterte. In gewaltigen Sprüngen tatzte er hinter ihm her. Eine Blindschleiche lockte ihn mit schlängelnden Bewegungen tief in das hohe Grasgestrüpp, und er verfing sich in ein paar pieksenden Disteln. Beim Herauswinden zog er sich einen Kratzer auf der Nase zu und kam klagend zu Nina, um sich die Wunde ablecken zu lassen. Der Schmerz war aber schnell vergessen, als es zur Begegnung mit Tim und Tammy kam.

Die Kater waren ihm vage in Erinnerung aus seiner Kleinstkatzenzeit auf dem Bauernhof. Nina kannte die beiden aus diversen anderen interessanten Begegnungen. Sie waren weiß mit schwarzen Flecken, unabhängig, kampflustig und von rustikalem Charme.

»Na, Knickohr, mal wieder auf Tour?«, begrüßte Tim die Faltohrkatze.

»Was dagegen? Das hier ist schließlich nicht euer Revier.«
»Nu sei doch nich gleich wieder eingeschnappt.«
»Ich bin nicht eingeschnappt«, schnappte Nina zurück. »Aber ich wollte, ihr würdet dem Kleinen nicht noch mit schlechtem Beispiel vorangehen. Der ist schon frech genug.«

Tim und Tammy drehten sich zu Junior um, der sie mit keckem Blick musterte.

»Ich kenne dich!«, krähte er. »Du bist einer von denen gewesen, die immer hinter meiner Mama her waren. Aber mein Vater kannst du nicht sein.«

»Woher willst'n das wissen, du kleiner Stinker?«

»Sag nicht Stinker zu mir!«

»Nein, soll ich das nich?«, fragte Tammy verdächtig ruhig. »Und warum bin ich nun nich dein Vater?«

»Das ist doch ganz einfach. Minka war hübsch, und ich bin hübsch. Du bist nicht hübsch.«

Patsch!

Junior flog im hohen Bogen nach hinten ins Feld. Tim wollte ihm nachsetzen, aber da war ihm Nina plötzlich im Weg.

»Es reicht! Er war frech und hat eine gefangen. Mehr ist nicht nötig.«

»Findste, Muttchen Schlabberohr?«

»Finde ich!«

»Du bist ganz schön mutig geworden seit damals«, stellte Tammy fest und musterte Nina, wie sie so ganz gelassen und anmutig dasaß.

Junior war inzwischen wieder zu sich gekommen und rappelte sich auf. Er war sehr zornig. Die beiden weiß-schwarzen Kater standen noch vor Nina und unterhielten sich. Lautlos schlich er sich an seinen Peiniger heran, und als er ungesehen nahe genug heran war, richtete er sich mit einem furchterregenden Fauchen auf den Hinterbeinen auf. Ein bisschen litt diese Demonstration der Stärke allerdings darunter, dass ihm die Luft ausging und er japsend zu Boden kam.

Tammy drehte sich hochmütig um und meinte: »Hä? Haste was gesagt, Stinker?«

In höchsten Tönen quietschte Junior: »Du sollst mich nicht Stinker nennen!«

Er setzte zu einem tödlichen Schlag mit seiner kleinen Pfote an, aber da er nicht traf, fiel er, sich überkugelnd, um.

»Einen richtigen kleinen Feuerkopf haste da«, stellte Tammy mit einer gewissen Bewunderung fest. Doch als Junior sich wieder aufgerafft hatte und erneut zum Angriff übergehen wollte, traf ihn eine schwere Pfote im Nacken und drückte seine Nase in die Erde.

»Schluss, mein Junge. Wennste größer bist, können wir ein Kämpfchen machen. Jetzt biste nur lästig.«

Tim hielt den zappelnden Kater weiter fest, und Tammy verabschiedete sich von Nina.

»Wir sollten uns mal wieder auf'n Liedchen treffen. Wenn der da sich bis dahin zu benehmen gelernt hat, kannst'n ja mitbringen.«

»Das wird er schon noch. Sonst bekommt ihr ihn mal für ein paar Lektionen. Lass ihn los, Tim.«

»Bis dann!«

Niesend und schniefend schüttelte sich Junior, staubig, aber ungebrochen. »Die mach ich alle! Aus denen mach ich Dosenfutter! Ihr Blut soll unter meinen Krallen spritzen!«

»Es langt, Junior«, versuchte Nina ihren Schützling wieder zu disziplinieren. Doch er wütete weiter.

Er wütete und schimpfte immer noch, als sie Diti und Homer an deren äußersten Stelle ihres Reviers, der Rinderweide, begegneten.

»Waß ßßimpft der Kleine denn ßo?«, fragte Diti neugierig bei der Begrüßung.

»Wir hatten eine kleine Begegnung mit Tim und Tammy«, schmunzelte Nina, nachsichtig auf Junior blickend.

»Und da hat'ß waß geßetßt. Daß ißt mir faßt klar geweßen.«

»Tim und Tammy, diese Schlauen,
dürfen freche Kätzchen hauen!«

»Du schon wieder …!«, stöhnte Nina, als Homer seinen Vers von sich gab. Diti pflichtete ihr bei: »Er kann'ß einfach nicht laßßen.«

Dann drehte sie sich gutmütig zu dem kleinen, zornigen Kater um und wollte ihn trösten, als er sie auch schon anfauchte: »Der hat ständig Stinker zu mir gesagt! Das lasse ich mir nicht bieten. Der hat mich gehauen. Das ist unfair. Ich kratz dem die Augen aus. Ich zerleg ihm die Ohren in Fetzen. Der hat anschließend kein Fell mehr am Schwanz!«

»Und wann willßt du dieße Heldentaten begehen, ßüßer?«

»ßag nicht ßüßer zu mir!«, keifte Junior schrill zurück und setzte zum Sprung an.

Diti machte beiläufig einen Schritt zur Seite, und der Kleine segelte an ihr vorbei.

Seine Landung war weich und dämpfte bis auf weiteres seinen Jähzorn. Schwanz und Kopf schauten noch aus dem warmen Kuhfladen heraus. Diti kommentierte das Geschehen mit den herzlich gemeinten Worten: »ßßöne ßßeiße!«

Nina wandte sich erschüttert ab und bemühte sich, Haltung zu wahren.

Nach dem Abklingen des ersten Schocks zog Junior langsam Bein für Bein aus der weichen Masse und stand verschmiert, übel riechend und kleinlaut auf der Wiese. Es muss zugunsten von Ninas Charakter gesagt werden, dass sie nur ganz leise »Stinker« sagte und sich dann gemeinsam mit Diti an die Reinigung des Unglücksraben begab.

Homer hatte dem Vorgang interessiert zugesehen und suchte nach Worten. Gerade als er mit dem schönen Vers ansetzen wollte: »Scheiße auf dem Katzenfell ...«, fuhr seine Schwester ihn an und brachte ihn mit einem »Jetßt halt die Luft an, Hommi!« zum Schweigen.

Bärbel war, als sie den letzten Abschnitt bergauf hinter sich hatte, schon fast am Ende ihrer Kräfte angelangt, denn diesmal hatte sie eine längere Route als sonst gewählt und sich damit beinahe überfordert. Schließlich lichtete sich der Wald und ging in das Weideland über. Von hier aus war es bestimmt noch einen halben Kilometer bis zum Haus. Sie schnaufte. Ihr gemächlicher Zockeltrab wurde noch langsamer.

Da sah sie am Wegrand die vier Katzen sitzen, Nina, die Geschwister Diti und Homer und den noch immer klebrigen Junior. Als dankbare Unterbrechung ihrer Anstrengung blieb sie stehen, um Nina über den Kopf zu fahren. Atemlos schnupperte sie dann und meinte zu den Katzen: »Eine von euch riecht aber recht streng nach Landwirtschaft!«

Ihr Blick fiel auf Junior, der versuchte, sich im Gras klein und unsichtbar zu machen. Sie brach in Gelächter aus.

»Ach, Junior, du bist der kleine Stinker! Na, wenn du nach Hause kommst, ist mal wieder eine Dusche fällig, was?«

Als hätte Nina sie verstanden, stupste sie Bärbel ans Bein und lief den Weg hinunter.

»Na gut, den Rest schaffe ich jetzt auch noch«, sagte sie mehr zu sich selbst und setzte sich wieder in Trab.

Die Tiere hatten wohl eine Abkürzung gefunden, denn Nina und der schmuddelige Junior saßen schon geduldig wartend auf dem Gartenweg, als sie im letzten Auslaufen dort ankam. Der Kleine sah derartig unglücklich und betreten aus, dass sie beschloss, bevor er gebadet werden sollte, noch einige Fotos von dem Elend zu machen.

»Die Fotos sind ja phantastisch!«, sagte Anne, als sie die Bilder am nächsten Tag betrachtete. Junior, bekleckert an Fell und Seele, hatte so erbärmlich unglücklich in die Kamera geschaut, dass es einem das Herz erweichen musste. Nina, ganz gestrenge Erzieherin, schien förmlich die Nase zu kräuseln ob des würzigen Dufts, den ihr Schützling ausströmte.

»Ich würde zu gerne wissen, wie der kleine Kerl in den Kuhfladen geraten ist.«

»Na, jeder landet mal in der Sch...«, kicherte Bärbel.

»Ja, aber Katzen sind da gewöhnlich vorsichtiger. Ich habe den trüben Verdacht, dass der junge Raufer sich auf der Flucht befunden hat.«

»Raufer ist wohl richtig, wenn ich mir die Kratzer auf meinem Arm so betrachte.« Bärbel grinste. »Wir hatten wieder ein schlimmes Erlebnis mit der Dusche. Denn bei aller Toleranz deinen Katzen gegenüber, den Stallgeruch musste er loswerden.«

»Diese mutige Tat verlangt Belohnung. In der Küche steht eine Tüte mit Keksen.«

»Soll ich die mit hungrigen Blicken verschlingen?«

»Nein, auf einen Teller füllen und herbringen. Dann darfst du dich an ihrem Geruch berauschen.«

»Foltermagd!«

Bärbel war aber schon auf dem Weg, die Kekse zu holen.

»Kaffee dazu?«

»Ja, bitte!«

Anne klickte die nächste Datei an. Die Bilder, die Bärbel vor einigen Tagen in ihrer Wohnung gemacht hatte, waren ebenfalls hervorragend.

Juniors Übermut, die vornehme Haltung der Scottish Fold, das Entsetzen des kleinen Katers in der Gardine, Ninas Fürsorge beim Putzen ihres Schützlings – alles das sprang förmlich aus den Aufnahmen heraus.

»Bärbel, hast du dir die Bilder schon mal angesehen?«, rief sie in Richtung Küche, wo es rumorte.

»Nein! Sind sie was geworden?«

»Absolut spitze! Hör auf, diese Katzen zu verwöhnen, und sieh sie dir an.«

Bärbel, gefolgt von Nina und Junior, kam zu ihr, und gemeinsam betrachteten sie die Aufnahmen am Bildschirm. Dabei saßen die beiden Fotomodelle aufmerksam auf dem Schreibtisch.

»Doch, ja, sie sind nett geworden. Ich werde uns ein paar Abzüge machen lassen. Das hier gehört gerahmt, nicht wahr?«

Nina bewachte mütterlich den erschöpften Schlaf des Jungkaters.

»Du hast wirklich Talent zum Fotografieren.«

»Meinst du?«

Kritisch beäugte Bärbel noch mal die Bilder. »Hier ist der Kleine wirklich gut getroffen. Ein richtiger Draufgänger, nicht wahr.«

Anne nickte. Dann äußerte sie die Idee, die ihr schon seit geraumer Zeit durch den Kopf spukte. »Sag mal, willst du nicht mal einige von diesen Fotos an ein Tiermagazin schicken?«

»Meinst du, die nehmen so was?«

»Wenn du es nicht probierst, wirst du es nicht erfahren.«

Gemeinsam überlegten sie, an wen sie welche Fotos schicken wollte, und dann brachen sie zu dem versprochenen Einkaufsbummel auf, bei dem Bärbel nach den Vorschlägen ihrer Begleiterin einige weit gewagtere Stücke erstanden hatte, als sie selbst ausgewählt hätte.

Als sie nach drei Stunden wieder zu Hause ankamen und ihre Errungenschaften aus dem Auto luden, wurden sie mit einem »Einen wunderschönen guten Abend, meine Damen« begrüßt.

Beide drehten sich um und standen Auge in Auge mit Staubinger, der den Dackel Penelope ausführte.

»Guten Abend, Herr Staubinger«, grüßte Anne kurz angebunden zurück. Er tauchte in der letzten Zeit erstaunlich oft in ihrer Straße auf. Und sicher war es nicht Penelope, die ihn in Richtung ihres Hauses zerrte, um mit Nina und Junior Bekanntschaft zu pflegen. Seit ihrem Gespräch mit Marianne Kranz war sie zurückhaltender geworden, und ein leichtes Geplänkel wollte sie im Augenblick ganz bestimmt nicht mit Staubinger beginnen. Möglicherweise könnte es in den nächsten Tagen einige geschäftliche Begegnungen mit ihm geben, die nicht ganz so harmonisch abliefen wie ihre bisherigen Unterhaltungen. Doch Staubinger ließ sich nicht von ihrem kühlen Ton abschrecken.

»Sie haben sich ein paar schöne Sachen gekauft, wie ich sehe. Mein Kompliment, Frau Breitner, Sie sind immer exquisit angezogen.«

Bei diesen Worten glitten seine Augen interessiert an ihren schwarzbestrumpften Beinen hoch. Instinktiv strich Anne den kurzen grauen Flanellrock glatt und sah ihn kühl an.

»Danke, aber wir müssen uns jetzt beeilen. Komm, Bärbel!«

So schnell gab Staubinger nicht auf.

»Wollen Sie mich nicht ihrer reizenden Freundin vorstellen, meine Liebe?«

Schleimer, dachte Anne und setzte eine steinerne Miene auf. Aber sie hielt sich notgedrungen an die Gebote der Höflichkeit.

»Bärbel, darf ich dir Herrn Staubinger vorstellen? Du weißt, er wohnt auch hier in der Straße. Herr Staubinger, Frau Rettich ist die Nichte meiner Vermieter und hütet derzeit die Wohnung.«

Als er leutselig auf Bärbel zugehen wollte, schlug Anne die Heckklappe zu und stellte sich vor ihre verwirrt dreinblickende Freundin.

»Sie entschuldigen uns bitte, wir haben noch etwas Dringendes zu erledigen«, erklärte sie frostig und schob Bärbel in Richtung Tür. Wenn er ihnen nicht auf das Grundstück folgen wollte, musste Staubinger jetzt aufgeben. Penelope beendete die Situation aber souverän, indem sie plötzlich heftig an der Leine zog und lauthals die herbeischlendernden Katzen verbellte.

»Hallo, Nina und Junior! Rein mit euch, ihr wilden Untiere.«

Die Haustür fiel hinter ihnen zu, und Anne atmete erleichtert auf.

»Woher kennst du den denn? Der war aber sehr höflich.«

»Ich habe beruflich mit ihm zu tun, Bärbel. Und dafür ist mir seine Höflichkeit ein bisschen zu dick aufgetragen!«

»Du bist wählerisch. Mir hat er gefallen. Er sieht so distinguiert aus.«

»Aha, das sind die Männer mit den graumelierten Schläfen, die dein Herz höher schlagen lassen?«

»Meinetwegen könnte er auch grüne Strähnchen an den Schläfen und silberne Ohrringe tragen, wenn mich einer nur mal so ansehen würde, wie er dich eben angeschaut hat.«

»Du bist mannstoll, Bärbel«, kicherte Anne.

»Ach Gott, eigentlich nicht. Mir tät schon einer reichen. Gehen wir zu dir oder zu mir?«, beendete Bärbel diesen gefühlvollen Ausbruch. Die Antwort wurde durch das laute und fordernde Maunzen vor Annes Wohnungstür abgenommen.

»Fütterung der Raubtiere! Bei mir.«

13. Junior begibt sich in Gefahr

Junior maulte. Nina hatte ihm verboten, unbeaufsichtigt durchs Revier zu streifen. So etwas von Bevormundung! Jetzt war er schon seit drei Wochen hier heimisch, und nur weil dieser alte Zausel Jakob mal gesagt hatte, er dürfe nicht alleine umherstreifen, machte sie einen solchen Aufstand daraus. Das mochte ja am Anfang noch einen Sinn gehabt haben, als er sich noch nicht richtig auskannte, aber jetzt war er eine fast ausgewachsene Katze und hatte seine Milchzähne endgültig verloren!

»Hey, Nina, wenn du mich schon nicht alleine einen Rundgang machen lässt, dann könnten wir hier wenigstens ein bisschen Haschen spielen«, schlug Junior der dösenden Faltohrkatze vor.

Nina blinzelte ihn mit einem Auge an.

»Junior, zieh Leine!«

Beleidigt hüpfte er vom Sofa und streifte ein wenig ziellos in der Wohnung umher. Er stupste erbost die Badezimmertür auf und hopste auf den Toilettendeckel. Erfreut stellte er fest, dass das Fenster geöffnet war. Sein nächster Satz galt dem Fensterbrett, und von da aus war es nur noch ein kleiner Schritt in die Freiheit.

Wenn Nina nicht mitkommen wollte, dann machte er eben alleine seinen Rundgang. Und wenn Jakob, der alte Zausel, ihn deswegen anpflaumen würde, dann wollte er ihm schon die Meinung sagen. Jawohl.

Der Herbst war bereits weit fortgeschritten, und trüber Nebel kroch über den kalten Boden. Feuchte, glitschige Blätter säumten die Gartenwege, die letzten Blüten hingen braun und traurig von den Stängeln. Die kühle Luft machte Junior nicht viel aus. Sein dichtes Unterfell war in den letzten Tagen gewachsen und hatte ihm nicht nur mehr Körperfülle verliehen, sondern hielt auch zuverlässig die frischen Windböen ab, die unerwartet immer wieder um die Häuserecken wehten. Er hüpfte auf einen Zaunpfahl und lauschte in die Nacht. Menschen waren an diesem nasskalten Abend nicht unterwegs, Hunde auch nicht. Das war schon mal gut. Die glühäugigen Fahrzeuge brummten weiter entfernt über die Straßen. Na gut, mit denen musste er sich ja nicht anlegen. Katzen aber, ja, Katzen waren unterwegs. Man müsste ein klein wenig darauf achten, wem man in die Quere kam und wo man seine Pfoten hinsetzte. Die Erfahrung mit dem Kuhfladen war prägend für Juniors Charakter – zumindest für kurze Zeit.

Der Jungkater verließ schließlich nach einigem Nachdenken über seine Route den Zaunpfahl und begann zunächst den Revierrundgang, wie er ihn mit Nina gewohnt war. Dabei hielt er wie üblich nach herrenlosen Müllbeuteln Ausschau. Die Ausbeute war jedoch gering. Ein kleiner Plastikbeutel mit Orangenschalen war alles, was er auf der ersten Runde entdeckte. Dafür begegnete er Fleuri, die er wohlerzogen grüßte, indem er sich ihr näherte und seine Nase an die ihre tupfen wollte. Wegen des noch immer vorhandenen Größenunterschieds ging das schief, und er rettete sich mit der Bemerkung: »Oh, Fleuri, wie süß deine Schulter duftet!«

»Tickst du noch ganz richtig, Junior? Was soll denn das?«

»Ähm, … tut sie das nicht? Gut. Wollen wir zusammen ein bisschen in die Büsche?«, lautete sein nächster Vorschlag.

Fleuri musterte ihn amüsiert.

»Du lässt auch keinen Versuch aus, nicht? Wo ist Nina?«

Fast hätte Junior sich ablenken lassen und ihr geantwortet, doch er fasste sich schnell und setzte zur Gegenfrage an: »Die wollen wir doch nicht dabeihaben, oder?«

Nur ein schneller Rückwärtssatz ersparte ihm eine saftige Ohrfeige.

»Du kannst froh sein, dass Jakob bei solchem Wetter sein

Rheuma an der Heizung pflegt und nicht im Revier ist. Sieh zu, dass du nach Hause kommst, Kleiner.«

»Wenn ich Lust habe dazu. Tschüs, Süße!«

Mit einem arroganten Schwanzzucken wandte er sich ab und tigerte die Straße entlang. Da es schon Abend wurde, waren die Fenster der Häuser erleuchtet, und das Licht der Straßenlaternen warf gelbliche Lichtkreise in den Nebel. Die Information, dass Jakob zu Hause sein Rheuma pflegte, machte ihn mutig. Junior überschritt die gewohnten Reviergrenzen und kam an dem Grundstück vorbei, an dem er schon einmal in das Küchenfenster geschaut hatte. Er erkannte es wieder und erinnerte sich daran, wie der böse Mensch die Frau wegen des Futters verprügelt hatte. Eigentlich wollte er deshalb beidrehen, doch der köstliche Geruch eines besonders gehaltvollen Müllbeutels lockte ihn. Das Haus lag im Dunkeln und wirkte unbewohnt, daher traute er sich und schlich neugierig näher. Im Garten war nicht viel zu holen, der Müllgeruch kam woanders her. Durch matschige Blätter und abgestorbene Blüten näherte sich Junior dem Haus. Neugier und seine Nase trieben ihn voran. Das sah doch wirklich so aus, als ob da ein Fenster offen war. Allerdings ein anderes als das, durch das er schon einmal in die Küche gespäht hatte! Mal sehen, was es diesmal zu entdecken gab. Noch einmal versicherte er sich mit gespitzten Ohren, die er nach allen Seiten drehte, dass kein menschlicher Laut aus dem Haus drang. Als er sich dessen ganz sicher war, setzte er sich zurecht und sprang. Als er auf der Fensterbank gelandet war, warf er einen Blick ins Innere. Die Gardine war vorgezogen, daher konnte das Fenster nicht ganz aufschlagen. Es war wohl das Schlafzimmer, was sich dahinter verbarg. Junior schnüffelte. Besonders gut roch es nicht darin.

Trotzdem!

Er sprang hinein, landete auf dem Fußboden und mit einer Pfote in einem überquellenden Aschenbecher. Die aufwirbelnde Asche stieg ihm in die Augen, und er musste sein Gesicht erst einen Moment putzen und reiben, bevor er seine Untersuchung fortsetzen konnte. Ein ungemachtes Bett, dass stark nach Mensch roch, ein paar Wäschestücke, zerknüllt am Boden, die ebenfalls nach Mensch rochen, ein Brotrest, nicht mehr genießbar, ein, zwei aufgeblätterte Zeitschriften mit bunten Bildern. Pff, wenig ergiebig das Ganze. Die Tür zum Nebenraum war offen, und von dort ging es in die Küche.

Das war's! Welch ein Paradies!

Da stand Müllbeutel neben Müllbeutel. Bestimmt vier Stück. Schön prall gefüllt und aufregend riechend. Mit geübter Kralle ritzte Junior den ersten auf. Dosen, Plastikbecher, Bierflaschen, Zigarettenstummel, schmieriges Papier, verschimmelte Käsebröckchen, vertrocknete Pizzastücke und allerlei übelriechendes Zeug polterten auf den Boden. Mist, dieser Müllbeutel war etwas überlagert. Aber da waren ja noch mehr.

Einen nach dem anderen schlitzte Junior gewissenhaft auf und stieß doch immer wieder auf das gleiche Resultat.

»Der isst aber gar nichts Schönes«, schloss der kleine Kater aus der Besichtigung des Trümmerfeldes, das er angerichtet hatte, und wühlte noch einmal belanglos im Abfall. Dabei überhörte er, dass sich an der Eingangstür etwas tat. Erst als die Tür zuschlug, wurde er wachsam.

Sein erster Gedanke war Flucht. Er wollte den Weg durch das Schlafzimmerfenster nehmen, denn ansonsten wäre er dem Bewohner in die Quere gekommen. Dummerweise war aber die Tür zugefallen, und so saß er in der Falle. Angstvoll sah er sich um. Er musste zumindest ein Versteck finden, bis sich eine Möglichkeit ergab, das Haus zu verlassen.

14. Chinesische Nachrichten

Anne grübelte.

Das tat sie üblicherweise selten, denn sie neigte mehr zum Zupacken. Seit Tigers Tod überkam sie jedoch manchmal so eine schwermütige Stimmung, und dann half weder Sport noch Arbeit, dann sah sie ein, dass sie sich über manche Dinge einfach klarwerden musste.

Es hatte sie etwas Ungewöhnliches mit dem getigerten Kater verbunden, etwas, das sie zu seinen Lebzeiten als ganz selbstverständlich hingenommen hatte. Er kam zu ihr, wenn er hungrig war, wie jede Katze, die sich an das Zusammenleben mit einem menschlichen Versorger gewöhnt hatte. Er wollte gelegentlich gestreichelt werden, ebenfalls nichts Besonderes, er brachte ihr auch schon mal eine Maus als Geschenk mit, was schon etwas ausgefallener war, und an manchen Abenden hatte er auf der Sofalehne gesessen und sie unendlich versonnen angeblickt.

Das war es, womit er ihr Herz erobert hatte.

Sein tiefes Sinnen, als ob die Weisheit aller Katzen in ihm vereint war.

Anne hatte kein Interesse an irgendwelchen esoterischen Spinnereien, doch sie konnte sich Tigers Ausstrahlung nie so ganz entziehen. Vielleicht war es nur die Gewöhnung an ein vertrauensvolles Haustier, mutmaßte sie, aber nein, das wäre zu einfach. Es war, als hätte sich ein Band zwischen ihnen gewoben, ein feines, silbernes Band aus Gedanken und Gefühlen. Eines dieser Gefühle – das gestand sie sich jetzt ein – war Liebe gewesen. Sie hatte diesen tapferen, herrischen Katzen-Macho geliebt.

Manchmal träumte sie von ihm, und in diesen Träumen

schwang Zuneigung, aber auch ein wundersames Erinnern mit. Was es genau war, entzog sich ihr immer wieder, doch eines war ihr seither gegeben – sie verstand das kätzische Wesen weit besser als andere Menschen. Möglicherweise, weil ihre Beobachtungsgabe geschärft war, vielleicht weil sie mehr Vertrauen in ihre Fähigkeit zur Kommunikation mit den Tieren hatte. Sie erfühlte Ninas Stimmungen, erahnte Juniors Lausbubenstreiche, beherrschte einige grundlegende Vokabeln der Katzensprache, und manchmal konnte sie sich förmlich in deren Körper hineinversetzen.

Warum das so war?

Die einzige Erklärung, die ihr dazu einfiel und die sie zunächst als albern abtun wollte, war Hingabe. Und Hingabe bestand in der Öffnung eigener verborgener Seelenkammern.

Nina kam mit leisen, gurrenden Lauten zu ihr und setzte sich neben ihr auf die Fensterbank.

Frau und Katze sahen sie in die Nacht hinaus. Die Straßenlaternen warfen ihren gelben Schein über die Hecke. Dort, wo die Bewohner die Rollläden noch nicht geschlossen hatten, flackerte das bläuliche Licht der Fernseher durch die Fenster. Die Scheinwerfer eines Autos huschten über den kleinen Park vor ihrer Haustür. Abendliche Nebelschwaden zogen aus der feuchten Niederung herauf.

»Da unten sind bestimmt deine Freunde unterwegs, was, Nina?«

»Mirr!«

»Ein wunderbares Revier. Ich stelle mir das aufregend vor, dort herumzustreifen. Plätze zum Verstecken und Beobachten, Mauselöcher, ein Bächlein zum Schlabbern und Nachrichten von Bekannten.«

Nina drückte zustimmend ihren dicken Kopf an Annes Arm.

»Unser Jungspund ist sicher auch dort unterwegs. Ich hoffe, er legt sich nicht zu sehr mit den anderen eurer Gemeinschaft an. So wie er sich hier manchmal aufführt, könnte ich mir denken, dass er fröhlich anecken kann.«

»Mau!«

»Dachte ich mir.«

Dann schwieg sie wieder eine Weile und kraulte die zutrauliche Katze im Nacken.

»Vermisst du deinen Menschen eigentlich, Nina?«

»Mmmrrr.«

»Aha. Ja, er ist ziemlich nett. Eigentlich sogar ein bisschen mehr als nett, nicht wahr?«

»Mau.«

»Sogar ein bisschen sexy, oder?«

»Mirr?«

»Ah, okay, fällt nicht in dein Gebiet. Was hältst du davon, wenn wir ihm mal wieder eine Nachricht schicken, wie es uns so geht, und so ganz nebenbei einflechten, dass wir ihn ein kleines bisschen vermissen?«

Hups, schon war Nina auf den Boden gesprungen und strebte den Tisch mit dem Bildschirm an.

Anne folgte ihr lächelnd. Es war eine mehr als nur einseitige Unterhaltung gewesen, dessen war sie sich ganz sicher. Aber ob ihr das jemand geglaubt hätte?

Sie stellte den PC an und wartete, bis das E-Mail-Programm hochgefahren war.

Dann schrieb sie mit raschem Fingerhuschen eine launige Zusammenfassung der Ereignisse der letzten Tage. Ihre Probleme mit dem, was sie als ihren »Staubinger-Job« nannte, entlockten ihr allerdings ein paar ziemlich herbe Formulierungen über die Zusammenarbeit mit unfähigen Wichtigtuern. Anschließend suchte sie noch einige der besten Fotos von Nina und Junior heraus – keines, auf dem sie selbst zu sehen war, darum würde er sie schon bitten müssen –, hängte die Dateien an und schickte das Ganze ab.

Die Antwort kam ziemlich direkt und traf sie wie eine schallende Ohrfeige.

Anne,

meine eigene Situation verhindert, dass ich Dir auf Dein Problem mit Staubinger entsprechend antworten kann. Aber glaube mir, ich fände ein paar deutliche Worte dafür.

C. Braun

Anne musste das zweimal lesen, bis sie es richtig verstand. Sie war wie vor den Kopf geschlagen und konnte sich nur erinnern, dass sie sich über Staubinger beklagt hatte. Sie las ihre Mail noch einmal durch. Na gut, sie hatte ziemlich über ihn hergezogen. Aber warum nur war Christian da auf einmal so empfindlich? Langsam verwandelten sich ihre verletzten Gefühle in Wut. Mein Gott, die Männer hielten doch immer zusammen. Da hackte keine Krähe der anderen ein Auge aus. Ohne dass Christian den dusseligen Staubinger nur einmal erlebt hatte, ging er davon aus, dass sein göttliches Geschlecht ihn auf jeden Fall ihr überlegen machte.

Sie hatte sich derart in Rage gebracht, dass sie sich dann noch einmal hinsetzte und eine wütende Antwort in die Tasten hämmerte.

Eine Reaktion darauf erhielt sie aber nicht.

Als sie dann später ein bisschen ruhiger geworden war, fragte sie sich, was sie eigentlich von Christian erwartete. Dass er umgehend flehentlich um Verzeihung bat oder nur bestätigte, dass sie eine erfolgssüchtige Karriereschnepfe war, mit der er nichts zu tun haben wollte?

Aber egal, was seine Antwort sein würde, durch ihre pampige Reaktion hatte sie die Situation sicher nicht verbessert.

Von sich selbst und von Christian enttäuscht, versank Anne in tiefstes Selbstmitleid.

15. Besuch auf den Goldenen Steppen

Nina tat etwas, das sie seit Einzug in Annes Wohnung noch nie gemacht hatte. Sie wählte statt ihrer blauen Kuscheldecke in der rechten Sofaecke die linke. Jene Ecke, die von allen Bewohnern immer gemieden wurde, seit Tiger hier seinen Verletzungen erlegen war. Diesmal jedoch überwand die sanfte Faltohrkatze den Schauder, der sie jedes Mal ergriff, wenn sie in die Nähe dieses Platzes kam, und legte sich auf die Polster. Dann schloss sie die Augen, ohne aber in Schlaf zu versinken. Sie konzentrierte sich. Äußerlich war ihr der Unterschied fast nicht anzumerken. Vielleicht nur für einen sehr aufmerksamen Beobachter. Denn im Gegensatz zum entspannten Tiefschlaf war das Näschen ein ganz kleines bisschen gekraust, und die Ohren wirkten angespannt.

Sie atmete langsam und ruhig ein und aus. Allmählich formte sich vor ihren Augen der goldene Kreis. Zunächst als undefiniertes Leuchten in Höhe der Stirn, dann immer schärfer abgegrenzt. Als die leuchtende Scheibe klar und fest umrissen vor ihr stand, machte sie sich auf die Reise durch dieses Fenster. Durch einen kreiselnden Tunnel wurde sie vorangezogen, schwindelnd, wirbelnd, ohne Willen.

Als sich die Sicht wieder weitete, saß sie unter einem schattigen Busch in einer weiten Goldenen Steppe.

Das trockene, gelbe Gras raschelte in einer milden Brise, und die warme Erde duftete süß und fruchtbar. Zirpen und Piepsen, Pfeifen und Krabbeln versprachen reiche Beute. Unter dunkelbelaubten Sträuchern luden höhlenartige Kuhlen zum geschützten Schlummer ein. Das fröhliche Plätschern eines Bächleins lockte mit kristallklarem Wasser und köstlichen Fischlein.

Flirrendes Sonnenlicht hüllte ihr Fell in wohlige Wärme. Mit einem leisen Brummen streckte sie den Bauch auf der weichen Erde aus und wartete.

Es dauerte hingegen nicht lange, da fühlte sie sich sanft an der Nase gestupst. Träge öffnete sie die Augen und sah dem Ankömmling in das Gesicht.

»Hallo, Tiger«, schnurrte sie glücklich.

»Nina, du hier?«, fragte der braunschwarz getigerte Kater mit dem weißen Bauch und setzte sich neben sie. »Ich dachte, deine Zeit sei noch lange nicht gekommen? Was ist geschehen?«

»Ach, mit mir nichts Besonderes, ich bin nur auf einen Sprung hier, weil ich deinen Rat brauche.«

»Meinen Rat, so, so. Eine große Anstrengung, die du dafür auf dich genommen hast.«

Sie patschte spielerisch mit der Pfote nach ihm und meinte: »Mir ist doch nichts zu anstrengend, um dich sehen zu können!«

»Lüg nicht, Süße, dafür macht man diese Reise nicht.«

Nina wurde ganz ernst und sah ihn an.

»Nein, Tiger, dafür sicher nicht.«

»Dann machst du sie für andere«, stellte er fest und legte sich gemütlich neben sie. »Erzähl! Vielleicht kann ich dir helfen.«

Nina suchte einen Moment nach den richtigen Worten, denn Tiger hatte zu früheren Zeiten schon immer ziemlich kurz angebunden reagiert, wenn ihn etwas nicht interessierte. Sie wollte aber keine Ablehnung riskieren.

Endlich berichtete sie: »Du hast mir ja die Aufgabe übertragen, mich ein bisschen um Anne zu kümmern. Es geht auch ganz gut, obwohl sie unruhig und unzufrieden ist. Vor allem, wenn die Dinge nicht so laufen, wie sie es will. Und deswegen hat sie jetzt Probleme. Sie ist traurig, und ich glaube, dass es mit meinem Menschen Christian zusammenhängt. Oder mit einem anderen Ärger in dem Zusammenhang.«

Tiger, der in seinem letzten Leben drei Jahre bei Anne verbracht hatte, hatte sie sehr geliebt, obwohl er es ihr aufgrund seines kätzischen Stolzes bis zum letzten Moment nicht hatte zeigen wollen.

Doch in der letzten Nacht jenes Lebens hatte er ihr einen unglaublichen Traum geschenkt, in dem sie sich selbst in eine Katze verwandelt und mit ihm zusammen ein Abenteuer erlebt hatte.

Hier auf den Goldenen Steppen, dem friedlichen Reich, in dem sich die Seelen der Katzen nach ihrem leiblichen Tod versammelten, sich regenerierten und auf die Wiedergeburt vorbereiteten, war es leichter für ihn, seine Zuneigung zu seinem Menschen zuzugeben, daher war er sofort an Annes Schwierigkeiten interessiert.

»Was meinst du denn, was ich tun könnte, Nina? Wenn sie mit einem Menschen unglücklich ist, soll sie mit ihm reden. In dem Fall kann ich wenig machen.«

»Er ist aber nicht da, und obwohl ich ahne, dass er mit ihr Kontakt aufnehmen will, sind die Umstände dagegen. Kannst du nicht mal nach vorne lauschen?«

»Wenn du einen Moment Geduld hast, kann ich es versuchen.«

»Danke, mach nur. Es ist so unglaublich schön hier.«

Sie streckte sich ganz lang aus, und Tiger schloss sinnend die Augen. Schnurrend döste Nina still vor sich hin, doch als Tigers Rückenfell nach einem Weilchen zu zucken begann, war sie sofort hellwach. Mit einem fragenden Blinzeln sah sie ihn an, und er knurrte leise.

»Seltsam, alles sehr seltsam. Es ist gut, dass du gekommen bist. Um deinen Christian herrscht Dunkelheit, ich kann ihn nicht sehen. Das verwundert mich.«

»Du kannst doch sonst im Dunkeln sehen, Tiger. Mach mir keine Angst!«

»Es ist eine – besondere Dunkelheit. Anders als Nacht.«

»Ist er tot?«

»Nein, das auch wieder nicht.«

Nina atmete erleichtert auf. Sie liebte ihren Menschen ebenso wie Tiger seine Anne liebte.

»Ich kann da nicht viel helfen, Nina. Ihr müsst einfach abwarten. Aber es wäre nett von dir, wenn du Anne ein bisschen trösten würdest.«

»Aber natürlich, Tiger. Und – danke.«
»Mhm. Da ist noch was.«
Nina hob den Kopf.
»Ja?«
»Du hast jemanden aufgenommen.«
»Oh, Junior. Minkas Sohn. Berichte es ihr, falls du sie hier auf den Goldenen Steppen triffst.«
»Mhm.«
Tiger putzte sich nachdenklich den weißen Brustlatz, dann starrte er versonnen über das wogende Grasmeer.
»Dieser Junior ...«
»Ja, Nina?«
»Er hat die Aura.«
Tiger grummelte leise.
»Doch, wirklich. Er hat Ausstrahlung, das habe ich ziemlich schnell bemerkt. Er noch nicht. Und auch ich weiß noch nicht, wie machtvoll sie ist und wie weit er sie entwickeln kann.«
»Er ist noch ein kleiner Kater, es ist zu früh, dazu etwas zu sagen. Es gibt nicht viele von uns, die auf einer solch hohen Stufe geboren werden«, murmelte Tiger vor sich hin.«
Nina sah achtungsvoll zu ihm auf. In der Hierarchie der Katzen stand er weit über ihr, und sie war glücklich, dass er ihr überhaupt seine Aufmerksamkeit schenkte.
»Ich werde mich jedenfalls sehr sorgfältig um Junior kümmern«, versprach sie.
»Mhm. Mach das, du hast die richtige Veranlagung dazu.«
Tigers Barthaare vibrierten animiert. Es sah aus, als ob er einen heimlichen Spaß hatte.
»Darf ich dir eine sehr persönliche Frage stellen, Tiger?«, wagte Nina deshalb zu fragen.
»Eine. Um alter Zeiten willen.«
»Spielst du mit dem Gedanken zurückzukommen?«
Die Schnurrhaare stellten sich wie ein Fächer nach vorne, wodurch er noch amüsierter aussah.
»Ich spiele.«

»Wann und wo?«

Jetzt glitzerte es in Tigers Augen wirklich vor Vergnügen.

»Nina, Nina, das Wo können noch nicht einmal wir genau bestimmen.«

Nina, die sich nur ganz vage an ihre vorherigen Leben erinnern konnte, nickte. Der Wunsch, ins irdische Leben zurückzukehren, so mächtig er auch war, ging seine eigenen Wege bei der Erfüllung. Da Tiger aber einen starken Willen hatte, würde er schon Möglichkeiten finden, dorthin zu gelangen, wo er hinwollte. Dessen war sie sich ganz sicher.

Leise schnurrend sagte sie: »Anne vermisst dich.«

Die Heiterkeit in Tigers Augen erlosch, und noch einmal starrte er über die Goldenen Steppen.

»Pass auf sie auf, Nina«, mahnte er schließlich. »Ich werde das Gefühl nicht los, dass sich etwas Böses über ihr zusammenbraut. Was es genau ist, vermag ich nicht zu sehen. Zu viel Menschliches ist darin verwickelt.«

»O weh, hat es vielleicht mit ihrer neuen Freundin zu tun? Die scheint doch eigentlich ganz harmlos zu sein?«

»Ich vermute, doch. Auch sie spielt eine Rolle darin. Und die Gegend oben am Waldrand. Du weißt schon, am Versammlungsplatz. Mehr kann ich auch nicht erkennen.«

»Ja, Tiger. Ich werde mit den anderen sprechen. Ich möchte nicht, dass ihr etwas passiert. Sie ist sehr gut zu uns. Manchmal natürlich auch sehr streng – vor allem zu Junior!«

Nina kicherte leise, und Tiger stimmte ein.

»Das kann ich mir lebhaft vorstellen!«

Nina wurde wieder ernst und schaute ihn noch mal an. »Mehr konntest du wirklich nicht sehen?«

»Nein, es ist alles sehr weit und sehr klein von hier aus. Und vor allem sehr menschlich.«

»Gut, dann werde ich sie wegen Christian zu trösten versuchen, und wir wollen alle auf sie aufpassen. Aber jetzt muss ich zurückkehren, mein irdischer Leib bekommt Hunger.«

Nina setzte sich aufrecht hin und berührte seine Nase mit

der ihren. Er pustete sie leicht mit seinen Atem an. Es war wie ein kleines Küsschen.

»Dein Ohr ist hübsch verheilt, und auch dein Schwanz sieht wieder ganz nett aus. Mach's gut, Nina. Bis irgendwann!«

Vor Ninas Augen begann das Sonnenlicht zu flimmern, wurde golden und gleißend, und vor ihr wuchs Tiger zu seiner wahren Größe.

Er richtete sich auf, schüttelte sein mächtiges Haupt, und der gewaltige Königstiger sprang dann, ohne sich noch einmal umzusehen, in weiten Sätzen über die Goldene Steppe.

An einem kleinen, dünnen Bewusstseinsfaden hangelte sich Nina wieder zurück zu ihrem friedlich atmenden Körper. Dabei half ihr ein sanftes, rhythmisches Streicheln, das ihren Bauch massierte. Schon bald war sie in der Lage, sich zu räkeln und kleine glückliche Maunzlaute von sich zu geben.

»Na, kleine Schlafmütze, du hast aber heftig geträumt«, flüsterte jemand liebevoll in ihr Ohr. Versuchsweise öffnete Nina eines ihrer bernsteinfarbenen Augen und schaute hoch. Es war dunkel geworden im Zimmer, aber es war eine Kerze angezündet. Das fand sie schön, denn der gelbe, flackernde Lichtschein erinnerte sie an das verblassende Leuchten des goldenen Kreises. Nur schade, dass Anne so traurig aussah. Aus ihren Augen tropfte warmes Wasser auf ihr Fell, das salzig schmeckte, als sie es sich von der Pfote leckt. Wie konnte Anne es zulassen, dass ihre ganze Haut nass wurde!

Nina richtete sich auf, sprang auf die Rücklehne des Sofas und fuhr ihr mit der rauen Zunge über die Wange. Das musste man doch wegputzen! Leise scheltend murrte sie bei der Reinigungsaktion vor sich hin und wunderte sich, dass das Wasser immer wieder nachkam. Und dann diese Töne, die Anne machte! Wie ein verirrtes Kätzchen. Dann schniefte sie schließlich ganz menschlich und murmelte: »Liebe kleine Katze.« Der letzte Querschläger mit der Zunge traf voll auf ihre Nase, und ihre Stimme klang schon etwas fester, als sie protestierte: »Ich bin doch nicht Junior, den man beständig abputzen muss!«

Nina schloss aus dem freundlicheren Tonfall, dass jetzt mit keiner weiteren Feuchtigkeit zu rechnen war, und schlüpfte aus Annes Umarmung. Mit einem sehr anmutigen Satz sprang sie zu Boden und absolvierte ihre Gymnastik.

»Überhaupt – wo ist eigentlich unser Junior?«, fragte Anne in den Raum. »Junior!«

Nichts rührte sich. Nina sah sich ebenfalls suchend um und schnüffelte. Zielstrebig lief sie in Richtung Badezimmer.

»Du meinst wohl, ich sollte mal etwas für mein Aussehen tun, was, Süße?«

Anne stand auf und ging hinter der Scottish Fold hinterher. Als sie das Badezimmer betrat, stellte sie mit Erschrecken fest, dass das Fenster offen stand. Sie schaute hinaus in die Dunkelheit.

»Junior! Junior, komm ins Haus. Junior!«, rief sie, jedoch ohne große Hoffnung. Der kleine Kater hörte nur höchst ungern auf seinen Namen.

Neben ihr war Nina auf das Fensterbrett gesprungen und lauschte in die Nacht hinein.

»Na los, dann such den kleinen Plagegeist!«, forderte Anne sie auf, und mit einem Satz war Nina draußen und im Nebel verschwunden.

16. Fenstersturz

Diti und Hommi absolvierten ihren abendlichen Rundgang. Vorbei an Jakobs Hausrevier, entlang an Henrys Außenreviergrenze, an der Mauer von Fleuris' Grundstück vorbei bis zu dem Garten, der eigentlich von einem harmlosen Kläffer beherrscht wurde. Doch der Hund war mitsamt seinem Frauchen ausgezogen. Diti hatte vor kurzem beobachtet, wie die Frau eines Morgens mit mehreren Koffern und dem Hund zu einem Fremden ins Auto gestiegen war. Seitdem hatte sie sich nicht mehr blicken lassen.

Jetzt lag das Haus fast ganz dunkel da, nur aus einem Fenster drang zwischen den Ritzen der Jalousie das bläuliche Licht des Fernsehgerätes. Doch Diti blieb einen Moment lauschend stehen. Irgendein beunruhigendes Geräusch hatte sie aufgeschreckt.

»Was hast du, teures Schwesterlein,
    wenn du nicht kommst, geh ich allein!«,

forderte ihr Bruder sie ungeduldig auf.

»Oh, warum kannßt du dich nicht normal außdrücken. Warte mal, da jammert waß.«

Diti sprang auf die Gartenmauer und lauschte weiter. Ein ganz dünnes, kleines Maunzen klang aus dem Garten. Vorsichtig, weil auf fremdem Territorium, blickte sie sichernd nach allen Seiten. Dann sprang sie von dem Mäuerchen und bewegte sich langsam und vorsichtig auf die Geräuschquelle zu.

Diti hatte nie Mutterfreuden gekannt, doch ein Urinstinkt sagte ihr, dass hier ein hilfebedürftiges Kleinkätzchen in Not war. Nichts und niemand konnten sie davon abhalten, zu dessen Rettung auszuziehen. Ihr Bruder blieb inzwischen vor dem Grundstück sitzen und blickte gedankenverloren in den Nebel.

So traf ihn Nina.

»Hallo, Hommi, wie geht's?«, grüßte sie freundlich, und obwohl sie wenig Hoffnung auf eine sinnvolle Antwort hatte, fragte sie ihn, ob er Junior irgendwo gesehen habe.

»Junior, dieser Lausekater,
macht mal wieder ein Theater?«

Nina schluckte eine Bemerkung herunter und wollte anschließend hilfesuchend wissen: »Wo ist Diti? Du bist doch sicher nicht alleine unterwegs?«

»Nein, mein liebes Schwesterherz
wühlt dort im Garten, ohne Scherz!«

Irritiert warf Nina einen Blick über die Mauer. Von dort kam nur Geraschel.

»Was macht die denn da in dem Laubhaufen?«, fragte sie, mehr zu sich selbst, doch betrüblicherweise hatte auch hier Homer eine Antwort drauf.

»Dunkel ist's und es ist neblich,
erschwert die Suche ganz erheblich.«

»Hommi, noch ein Gedicht …!«, drohte Nina erbost und sprang ebenfalls in den Garten. Sie fand Diti, die in einem Berg abgefallenen, feuchten Laubes wühlte, und stupste sie in die Seite.

»Huch!«, fuhr diese leicht verschreckt zurück. »Ach du bißt eß. Ich glaube, dein ßßütßling ißt wieder mal in ßßwierigkeiten. Ich hab'ß hier Maunßen gehört.«

Gemeinsam lauschten sie. Richtig! Etwas bewegte sich vorsichtig unter den Blättern. Mit einigen raschen Pfotenbewegungen legte Nina den Kleinen frei. Er sah jämmerlich zerrauft aus und blutete aus vielen kleinen Fellwunden.

»Großer Kater, was ist denn mit dir passiert?«, fragte sie ihn, als er sie verstört ansah. Junior jammerte nur leise.

»Laßß unß lieber mal von hier verßßwinden. Mir gefällt daß Hauß nicht«, empfahl Diti, und Nina packte kurzerhand den Kleinen im Nacken. Dabei plumpste er ihr aus dem Tragebiss, denn inzwischen war er wirklich zu groß geworden.

»Auf die Pfoten, Junior, wir müssen hier weg!«

»Ja, oh ja, weg!«

Mühsam kam der Kleine hoch und hinkte zur Mauer.

»Hoch mit dir!«, befahl Nina, und unter Aufbietung aller Kräfte sprang er nach oben. Von dort ließ er sich dann ganz vorsichtig wieder nach unten auf die Straße gleiten. Hier blieb er wie ein Häuflein Elend liegen. Nina betrachtete ihn mit einer Mischung aus Zorn und Mitleid.

»Was ist hier passiert, Junior?«

»Der hat mich aus dem Fenster geschmissen. Aber erst hat er nach mir gehaun. Mit einem Schuh. Und mit Dosen hat er nach mir geworfen«, jammerte der kleine Kater.

»Wer hat dich außm Fenßter geßßmißßen?«

»Der Mann, der hier wohnt.«

»Und warum, bitte, bist du in dem Haus gewesen?«

»Ich wollte mal gucken. Das Fenster war offen«, fügte er entschuldigend an.

»Kleiner, das kann und will ich dir so nicht glauben. Es gibt zwar ausgesprochen widerliche Menschen, aber sie schlagen selten kleine Tiere ohne Grund. Hast du wieder Pullover zerfetzt oder so was?«

»Nein, das mach ich nie wieder. Ich hab nur in der Küche was nachgeguckt. Und der Mann hatte soooo viele davon. Der hätte keinen vermisst. Vor allem weil in keinem was Schönes drin war!«

Junior war zerschlagen, am Boden, verwundet und zerzaust, aber die Empörung über den Inhalt der Müllbeutel gab ihm neue Kraft.

»Du hast wieder Müllbeutel zerlegt!«, fuhr Nina auf und – schwapp – hatte er einen Pfotenhieb hinter den Ohren.

»Auuuauauaua«, jaulte Junior auf und starrte Nina ungläubig an.

»Laßß eß gut ßein, Nina, er ißt beßtraft genug.« Diti stellte sich schützend vor den kleinen Kater.

»Ist ja gut. Tut mit leid, Junior, aber diese unselige Leidenschaft bringt dich noch mal in Teufels Küche.«

Mit einem Schniefer setzte sich Junior wieder auf und meinte einigermaßen versöhnt: »Nee, aus der komm ich doch gerade.«

Diti und Nina unterdrückten ein Grinsen, und endlich hatte auch Hommi die Lage erfasst und kommentierte:

»Die Nacht war schwarz, der Nebel wallte,
als Nina Junior eine knallte.«

»Hommi, es reicht. Geh schon mal vor. Diti, ich bringe Junior jetzt nach Hause. Wir müssen seine Wunden putzen. Danke, dass du ihn gefunden hast.«

»Nichtß ßu danken.«

Langsam, weil Junior ziemlich entkräftet war, zockelten die beiden schweigend nach Hause. Nur eine Sache interessierte Nina noch.

»Warum musstest du aus unserer Wohnung verschwinden, du kleines Rattenhirn?«

»Ich hab mich gelangweilt.«

»Uhhh …!«

17. Eine niederschmetternde Besprechung

Junior hatte Anne richtig in Schrecken versetzt, als er blutverschmiert angehumpelt kam und jämmerlich jaulte. Sie nahm ihn erst mal hoch und drückte ihn sanft an ihre Brust. Er hakte seine Krallen in das Sweatshirt und ließ sich widerspruchslos eine Weile wiegen. Ganz vorsichtig untersuchte sie ihn dann und reinigte mit einem feuchten, lauwarmen Lappen seine diversen kleinen Wunden und tupfte an den schlimmsten Stellen ein wenig Heilsalbe darauf. Auch das ließ er sich mit einer ungewohnten Fügsamkeit gefallen. Immerhin erschienen Anne die Verletzungen nicht bedrohlich, sie waren vermutlich aber schmerzhaft. Sie rätselte allerdings herum, wie er wohl dazu gekommen war. Biss- oder Kratzwunden von einem anderen Tier waren es nicht, es sah eher aus, als sei er mit einem scharfkantigen Gegenstand in Kontakt gekommen. Oder vielleicht war er unter einem Stacheldrahtzaun durchgekrochen und hängengeblieben. Sie würde es vermutlich nie erfahren. Ganz vorsichtig legte sie ihn auf seine Decke an der Heizung und stellte ihm ein Schälchen Sahne vor die Nase. Doch er sah nur traurig auf und rührt es nicht an. Wahrscheinlich war der Schreck durch den Unfall schlimmer als die äußeren Verletzungen. Dennoch, als Anne seinen zerzausten Zustand betrachtete, wurde sie schmerzlich an ihren Tiger erinnert.

Allerdings hatte sie die Sorge um den kleinen Kater eine Zeitlang von ihrem Ärger und eigenen Leid abgelenkt.

Am nächsten Tag war die Besprechung über die Unterlagen mit Benson angesagt. Zusammen mit ihrem Chef Peter war Anne am frühen Nachmittag bei ihrem Auftraggeber verabredet. Sie packte gerade die Kopien des Berichtsentwurfes zusammen, der heute abgestimmt werden sollte, als Peter in ihr Büro trat.

»Na, alles zusammen?«, begrüßte er sie.

»Hoffentlich. Hast du dir das noch mal durchgesehen?«

»Sicher. Hast du Befürchtungen?«

»Peter, ich weiß es nicht. Die Auskünfte, die ich von Staubinger bekommen habe, sind mir an manchen Stellen zu dürftig.«

»Du quälst dich da schon die ganze Zeit mit herum. Warum eigentlich? Wir haben schon mit viel dünneren Brettern gearbeitet!«

»Nenn es ein unangenehmes Gefühl. Ich habe so eine Ahnung, dass daran was grundlegend falsch ist, aber ich kann nicht festmachen, woran es liegt. Deshalb habe ich ja auch so viele Notizen und Protokolle geschrieben.«

»Mein Gott, Anne, was ist mit dir los? Du bist doch sonst nicht pessimistisch. Schlägt dir der Nebel aufs Gemüt?«

»Ich habe eine schlechte Nacht hinter mir. Mein kleiner Kater ist gestern Abend verletzt nach Hause gekommen und ... na ja.«

»Komm, vielleicht kann dich dein schmieriger Verehrer aufmuntern.«

»Staubinger? Der soll nur aufpassen. Wenn der mir heute dumm kommt ...! Ich bin in Killerlaune!«

»Sei vorsichtig. Ich will nicht meine Kunden wegen deiner Kratzborstigkeit verlieren.«

»Bin ja schon friedlich. Da, trag das!« Anne drückte ihm zwei schwere Ordner in die Hände und griff nach ihrer Umhängetasche.

»Gleichberechtigung ist dir ein Fremdwort, was?«

»Wieso? Ich mache dir doch die Tür auf?«

Annes Laune war durch die zwanglose Plauderei mit Peter etwas besser geworden, und als sie bei Benson in den Besprechungsraum trat, war das Lächeln auf ihren Lippen schon wieder viel natürlicher geworden.

Der Juniorchef des Familienbetriebes war diesmal selbst anwesend. Er wartete noch auf seinen Vertriebs-, seinen Produktionsleiter und auf Staubinger, die er ebenfalls zu dem Gespräch eingeladen hatte. Benson war ein dynamischer, gutaussehender Mittvierziger, der schon seit einigen Jahren erfolgreich in der Leitung des Unternehmens tätig war. Er begrüßte Peter höflich, der Anne dann vorstellte.

»Frau Breitner hat in unserem Hause die Leitung dieses Projektes übernommen und ist verantwortlich für den vorliegenden Bericht.«

Nach einer ungewöhnlich kühlen Begrüßung wandte sich Benson sofort wieder an ihn und meine: »Ja, Herr Clausing. Das ist gut, dass sie ihre Mitarbeiterin mit hinzugezogen haben. Wir können dann vielleicht gleich ein paar Dinge richtigstellen. Mir wäre es aber lieb, wenn Sie zukünftig selbst dieses Projekt übernehmen würden. Nehmen Sie doch bitte schon mal Platz. Herr Wegner, Herr Singenberg und Herr Staubinger kommen gleich zu uns.«

In diesem Moment öffnete sich die Tür, und die drei Genannten traten ein. Man begrüßte sich förmlich, nur Staubinger hielt Annes Hand ein wenig zu lange fest und beteuerte, wie sehr er sich darauf gefreut habe, wieder mit ihr zusammenzutreffen. Sie maß ihn kurz mit einem kühlen Blick und setzte sich wortlos.

»Wie geht es Ihrer reizenden Freundin? Wohnt sie noch immer bei Ihnen im Haus?«, begann Staubinger dennoch zu plaudern. Anne wollte zu einer abweisenden Antwort ansetzen, als Benson ihr das Problem abnahm.

»Herr Staubinger, können wir dann ...?«, kam es mahnend von seinem Chef.

Er ließ sich auf den Stuhl neben mir fallen.

Ziemlich abrupt eröffnete Benson das Gespräch. Nach einer kurzen Zusammenfassung der Aufgabenstellung forderte Benson an Annes Vorgesetzten gewandt: »Wenn Sie, Herr Clausing, bitte so nett wären, uns Ihr Konzept noch mal zu erläutern.«

Peter hatte eigentlich vorgehabt, ihr das Wort zu überlassen, aber die frostige Stimmung ließ ihn seine Meinung ändern. Annes dunklen Vorahnungen schien er plötzlich doch Glauben schenken zu wollen. In knapper, überzeugender Form schilderte er die ausgearbeitete Vorgehensweise und die Ideen, die dem Konzept zugrunde lagen.

Währenddessen musterte Anne verstohlen ihren Tischnachbarn. Irgendwie hatte er sich verändert, stellte sie fest. Er roch nach kaltem Zigarettenrauch, das war ihr vorher nicht aufgefallen. Das weiß-blau gestreifte Hemd passte zwar zu dem blauen Blazer, wirkte aber zerknittert und an den Manschetten schmuddelig. Zudem bewegte er unablässig die Hände, knickte die Seiten seiner Unterlage um, drehte den Bleistift hin und her, bog eine Büroklammer auseinander und wieder zusammen und reinigte sich dann damit die Nägel. Weil es sie nervös machte, drehte sie sich demonstrativ zu Peter um und konzentrierte sich auf seinen Vortrag.

Die vier Herren hörten ihm schweigend zu, und als er geendet hatte, ergriff keiner von ihnen das Wort, sondern Wegner und Singenberg schauten ihren Juniorchef fragend an.

»Vielen Dank für Ihren Vortrag, Herr Clausing. Die Strategie hat einige ausgezeichnete Aspekte, und das Konzept könnte man schon fast realisierungsreif nennen, wenn es nicht einen wesentlichen Fehler hätte. Es betrifft leider nicht unser Produkt.«

Anne wollte aufbegehren, aber Peter blieb gelassen und bat um Erläuterung.

»Sie haben hier von einem Gerät gesprochen, Herr Clausing, das wir sicher gerne entwickeln und auf den Markt bringen würden. Nur leider ist das weder technisch möglich noch für den Kundenkreis anwendbar. Wir würden als äußerst unsolides Unternehmen dastehen, wenn wir in dieser Form die Industrie-Reinigungsgeräte vermarkten wollten. Es wäre vielleicht sehr hilfreich gewesen, wenn Sie einen technisch versierten Bearbeite in Ihrem Haus für dieses Projekt eingesetzt hätten. Ihm wären vielleicht die Widersprüche wenigstens andeutungsweise aufgefallen. Ich sehe ja ein, dass Sie nicht unsere Technologie beherrschen, aber wenigstens der gesunde Menschenverstand gepaart mit einem Mindestmaß an technischem Verständnis muss ihnen zeigen, dass Sie hier ausgemachten Unsinn verbreiten.«

Benson hatte sich in Wut geredet, und Anne konnte an den Gesichtern erkennen, dass seine Vertriebs- und Produktionsleiter ihm voll und ganz zustimmten.

»Mist!«, murmelte Peter. »Du hattest recht.« Er wollte den Mund aufmachen, um eine Beratungspause zu erzielen, aber Anne trat ihn leicht ans Schienbein. Er reagierte richtig und überließ ihr das Wort.

»Herr Benson, meine Herren – Sie haben mir eben mangelndes technisches Verständnis vorgeworfen. Ich möchte Sie bitten, meinen Fragenkatalog und das Protokoll von dem Gespräch am achten Oktober in Ihrem Haus zu Rate zu ziehen. Darin habe ich mich bemüht, alle offenen Fragen zu klären.«

»Das liegt uns nicht vor«, fertigte sie Wegner kurz ab.

»Doch, Herr Wegner, es liegt in Ihrem Haus vor. Ich habe es an die Herren Benson und Staubinger geschickt.«

Benson war zwar ein impulsiver, aber auch ein fairer Mann, und er schlug in seinen Unterlagen nach.

»Herr Wegner, es liegt uns in der Tat vor, und ich erinnere mich, es mit Ihnen, Herr Staubinger, durchgesprochen zu haben, nicht wahr?«

Anne sah Staubinger an. Er wirkte unsicher und nicht mehr so selbstbewusst wie bei ihren ersten Begegnungen. Sie war gespannt, ob seine übertriebene Höflichkeit und sein Wunsch, bei ihr landen zu können, ihn jetzt zu einer Reaktion zu ihren Gunsten veranlassen würden. Doch er schwieg sich aus und blätterte nur in seinen Unterlagen.

Anne fuhr fort, da keiner der Beteiligten etwas sagte: »Nach diesem Gespräch sind mir bei der Bearbeitung noch weitere Zweifel gekommen, und ich habe, um mich zu vergewissern, ein weiteres Telefonat mit Ihrem Mitarbeiter geführt, Herr Benson, da Sie sich zu dem Zeitpunkt auf einer Dienstreise befanden. Eine Gesprächsnotiz vom fünfundzwanzigsten Oktober liegt Ihnen vor.«

Benson blätterte kurz seine Papiere durch und meinte dann:

»Mag sein, aber bei meinen Unterlagen finde ich nur ihr erstes Protokoll.«

Inzwischen hatte Anne aus ihrem Hefter ein weiteres Blatt hervorgezogen und fuhr fort: »Zu dem speziellen Problem des Schadstofffilters habe ich nochmals Rücksprache genommen. Die Notiz darüber habe ich Ihnen direkt am ersten November zugesandt. Ich wäre Ihnen sehr verbunden, wenn Sie den Inhalt der darin festgehaltenen Antworten noch mal überprüfen würden, bevor Sie uns unprofessionelle Arbeit vorwerfen.« Der letzte Satz kam sehr frostig.

»Diese Unterlagen fehlen mir bedauerlicherweise, Frau Breitner, aber ich sehe, in Ihrem Protokoll hat mir Herr Staubinger einige Anmerkungen gemacht, dass Sie das eine oder andere Problem vermutlich falsch verstanden haben.«

»In der Tat, Herr Benson. Einige meiner Fragen sind sehr ausweichend beantwortet worden. Daher auch die beiden Rückfragen. Vielleicht kann Herr Staubinger diesen Punkt erhellen, denn an ihn habe ich auch eine Kopie der Gesprächsnotizen geschickt. Nicht wahr, Herr Staubinger? Sie erinnern sich doch an unsere Gespräche?«

Sie drehte sich um und sah im voll ins Gesicht. Staubinger konnte dem Blick nur wenige Sekunden standhalten, dann murmelte er etwas, das so klang, als sei dieser nichtige Anlass in der Hektik seiner täglichen Arbeit wohl untergegangen.

Benson beobachtete das Geschehen, und allmählich kamen ihm wohl Zweifel, ob er mit seinen Anschuldigungen gegenüber seinem Auftragnehmer nicht doch ein wenig vorschnell gewesen war.

»Entschuldigen Sie mich bitte«, sagte er und griff zum Telefon.

»Frau Kranz, suchen Sie mir doch bitte die beiden Schreiben oder Notizen der HORIZONT-Agentur vom fünfundzwanzigsten Oktober und vom ersten November heraus ... Ja, vermutlich schon in der Ablage ... Nein, habe sie nicht gesehen ... Danke, ich warte ... Nicht eingegangen? ... Herr Staubinger hat sie genommen, ah so. Danke.«

Und dann wurde es ungemütlich für Staubinger.

»Frau Kranz sagte mir, es könnte sein, dass Sie die beiden Schreiben aus der Post genommen haben, Herr Staubinger, weil Sie sagten, Sie müssten den Fall während meiner Abwesenheit bearbeiten?«

Staubinger räusperte sich. »Äh, ja, das kann wohl möglich sein. Frau Breitner hat ja andauernd deswegen hier angerufen. Sie tat so, als sei es so wichtig, dass man es nicht bis zu Ihrer Rückkehr liegenlassen konnte.«

»Warum haben Sie mir denn keine Kopie davon gegeben?«, mischte sich jetzt der Produktionsleiter ein. »Ich hätte technische Fragen doch viel besser beantworten können.«

»Gut, das wollen wir an dieser Stelle nicht diskutieren«, unterbrach Benson die beiden. Ihm schwante wohl allmählich Übles. Erheblich freundlicher als bisher bat er Anne, kurz Einblick in die beiden Schreiben nehmen zu dürfen, und sie reichte ihm die Papiere über den Tisch.

Das Schweigen in dem Raum, während er las, war beklemmend.

Dann reichte Benson die beiden Schreiben zurück und erklärte mit guter Fassung: »Tja, ich glaube, ich muss mich entschuldigen. Der Fehler liegt wirklich nicht auf Ihrer Seite.«

In der nächsten halben Stunde entwickelte sich eine sehr konstruktive Unterhaltung, sie verabredeten eine Überarbeitung des Konzeptes, und die Verabschiedung verlief in viel erfreulicherer Atmosphäre als die Begrüßung.

Als sie schließlich aus dem Besprechungszimmer traten, begegnete ihnen Marianne Kranz im Flur und blieb kurz stehen, um Anne zu begrüßen. Sie wechselten einige freundliche Worte, doch durch diesen kleinen Aufenthalt wurden Peter und sie Zeuge einer lautstarken Auseinandersetzung zwischen Staubinger und seinem Chef. Das heißt, eigentlich war nur Benson laut. Seine vernichtenden Worte hallten durch den Gang, als sie sich zum Gehen wandten.

»Staubinger, damit haben Sie sich endgültig disqualifiziert!«

»Das war eine interessante Darbietung, Anne. Dein stählerner Blick hat ja mal wieder Wunder gewirkt. Ich werde mich zukünftig häufiger auf deine Ahnungen verlassen.«

»Findest du mich eigentlich zu kaltschnäuzig?«, fragte sie Peter, als sie zurück in ihrem Büro waren.

»Wie kommst du denn darauf? Du liebe Zeit, wenn Benson recht gehabt hätte, meinst du, der hätte sich Gewissensbisse gemacht?«

»Ich bin ein bisschen ausgefranst an den Rändern, entschuldige.«

»Mädel, du warst super! Mach dir bloß keine Gedanken wegen diesem Affen Staubinger. Der hat das nicht besser verdient. Vermutlich hat er deine Schreiben aus der Post gefischt und vernichtet. Solche Leute gehören fristlos entlassen.«

»Ja, jetzt bin ich vermutlich schuld an seinem Ruin.« Nachdenklich malte sie Kringel auf einen Brief.

»Himmel, was ist nur mit dir los? Bist du dem Industriekampf nicht mehr gewachsen?« Peter sah Anne fragend, ein bisschen mitleidig an.

»Doch, schon …«

»Sag's!«

»Meine Klagen über unfähige Männer sind andernorts nicht gut angekommen«, brach es aus ihr heraus.

»Daher weht der Wind! Hör mal, wenn der Mann – und es kommt doch von einem Mann, nicht wahr? – mit deiner Art zu kämpfen nicht fertig wird, ich werde das allemal! Ich weiß ja, dass hinter deinem harten Äußeren ein sanfter Mensch schlummert.«

»Bist du dir da sicher?«

»Ziemlich.«

»Ach, Peter!« Anne lächelte schief. »Also, Sanftmut hat mir noch keiner bisher vorgeworfen.«

18. Eine Lektion für Junior

Junior lag im Dämmerschlaf. Das Geschehen lief in wirren Gedankenfetzen immer wieder vor ihm ab. Die aufgerissenen Müllbeutel, die Angst, entdeckt zu werden, die unheimliche Atmosphäre in dem Haus, die vergebliche Suche nach einem sicheren Versteck, die drohend sich nähernden Schritte, der Ausbruch unkontrollierter Gewalttätigkeit. Vor allem die Ausstrahlung von diesem Mann. Der hatte ihn umbringen wollen.

Junior fiepste angstvoll im Schlaf und zuckte mit den Pfoten. Sich zu bewegen tat weh, und er wurde wach. Er sah Nina neben sich sitzen.

»Wie geht's dir, Kleiner? Schmerzen?«

»Mir tut alles weh«, jaunerte er. »Kannst du mir nicht mal ein bisschen das Fell lecken. Ich komm selbst nicht dran!«

»Könnte ich schon, aber Anne hat dir da was zum Heilen draufgetan, und das muss da bleiben, wo es ist. Außerdem schmeckt es scheußlich!«

»Es riecht auch scheußlich. Warum macht sie das? Selbst Diti hat gesagt, ich bin bestraft genug.«

»Sie macht das doch nicht zur Strafe, Junior, sondern um dir zu helfen.«

»Helfen, helfen! Immer erzählst du was von helfen«, begehrte er auf. »Mir braucht sie nicht zu helfen!«

»Ach nein?«

»Helfen von Menschen ist fies. Die machen einen nass und schmieren einem Zeugs ins Fell. Dabei hast du neulich gesagt, helfen ist was ganz anderes.«

»Habe ich das?« Nina sah den empörten Kater fragend an.

»Ja, du hast gesagt, helfen ist, wen aus der Scheiße zu ziehen.«

Nina unterdrückte ein Grinsen, als sie Juniors Landung im Kuhfladen wieder vor sich sah. Dann meinte sie: »So würde ich das zwar nicht ausdrücken. Aber so ähnlich ist es, du kleiner Gossenkater.«

»Siehste!«

»Was du brauchst, ist eine kleine Lektion!«

Junior machte sich noch ein bisschen kleiner in seiner Ecke und jammerte leise: »Nicht hauen, bitte!«

»Aber nein. Lektionen kann man auch anders erteilen. Also, Junior, wen hast du denn besonders gerne?«

»Milch, Hackfleisch. Kleine, zarte Mäuse. Und ja, Schleckerkatz-Töpfchen.«

»Du bist noch ein wenig einseitig auf Futter ausgerichtet. Also: Wen hast du lieber, Fleuri oder Hedi?«

»Fleuri ist doch eine schicke Kätzin, was kannst du da fragen!«

»O ja, mhhh. Und wen hast du lieber, Homer oder mich?«

»Och, Hommi ist nicht verkehrt, auch wenn er so kariert quatscht. Wir haben schon ganz hübsche Balgereien gehabt. Aber du gehst auch.«

»Ah, danke. So, und was würdest du machen, wenn zum Beispiel Fleuri von einem gefährlichen Hund bedroht würde?«

»Abhauen!«

»Nun ja, das Beispiel war nicht besonders gut. Wenn du sie verletzt am Straßenrand finden würdest?«

»Dich holen.«

»Gut! Siehst du, das ist helfen!«

»So einfach ist das? Nur dich holen?«

»Oder Diti oder Henry.«

»Oder ihr das Fell lecken!«

»Genau.«

»Dann ist helfen etwas Angenehmes?«

»Nein, manchmal heißt helfen auch, jemand anderem zu seinem Besten wehzutun.«

»Oder stinkiges Zeug auf das Fell zu streichen, ja, ja. Aber warum macht Anne das denn? Meinst du etwa, sie mag mich?«

»Ungefähr so sehr wie ich.«

Junior bemühte sich, seine schmerzenden Glieder in eine sitzende Position zu bringen, um diese schwierige Antwort zu überdenken.

Nina schloss die Augen und dachte an Tigers Auftrag, den jungen Kater in die Geheimnisse zwischen Katzen und Menschen einzuweihen. Es war noch sehr früh für Junior, die Verantwortung auf sich zu nehmen. Seine Bedürfnisse waren noch so ursprünglich: fressen, spielen, schlafen. Er hatte noch nicht einmal seine erste Leidenschaft erlebt, obwohl er gegenüber Fleuri ziemlich frühreif auftrat. Und statt sich philosophischer Betrachtungen zu widmen, zerlegte er viel lieber Müllbeutel. Nun gut, das waren Temperamentsunterschiede, die einen waren zu materiellen, die anderen mehr zu geistigen Werten geneigt. Man konnte schon froh sein, dass er kein zweiter Homer war.

Dann überraschte Junior sie mit einer unerwarteten Bemerkung.

»Anne muss einmal eine wunderschöne Katze gewesen sein, mächtig und von vielen verehrt. Aber ich glaube auch, sie weiß das nicht mehr. Trotzdem sehnt sie sich danach zurück, und deshalb ist sie nett zu uns.«

Nina öffnete die Lider und sah Junior tief in die Augen.

Er wollte sich dem Blick entziehen, doch unaufhaltsam versank er in den goldenen Kreisen. Verschwommen, dann immer schärfer sah er in ihnen eine regungslose Figur sitzen. Das Bild wurde klarer, und er erkannte Einzelheiten. Um den langen, eleganten Hals der Katze lagen feingliedrige Ketten mit glitzernden Edelsteinen. Ihn krönte ein schmaler, edler Kopf mit spitzen Ohren. In einem Ohr hing ein schwerer goldener Ring, und die glasklaren grünen Mandelaugen schauten weise und gedankenvoll in die Ferne. Das feine, seidige Fell war grau und hatte schwarze Flecken. Die Katze saß anmutig im Schatten einer weißen Säule. Und aus dem grellen Sonnenlicht traten dunkelhäutige Menschen in gefälteten Röcken und eigenartigem

Kopfschmuck zu ihr. Sie verneigten sich vor ihr, die Hände vor der Brust gekreuzt, und sie brachten ihr Geschenke.

Dann schwand das flüchtige Bild, und Junior blickte verwirrt auf die gemütliche Faltohrkatze an seiner Seite.

»Bastet? Wer war Bastet?«, flüsterte er.

»War es Bastet?«, murmelte Nina. »Ich weiß es nicht. Vielleicht war es das falsche Bild. Vielleicht viel früher einmal.«

Dann besann sie sich und leckte Junior über die unverletzte Nase. »Für heute hast du genug gelernt, Kleiner. Hör mal, da kommt Anne. Es wird auch Zeit, denn ich werde hungrig. Ich werde sie mal begrüßen gehen.«

Sie sprang vom Sofa und maunzte ein fröhliches Willkommen um Annes bestrumpftes Bein herum.

Junior blieb noch lange in Nachdenken versunken liegen und vergaß darüber fast sein Abendfutter.

Aber nur fast.

19. Bärbel zu Hause und im Wald

In den vergangenen Tagen hatte Anne ihre Freundin Bärbel etwas vernachlässigt, deshalb ging sie am Abend mit einem Buch über Katzen zu ihr hoch. Bärbel freute sich ganz offensichtlich über den Besuch und nahm ihr die Vernachlässigung nicht übel. Sie hatten eine Weile viel Spaß daran, die Herkunft der Dorfkatzen anhand der abgebildeten Rassen zu klären. Bei Nina war das einfach, sie war eine Scottish Fold. Die beiden schlanken, weiß-braunen Katzen von Eliza Weiß konnte man zu den Siamesen zählen, und Henry hatte etwas von einem Karthäuser. Der Rest, einschließlich Junior, entzog sich einer klaren Definition. Da Anne aber darauf bestand, dass jede Katze von Rasse ist, erklärten sie die Dorfkatzen analog der ältesten aller Katzenrassen, der Egyptian Mau, zu »German Mau«.

»Weißt du, Anne, ich habe mich in deine beiden Katzen richtig verguckt. Am liebsten hätte ich selbst eine.«

»Und was hindert dich daran?«

»Na, meiner Tante kann ich das ja hier wohl nicht zumuten, ich bin ja nur zu Gast, bis sie wiederkommt.«

»Und danach?«

»Tja, danach …? Wenn ich wieder zu meinen Eltern ziehe, wird meine Mutter bestimmt was dagegen haben. Wegen der Katzenhaare auf den Sesseln und so.«

»Hast du auch was gegen Katzenhaare auf Sesseln und so?«, fragte Anne ein bisschen provozierend.

»Natürlich nicht! Oh … Ach so, du meinst, ich solle mich um meine eigenen Sessel kümmern, nicht wahr?«

»Eine völlig unmögliche Alternative für eine berufstätige Frau Mitte zwanzig?«

»So wie du das darstellst, nicht. Vielleicht sollte ich darüber wirklich mal nachdenken. Ich meine, schon wegen einer Katze.«

»Außerdem können Frauen sich ja auch noch andere Bewohner halten.«

»Besser nicht. Du, stell dir vor, ich habe wieder einen Anruf von Günter bekommen.«

»Dem verheirateten Herrn, der dir Avancen gemacht hat?«

»Er will sich unbedingt wieder mit mir verabreden. Dabei habe ich ihm das letzte Mal doch gezeigt, dass ich nichts mit ihm anfangen will.«

»Zeigen reicht manchmal nicht.«

Bärbel wand sich ein bisschen.

»Ich bin nicht so direkt wie du«, murmelte sie dann.

»Auf einen groben Klotz … Du kennst das Sprichwort. Oder bist du trotz allem noch an ihm interessiert?«

»Ich weiß nicht, Anne. Er hat erzählt, dass seine Frau sich von ihm scheiden lassen will. Sie hat einen anderen, sagt er.«

»Aha, die Mitleidsmasche. ›Meine Frau versteht mich nicht.‹ Fall bloß nicht darauf rein, Bärbel.«

»Er ist immerhin der einzige Mann, der mich überhaupt wahrnimmt. Du hast das da viel leichter.«

»Denkst du? Mag sein, dass mich mehr Männer wahrnehmen, aber ich habe ein sagenhaftes Talent, sie zu brüskieren. Wir sollten unsere Talente in einen Topf werfen und umrühren – ich mit meiner Direktheit und du mit deiner Vorsicht. Vielleicht wird eine brauchbare Mischung für jeden von uns daraus.«

»Du hörst dich unglücklich an, Anne?«

»Ach, Mist, ja. Ich habe mal wieder eine Sache verbockt.«

Und wie das so war, wenn man einen teilnahmsvollen Zuhörer hatte, schüttete Anne ihr Herz aus. Bärbel hörte mit großen Augen zu, als könne sie nicht glauben, dass ihrer Freundin so etwas auch passierte.

»Aber Christian und du, ihr habt euch doch so gut verstanden. Ich dachte, er mag gerade das an dir, dass du so selbstbewusst bist und weiterkommen willst in deinem Beruf.«

»Da siehst du mal, dass das auch ein Fehler sein kann. Es ist nicht das erste Mal, das darüber eine Freundschaft zerbrochen ist. Ich habe nur wieder alle Chancen vermasselt. Ich bin einfach nicht beziehungstauglich. Das habe ich schon bei Matthias gemerkt. Meine verdammte Rechthaberei.«

»Vielleicht brauchst du einen Mann, der dir ebenbürtig ist. Ich weiß, das klingt jetzt wie der Rat der Kummerkasten-Tante.«

»So einen von meinem Charakter? Liebes Bärbelchen, das würde zwei Menschen auf dem schnellsten Weg in den Wahnsinn treiben.«

»Dann brauchst du eben einen, der dir überlegen ist.«

Anne schluckte. »O Gott, dir schwebt der Widerspenstigen Zähmung vor?«

»Kann doch eigentlich nicht so schwer sein, deine Katzen haben dich ja auch schon gezähmt.«

Manchmal, dachte Anne, hatte Bärbel echte Geistesblitze. Sie würde darüber noch mal in Ruhe nachdenken.

»Lassen wir besser meine Probleme ruhen. Ich glaube, ich muss sowieso erst mit mir ins Reine kommen, bevor ich irgendeine tiefergehende Beziehung anfange. Das ist mir unter anderem in der letzten Zeit klargeworden.«

»Prima, dann bist du weiter als ich!«

»Komm, wechseln wir das Thema. Was gibt's Neues im Unternehmen Katzenfoto?«

»Oh, noch nichts. Es ist ja erst eine knappe Woche her, dass ich die Fotos von den Katzen an einige Verlage geschickt habe. Hoffentlich verschwinden die nicht alle kommentarlos im Orkus. Ich habe ja noch gar keine Erfahrung mit einer solchen Art von Veröffentlichung. Weißt du, ich schwanke ständig zwischen dem Stolz auf meine Leistung und der Furcht vor der Zurschaustellung oder der Ablehnung. Aber du warst so begeistert von den Bildern. Ich frage mich halt, ob das andere auch sind?«

»Hast du denn noch mal mit anderen darüber gesprochen?«

»Ich habe mich nicht getraut. Aber vielleicht sollte ich sie mal Bekannten mit Katzen oder sogar meiner Familie zu zeigen? Vielleicht mache ich das, wenn ich endlich den Mut dazu aufbringe.«

Anne unterstützte sie darin nach Kräften und freute sich, dass wenigstens Bärbel nicht nur negativ auf ihre Form der Zuneigung reagierte. In dem warmen Gefühl gegenseitiger Freundschaft verabschiedeten sie sich und verabredeten sich für einen Saunabesuch am Wochenende.

Bärbel trabte wie fast jeden Abend wieder durch den Wald. Jetzt, Ende November, war es bereits früh dunkel, aber da sie in den letzten zwei Monaten immer denselben Weg gelaufen war, fühlte sie sich überhaupt nicht unsicher. Sie hatte sich inzwischen sogar an die Belastung gewöhnt und konnte ohne Pause die knapp fünf Kilometer durchhalten. Bei dem gleichmäßigen Trapp-Trapp ihrer Füße auf dem weichen Waldboden hing sie ihren Gedanken nach, als sie neben sich aus der Dunkelheit eine Gestalt auftauchen sah. Zunächst wunderte sie sich nur, aber dann erschien ihr irgendetwas komisch an der Gestalt. Mit dem Gesicht stimmte irgendwas nicht …

Erinnerungen an Horrorfilme durchschauderten sie. Dann schimpfte sie sich überkandidelt. Das war kein Zombi oder eine aus einem Ameisenhaufen entstiegene Mumie. Das war nur ein abendlicher Spaziergänger.

Oder? O Gott, die Gestalt kam direkt auf sie zu!

Verschiedene Warnungen blitzten Bärbel durch den Kopf. Sie war ziemlich weit von den Häusern entfernt. Was, wenn die Gestalt kein einfacher Jogger oder Spaziergänger war?

Schon ein wenig außer Atem, versuchte Bärbel die Geschwindigkeit zu steigern.

Es half ihr nichts, die Distanz zwischen ihnen verringerte sich.

Seitenstechen quälte sie, keuchend stapfte sie voran.

Die Schritte kamen näher und näher. Panik im Blick, sah sie über die Schulter. Das Gesicht der Gestalt war schon ganz nahe und wirkte irgendwie zerdrückt. Eine Wurzel auf dem Weg brachte Bärbel ins Stolpern.

Da legte sich ihr ein Arm um den Hals.

Ich sollte schreien, dachte sie, aber kein Ton kam aus ihrer Kehle. Ein Mann stand jetzt direkt hinter ihr.

Sie schluckte trocken. Das passiert nicht mir. Nein, das kann mir doch gar nicht passieren! dachte sie immer wieder. Ungläubig und wie gelähmt hielt sie die Luft an. Es war absolut still im Wald. Nur das Schnaufen des Mannes drang an ihr Ohr.

Mit einem Ruck wurde sie rücklings zu Boden gezogen.

Als sie das Gleichgewicht verlor, ließ sie sich völlig schlaff und wehrlos fallen. Eine Hand legte sich derb auf ihren Mund, der andere Unterarm drückte ihr die Luft ab. Brutal fühlte sie sich vom Weg ins Unterholz gezogen. Dabei wurde ihr schwarz vor Augen. Dennoch sie blieb bei Bewusstsein und war sich über das Kommende völlig klar. Sie spürte den rauen Stoff des Anoraks, den der Mann trug, an ihrem Gesicht und roch die muffige Ausdünstung seines Körpers. Alter Schweiß und abgestandener Alkohol, kalter Rauch und feuchte Wolle mischten sich zu einem übelkeiterregenden Geruch. Wie eine Litanei sagte sie sich immer wieder: Es ist bald vorbei. Hoffentlich ist es bald vorbei.

Sie wehrte sich nicht. Stattdessen blieb sie teilnahmslos liegen, die Augen geschlossen. Das Gewicht des Mannes drückte sie nieder. Roh riss der Angreifer an ihren Kleidern. Er grunzte unwillig, weil sich der Stoff von dem reglosen Körper nicht ohne weiteres entfernen ließ. Sogar jetzt, als er die Umklammerung löste, um sich an ihrem Trainingsanzug zu schaffen zu machen, blieb Bärbel völlig apathisch liegen.

Plötzlich erklangen Kinderstimmen in der Nähe.

»Hey, ich bin Erster!«

»Micha, das gilt nicht! Du hast eine Gangschaltung.«

»Na und?«

»Ich krieg dich!«

»Wartet doch auf mich! Miiiicha, Miiiiicha!«

»Deine kleine Schwester ist ein Quälgeist!«

Fahrradreifen schlitterten über den Schotter des Waldweges, und zwei Jungen blieben an dem Gebüsch stehen.

»Mutti hat gesagt, ihr sollt mich im Dunkeln nicht alleine lassen«, kam es atemlos von einem kleinen Mädchen, das die beiden jetzt endlich erreicht hatte. »Ihr seid richtig fies!«, giftete sie die Jungen an.

»Mach nicht so 'n Terz, Silvy.«

»Ach, stimmt doch. Ihr habt gesagt, wir fahren nur bis zur Brücke.«

»Du bist eine Jammerliese. Wenn du nicht mithalten kannst, dann brauchst du ja nicht mitkommen.«

»Ich kann mithalten, aber ihr habt viel größere Räder.«

»Sie hat recht, David, das war nicht fair.«

»Na gut. Komm, wir fahren jetzt zusammen nach Hause.«

»Ja, in Ordnung. Mir ist hier unheimlich!«

Die Kinder machten sich wieder auf den Weg, langsam verklang ihr Geplapper.

Der Mann war weg.

Bei den ersten Worten war er lautlos im Gehölz verschwunden, aber Bärbel lag noch immer wie gelähmt im feuchten Laub. Ganz langsam wurde sie sich wieder ihrer Sinne bewusst. Sie lauschte. Alles war still. Hoffentlich lauerte dieser Kerl nicht noch in der Nähe. Sie blinzelte in die Dunkelheit. Nichts! Ein unkontrollierbares Zittern überfiel sie, und ihre Zähne schlugen klappernd aufeinander. Dadurch gewann sie jedoch allmählich wieder die Kraft, sich aufzurichten. Sie sah sich um. Die Stelle, zu der sie geschleift worden war, lag nur wenige Meter von dem Waldweg entfernt.

Ich muss nach Hause! war ihr erster vernünftiger Gedanke. So darf mich niemand hier finden. Sie sah an sich herab und stellte fest, dass ihre Jacke zerrissen und die Trainingshose halb heruntergezogen war. Mit fahrigen Fingern richtete sie ihre Kleidung einigermaßen wieder her und zog sich dann an einem Baumstamm hoch. Sie war noch ganz wackelig auf den Beinen.

Ein paar Minuten später stand sie tief atmend an den Baum gelehnt und versuchte ruhig zu werden.

Ein Rascheln im Laub schreckte sie erneut auf.

Diesmal reagierte sie anders. Mit Entsetzen in den Augen setzte sie sich in Bewegung. In einem ungeahnten Tempo raste sie den Weg zurück zum Waldrand und verringerte die Geschwindigkeit auch nicht, als sie schon auf der Straße zum Haus war.

Anne parkte ein und schloss schwungvoll die Autotür. Mit wenigen Schritten war sie an dem Gartentörchen und schloss den Briefkasten auf. Der Donnerstag war der einzige Abend in dieser Woche, an dem sie keine weiteren Verpflichtungen oder Verabredungen hatte. Darum wollte sie sich mit einem neuen Buch und einer Kanne Tee zu ihren Katzen auf das Sofa legen und ein paar kuschelige Stunden mit ihnen verbringen. Vielleicht sollte es auch ein Päckchen Spekulatius geben.

Als sie die Schritte und das keuchende Atmen hörte, drehte sie sich um, die Briefe noch in der Hand. Sie erkannte Bärbel, doch ihr blieb die scherzhafte Bemerkung über deren Tempo im Halse stecken.

»Hilf mir!«, keuchte Bärbel und brach vor ihr zusammen. Sie wäre böse auf den Boden gefallen, hätte Anne sie nicht aufgefangen.

»Was ist passiert, Bärbel?«

Ihre Freundin atmete jedoch so schwer, dass sie keine Antwort geben konnte, und so richtete Anne sie mit Mühe auf, stützte sie und führte sie behutsam in der Einfahrt auf und ab.

»Du bist zu schnell gelaufen. Beweg dich noch ein bisschen. Dann gehen wir gleich zu mir, und du kannst mir alles erzählen.«

Beruhigend redete Anne auf Bärbel ein, die sich ihrer Meinung nach schlicht überfordert hatte. Nach ein paar Minuten beruhigte sich der Atem der Freundin einigermaßen, und sie half ihr zur Haustür. Mit einer Hand tastete sie nach dem Schlüssel und öffnete. Ohne lange zu fragen, bugsierte sie Bärbel in ihre Wohnung und führte sie zum Sofa.

»Setz dich hin! Ganz ruhig, Bärbelchen, das wird schon wieder.«

Anne drückte sie sanft in die Polster und ging in die Küche, um einen Becher Saft zu holen.

Als sie zurückkam, zitterte Bärbel am ganzen Leib und hielt die Augen geschlossen. Anne setzte sich an ihre Seite. Jetzt erst fielen ihr die Abschürfungen an Wange und Armen auf. Tröstend legte sie ihr die Hand auf die Schulter ihrer Freundin und redete ihr gut zu.

»Bist du gestürzt? Du bist voller Kratzer. Hast du dir etwas gezerrt, Prellungen, Verrenkungen?«

Bärbel rührte sich nicht, sie saß nur mit flachem Atem teilnahmslos da.

»Liebes, ich werde deine Kratzer verarzten. Komm, setz dich auf und trink von dem Saft. Du brauchst etwas Süßes. Ich weiß, es ist ein Schock, wenn man hinfällt.«

Endlich schlug Bärbel die Augen auf und rutschte ein Stückchen höher. Anne drückte ihr das Glas Saft in die Hand, aber sie zitterte noch so sehr, dass sie ihr helfen musste, einen Schluck daraus zu trinken. Dann legte sie Ninas blaue Decke über sie. Nach einer Weile, die sie schweigend nebeneinander gesessen hatten, wurde Bärbel ein bisschen ruhiger. Anne wagte den Versuch, herauszufinden, was geschehen war.

»Was war es, Bärbel? Irgendwas hat dir einen Riesenschrecken eingejagt, nicht?«

»Oben am Wald, nach der Kreuzung hat mich ein Mann überfallen.«

»Ach du lieber Gott! Bist du okay?«

»Ja, da kamen Kinder, und er ist weggelaufen. Aber es war furchtbar.«

Anne bemerkte, dass es Bärbel bei der Erinnerung schüttelte.

»Ich wollte schreien, aber das ging nicht.«

»Hast du dich gewehrt?«

»Nein, ich konnte nicht.«

Anne sah sie ein bisschen traurig an. »Verstehe. Ich hoffe, dass ich nie in eine solche Situation komme. Vielleicht kann ich mich dann auch nicht wehren«, sinnierte sie mehr für sich selbst.

Verwirrt sah Bärbel sie an. »Das sagst du? Wo du doch Karate und so trainierst?«

»Training und Realität sind zwei sehr unterschiedliche Dinge. Schreck und Überraschung können zu sehr seltsamen Reaktionen führen.«

»Meinst du, es ist nicht so schlimm, dass ich mich nicht gewehrt habe?«

Anne hob die Schultern. »Manche behaupten sogar, dass man sich bewusst teilnahmslos stellen soll, um den Angreifer nicht zu reizen. Aber ... ich weiß nicht.« Sie fuhr sich bei dem Gedanken mit der Hand über die Stirn und bat dann: »Erzähl mir mehr! Wie hat sich das Ganze zugetragen?«

Bärbel schüttelte den Kopf. »Ich kann nicht, ich will das einfach vergessen.«

»Bärbel, du musst das in Worte fassen, so ein Erlebnis kannst du nicht einfach verdrängen.«

»Es geht nicht. Es war so demütigend!«

»Gerade darum!«

Bärbel nippte noch einmal an ihrem Saft. Sie schaute trotzig und schweigsam auf die Decke. Anne stand auf und öffnete das Fenster für die beiden Katzen, die schon eine geraume Zeit auf der Terrasse um Einlass gemaunzt hatten.

Mit einem fröhlichen »Brrrrrrp« sprang Nina auf ihre Decke und landete dabei auf Bärbels Schoß. Lauthals schnurrend, begann sie zu treteln und verlockte Bärbel damit, sie zu streicheln. Junior verfolgte wichtigere Ziele. Er stürzte zum Futterplatz in der Küche. Das Scheppern seines Tellerchens kündete von seinem gesunden Appetit.

Anne setzte sich wieder zu Bärbel und sah sie fragend an. Nina setzte sich ebenfalls und richtete ihre schönen goldenen Augen auf sie.

Stockend und mühsam berichtete Bärbel endlich, wie sich der Überfall zugetragen hatte.

»Und du hast nichts behalten, woran du ihn wiedererkennen könntest?«

»Ich glaube nicht. Er hat irgendwas mit seinem Gesicht gemacht. Es sah ganz zerdrückt aus. So grauenhaft. Wie in einem Horrorfilm.«

»Vielleicht hatte er sich einen Strumpf drübergezogen?«

Bärbel atmete tief durch. »Das wäre möglich. Dann war er vielleicht doch nicht entstellt.«

»Du Arme! Aber das bringt uns doch schon ein bisschen weiter. Was hat er denn angehabt?«

»Keine Ahnung. Etwas Raues.«

Bärbel spielte, während sie sich zu erinnern versuchte, mit Ninas Schlappohren, die sich das gutmütig gefallen ließ. Dann zuckte sie mit den Schultern und meinte resigniert: »Ich habe die Augen zugemacht. Außerdem war es dunkel.« Sie streichelte Nina gedankenverloren weiter. »Aber er hat ungewaschen gerochen!«

Abrupt stellte Bärbel das Glas auf den Tisch und sprang so plötzlich auf, dass Nina vom Sofa flog. Grün im Gesicht, stürzte sie ins Bad, und Anne bemühte sich, die Würgegeräusche möglichst zu überhören. Nach zehn Minuten tauchte Bärbel wieder auf, blass und schwach, und ließ sich auf das Sofa fallen.

»Wir sollten jetzt die Polizei anrufen, damit du den Überfall anzeigen kannst«, schlug Anne vor, als sie Bärbel wieder zugedeckt hatte.

»Nein, nein, bitte das jetzt nicht auch noch!« Bärbel fuhr sofort wieder auf.

»Aber, Bärbel, man muss doch melden, dass hier ein Sittenstrolch sein Unwesen treibt. Der kann doch auch noch andere überfallen!«

»Ich kann mich sowieso an nichts erinnern. Nein, bitte lass mich in Ruhe.«

Schließlich lenkte Anne ein. »Gut, wenn du nicht willst. Dann bleib hier einfach noch ein bisschen liegen und ruh dich aus. Ich mache mir schnell eine Kleinigkeit zu Essen. Wenn du etwas willst, musst du nur rufen.«

»Danke, ich mag nichts. Aber wenn du noch ein Glas Saft hast?«

»Natürlich. Und weißt du was? Heute Nacht schläfst du hier bei mir, damit du nicht so alleine bist.«

»Das ist lieb von dir, Anne.«

20. Eine Trainingsstunde

Anne streckte sich, um ihre verkrampfte Nackenmuskulatur zu lockern. Seit drei Stunden schon saß sie nun über einem Text und war eigentlich ganz zufrieden mit dem Resultat. Aber jetzt war der Moment für eine kleine Pause gekommen. Energisch rückte sie den Schreibtischstuhl zurück, stand auf und sah aus dem Fenster.

Hier, im zwölften Stock des Bürohochhauses hatte sie einen schönen Blick über die Altstadt. An diesem Nachmittag war sogar seit langer Zeit mal wieder der Himmel aufgerissen, und die blasse Wintersonne erhellte die Häuserschluchten. In den Gärten standen die dürren schwarzen Skelette der entlaubten Bäume. Nur vereinzelt glühten noch ein paar goldbraune oder rote Blätter im Mittagslicht. Feucht schimmerten die grauen Schieferdächer. Schwarzgefiederte Vögel saßen dick aufgeplustert auf den Giebeln. Direkt vor dem Bürohaus stand eine alte Villa mit einem großen Garten. In ihrem Erdgeschoß befand sich ein Maklerbüro, aber die oberen Stockwerke wurden wohl noch als Wohnungen genutzt. Eine schwarze Katze strich, geschmeidig eine Pfote vor die andere setzend, über den Dachfirst. Hin und wieder blieb sie stehen, um aufmerksam die Vögel zu mustern. Die hatten indessen wenig Respekt, und ein paar besonders vorwitzige Tauben landeten sogar in unmittelbarer Nähe der Katze.

Amüsiert beobachtete Anne dieses Schauspiel einige Minuten lang, dann drehte sie sich mit Schwung um, so dass ihr weiter Rock um ihre Beine wirbelte, und verließ das Büro. Im Sekretariat fischte sie die Post aus ihrem Fach und goss sich eine Tasse Kaffee ein. Billy, die Aushilfssekretärin, war mal wieder nicht da, und auf dem Telefon blinkten auffordernd bunte

Lämpchen. Ärgerlich über die unzuverlässige Bürokraft stellte sie ihre dampfende Tasse ab und musterte die Telefonanlage. Dieses Modell mit den vielen Symbolen und Lichtchen war ihr zwar immer noch ein Graus, aber anders als ihre männlichen Kollegen traute sie sich, beim Abnehmen des Hörers zwanglos einen der Knöpfe zu drücken. Sie meldete sich mit Firmennamen und ihrem eigenen und wartete auf die Antwort.

»Firma Benson, Kranz. Guten Tag. Ist Herr Clausing zu sprechen?«

»Hallo, Marianne, hier ist Anne am Apparat.«

»Oh! Hallo, Anne, machst du jetzt Sekretariatsdienst?«

»Na, unsere Schöne glänzt mal wieder durch Abwesenheit. Vermutlich lackiert sie irgendwo im Verborgenen ihre Fingernägel. Im Büro haben wir ihr das nämlich untersagt.«

»Das deutet auf Unannehmlichkeiten!«

»Und wie!«

»Trotzdem, Anne, ist dein Chef da?«

»Nee, der hat zwei Tage Urlaub. Worum geht's denn? Vielleicht kann ich auch weiterhelfen.«

»Warte mal, ich frage Herrn Benson.«

Nach einer kurzen Pause war Marianne Kranz wieder in der Leitung. »Er will sogar lieber mit dir sprechen. Aber lass dich anschließend noch mal zu mir rüberstellen, ich habe noch eine Neuigkeit für dich.«

»Prima, warte mal einen Moment, damit ich das Gespräch in mein Büro legen kann.«

Anne musterte dann doch ein wenig zaghaft die Tasten des Telefons, als Billy frisch parfümiert und strahlend hereinrauschte.

»Probleme?«

Leicht verärgert fauchte sie die knapp Zwanzigjährige an, die offensichtlich gerade ihr Make-up aufgefrischt hatte, denn sie warf ihr paillettenbesetztes Schminktäschchen lässig in die Schublade.

»Vielleicht sollten Sie die Leitungen umstellen, wenn Sie für längere Zeit den Raum verlassen.«

»Ich bin doch nur aufs Klo gegangen!«

»Mit der gesamten Farbpalette unterm Arm? Darüber unterhalten wir uns noch mal. Und jetzt legen Sie mir bitte das Gespräch auf meinen Apparat.«

»Pfff«, meinte Billy und drückte vorsichtig mit den schimmernden Fingernägeln eine Taste.

Das Gespräch mit Benson verlief reibungslos, und anschließend hatte Anne wieder ihre Freundin Marianne am Telefon.

»Na, was hast du für interessante Neuigkeiten, Marianne?«

»Du hast mich doch neulich wegen Staubinger angerufen.«

»Ja, und dann hast du ja auch mitbekommen, dass er wegen uns gewaltig angepflaumt worden ist.«

»Nicht nur das. Man hat ihm fristlos gekündigt.«

Anne schluckte. »Hoffentlich nicht wegen meiner Aktion? Ich meine, er hat zwar ein paar Fehler gemacht, aber das wäre dann doch unfair.«

»Genaues weiß ich auch nicht. Da muss jedoch noch eine Menge mehr vorgefallen sein.« Mariannes Stimme klang jetzt sehr gedämpft. »Ich habe mich, glaube ich, gründlich in ihm getäuscht, Anne. Ich komme mir jetzt richtig dumm vor.«

»Marianne, er war höflich und charmant zu dir. Mach dir keinen Vorwurf daraus.«

»Mach ich mir aber. Wenigstens habe ich mich selbst vor der letzten Torheit bewahrt.«

»Autsch.«

»Richtig getippt.«

»Na, du siehst ihn jetzt nicht mehr, und unser Auftrag ist so gut wie erledigt. Ich bin froh, wenn ich nicht noch mal mit ihm zu tun haben muss. Unangenehm wird es für mich nur, wenn ich ihm im Dorf begegne.«

»Ach ja, er wohnt ja in deiner Nachbarschaft. Wie scheußlich!«

»Ich werde sehen, dass ich ihm aus dem Weg gehe. Sein Interesse an mir wird er ohnehin jetzt verloren haben.«

»Anzunehmen. Da fällt mir noch etwas ein. Es gibt Gerüchte, dass sich auch seine Frau von ihm getrennt hat.«

»Du lieber Gott, was für ein armes Schwein.«
»Halt dein Mitleid in Grenzen. Offensichtlich hat er sie ... nicht gut behandelt. Es schwirren allerlei Gerüchte herum.«

Anne wollte im Büro keinen weiteren Klatsch und schon erst recht keine weiteren Bekenntnisse hören, weshalb sie sagte: »Marianne, ich sehe gerade, ich habe gleich einen Termin. Ich muss Schluss machen.«

»Gut, Anne, mir brennt es auch unter den Nägeln. Ich dachte nur, es interessiert dich.«

»Ja, danke, das tut es natürlich. Ich rufe dich in den nächsten Tagen mal zu Hause an. Bis bald.«

Sie legte auf und blieb ein paar Momente betroffen am Schreibtisch sitzen. Jemanden für unfähig halten und sich gegen unfaires Verhalten zu wehren war das eine, die Folgen daraus zu verkraften war etwas ganz anderes. Aber – verdammt, der Mann hatte sich die Suppe selbst eingebrockt!

Vier Stunden später kniete Anne auf dem harten Holzboden der Trainingshalle und hielt die Augen geschlossen. In ihren Gedanken formte sie eine taubenetzte Rosenknospe – das von ihr gewählte Symbol für die Konzentration. Links von ihr knieten ebenfalls an die zwanzig Schüler in einer Reihe, und ihr gemeinsames Schweigen füllte den Raum. Vollkommen ruhig atmete sie tief ein und aus, die Hände entspannt auf den Oberschenkeln.

Erst als das Kommando »Mokuzo Yame!« ertönte, öffnete sie wieder die Augen und antwortete mit »Sensei ni rei!«

Dabei beugte Anne sich im Knien tief vor ihrem Lehrer, und die anderen in der Reihe sitzenden Karateka schlossen sich an. Auf ihr Kommando erhoben sich dann alle, und nach einer weiteren Verbeugung begann das Training.

Nach der schweißtreibenden Phase des Aufwärmens übten sie die Schritte und Haltungen, Schläge und Tritte, die je nach ihrem Stand der Ausbildung erforderlich waren. Anne war in dieser Stunde die Einzige mit einem schwarzen Gürtel, also die Höchstgraduierte, unter den Trainingsteilnehmern, doch auch sie absolvierte zunächst die Grundübungen mit den Anfängern. Nach einer Stunde jedoch nahm ihr Lehrer sie beiseite und forderte sie auf, sich der Vervollkommnung ihrer Techniken in einer Kata zu widmen. Anne verbeugte sich höflich und zog sich in eine Ecke der Halle zurück.

Mit geschlossenen Füßen stellte sie sich aufrecht hin, ordnete die Falten ihres weißen Anzugs und rückte den Knoten des Gürtels zurecht. Dann starrte sie für einen kurzen Moment blicklos ins Leere und fühlte die Kraft in sich aufsteigen.

Nachdem sie die komplexen Abläufe eines Kampfes ohne sichtbaren Gegner fünfmal wiederholt hatte, tropfte ihr der Schweiß in die Augen.

»Gut, Anne. Komm nach vorne.« Der Lehrer winkte den anderen zu. »Ihr könnt euch einen Moment setzen«, forderte er sie auf. Die Trainierenden unterbrachen ihre Übungen und knieten schweigend am Hallenrand nieder.

Anne stand alleine mitten im Raum. Einige Schritte entfernt, ihr gegenüber, stand ihr Lehrer, ebenfalls im weißen Anzug, doch sein schwarzer Gürtel war im Gegensatz zu ihrem noch sehr neuen Exemplar schon so abgewetzt, dass er fast wieder weiß war.

Beide verbeugten sie sich steif aus der Hüfte, dann war ein Moment Stille.

Er brüllte »Yoi«, und Anne nahm die Fäuste an die Hüfte.

»Kata Empi!«, sagte sie laut und bestimmt und wartete auf sein Kommando, um beginnen zu können.

Obwohl sie schon seit sieben Jahren regelmäßig zum Karatetraining ging, spürte sie in diesem Augenblick Spannung und Aufregung, wie immer, wenn sie alleine vor der Menge den formalen Kampf gegen die unsichtbaren Gegner zeigen sollte.

»Hajime!«, donnerte der Lehrer.

Die Vorführung erforderte Kraft und Präzision, Schnelligkeit und ausdrucksstarke Technik. Die abrupten Richtungswechsel und Drehungen verlangten ein ausgezeichnetes Gleichgewicht, die Reaktionen aus der Kampfhaltung ein untrügliches Gefühl für den Körperschwerpunkt. Der vorgeschriebene Ablauf beanspruchte ihre ganze Konzentration. Doch erfreut registrierte sie, dass ihre Tritte diesmal knapp und exakt waren, die Schläge voll Spannung und Härte, und der Kampfschrei, das Kiai, war mörderisch. Dann, so plötzlich wie er begonnen hatte, endete der Kampf. Mit einer beherrschten Bewegung zog sie die Fäuste wieder zur Taille und blieb regungslos stehen. Erst auf das beendende »Yame!« hin löste sie sich aus der Position, verbeugte sich noch einmal und erwartete in entspannter Haltung, noch heftig atmend, die Kritik.

»Nicht schlecht, Anne. Du hast dich in der Empi verbessert. Nur ein paar Kleinigkeiten: Das Umsetzen nach dem Teisho-Uke war etwas wackelig. Zieh das rechte Bein dabei nicht so weit vor ...«

Schweigend hörte sie sich die Aufzählung der Verbesserungen an und ging einzelne Sequenzen noch einmal gemeinsam mit ihrem Lehrer durch.

Anschließend wurden die anderen Teilnehmer wieder zum Mitmachen aufgefordert und partnerweise Übungskämpfe durchgeführt. Anne hatte kein Problem mit ihrem Gegenüber. Er war ein großer, kräftiger junger Mann von achtzehn Jahren, der erst seit einem halben Jahr in diesem Verein trainierte. Darum nahm sie Rücksicht auf ihn. Aber wie das so mit großen, kräftigen jungen Männern ist, erlag er der Versuchung, eine viel kleinere, leichtere Frau mit seiner männlichen Stärke beeindrucken zu wollen. Er wurde übermütig und versuchte, seine mangelhafte Technik durch Kraft zu ersetzen, und Anne musste seinen Elan etwas bremsen. Sie wandte eine ihrer überzeugendsten Techniken an: Sie schrie.

Völlig perplex sah er sie an und öffnete die Deckung. Anne blieb fair. Ihr rechter Fußballen berührte nur leicht seinen Solarplexus.

Als er wieder regelmäßig atmen konnte, kündigte der Karatelehrer das Ende des Trainings an.

Sie hörten auf, wie sie es begonnen hatte. Kniend, mit geschlossenen Augen.

Danach kehrte Anne wieder in die Welt zurück.

21. Tigertraum

Wohlig erschöpft kam Anne zu Hause an und öffnete die Haustür. Aus dem Dunkel sprintete Nina auf sie zu. Sie huschte durch den Türspalt in die Wohnung. Anne warf die Trainingstasche in die Ecke und knüpfte die Schuhe auf. Dabei drängelte die Katze sich an ihre Beine.

»Brrrrrp, brrrrrmmm, brrrp!«, erzählte sie, und als sie ihr über den Kopf strich, änderte sie die Aussage in »Mauuuuu, mrmrmrm.«

»Du bist ja heute alleine, Nina. Lässt du Junior jetzt ohne dich auf Jagd gehen?«

Das Thema schien die Katze nicht zu interessieren, sie wandte sich zur Küche und gab eindeutig zu verstehen, dass ein leckeres Häppchen zu servieren war.

»Sofort, Süße! Erst muss ich die Tasche auspacken.«

Als Nina mit einem Tellerchen Futter versorgt war, schlüpfte Anne unter die Dusche und gönnte sich den Luxus, einen brühendheißen Wasserstrahl über die müden Muskeln fließen zu lassen. Dann hüllte sie sich in einen flauschigen, weiten Bademantel und ging ins Wohnzimmer. Es war zwar schon kurz nach zehn, aber sie wollte vor dem Zubettgehen noch ein paar Seiten lesen.

Nina hatte sich schon auf der Decke breitgemacht, und Anne setzte sich neben sie, um sie zu streicheln. Schläfrig drehte die Katze sich auf den Rücken und verlockte Annes Finger, sich in ihrem weichen, wuscheligen Bauchfell zu vergraben. Lauter und lauter wurde ihr Schnurren, und Anne vermeinte fast das gleiche Geräusch von sich zu geben, so sehr genoss sie ihr Tun. Dann aber drehte sich Nina wieder um und wollte ungestört weiterschlafen. Anne respektierte das, aber weil sie sich so schön entspannt fühlte, machte sie etwas, das sie sonst immer vermied. Sie kuschelte sich in die entgegengesetzte Seite des Sofas. Dann zog sie die Füße an und stopfte sich eines der vielen Kissen in den Rücken. Nina schnurrte noch immer, als sie sich zufrieden zurechtlegte und das Buch aufschlug. Aber statt zu lesen schweiften ihre Gedanken zum vergangenen Abend zurück. Bärbel hatte sich am späteren Abend dann doch nach oben in ihre Wohnung begeben, und am Morgen waren noch alle Fenster geschlossen gewesen. Aber als Anne aus dem Büro zurückgekommen war, hatte sie ein paar Worte mit ihr gewechselt. Anne war noch immer der Meinung, dass sie den Vorfall der Polizei anzeigen sollte, aber Bärbel weigerte sich strikt. Auch ihre Eltern wollte sie nicht darüber informieren, und vielleicht hatte sie damit sogar recht. Trotz allem hatte sich Anne Gedanken über den Vorfall gemacht und Bärbel noch einmal nach ihrer Beziehung zu diesem »alten Bekannten« Günter gefragt. Möglicherweise hatte ihn die Abfuhr, die Bärbel ihm erteilt hatte, in Verbindung mit dem Scheidungsersuchen seiner Frau ausrasten lassen. Dass Bärbel beinahe täglich in den frühen Abendstunden immer denselben Weg entlangjoggte, war ziemlich leicht herauszufinden.

Anne überlegte, ob sie dem Herrn einen Besuch abstatten sollte. Natürlich würde er ihr nicht mit einem Geständnis ins Gesicht springen, aber eine eigene Meinung würde sie sich schon zu verschaffen wissen.

Zufrieden mit diesem Entschluss, konzentrierte sie sich endlich auf das Buch auf, aber der Roman war nicht besonders spannend, und nach kurzer Zeit verschwammen die Buchstaben vor ihren Augen.

Es war behaglich warm, und ihre Glieder entspannten sich. Ihr lang ausgestreckter Rücken fühlte sich an, als ob Sonnestrahlen ihn streichelten. Die Helligkeit ließ das Bild vor ihr flimmern, doch als sie zweimal geblinzelt hatte, erkannte sie in der gelbdunstigen Ferne ein Rudel hochbeiniger Gazellen grasen. Das trockene Steppengras wogte leicht im Wind und warf streifige Schatten. Schirmförmige Bäume standen vereinzelt in der flachen Steppe, und der Himmel wölbte sich blau und wolkenlos über der Ebene.

Eine kleine Bewegung im Gras erregte ihre Aufmerksamkeit, und ihr Blick fokussierte sich. Da, in der Nähe der friedlich äsenden Tiere, bewegte sich ein schlanker Körper auf sie zu. Kaum wahrnehmbar durch die gelb-schwarzen Streifen im Fell, doch für ihre Augen deutlich zu erkennen.

Ein Tiger auf der Jagd, dachte sie und richtete sich ein wenig auf. Er schleicht sich an. Wie schön seine Bewegungen sind.

Der Tiger hatte die Gazellenherde fast erreicht.

Sie werden ihn gleich bemerken, oder? Anne spannte sich voll Neugier ein wenig an.

Nein, der Wind steht richtig, schloss sie aus der sanften Brise, die ihre Ohren umfächelte. Jetzt hatte der Jäger seine Beute ausgemacht. Eines der Jungtiere hatte sich etwas von der Gruppe abgesondert und war in seine Richtung gewandert. Es naschte arglos an einem Büschel Gras. Nur wenige Meter trennten Jäger und Beute noch voneinander. Geduckt kauerte der muskulöse Körper im Gras, bereit, seine Beute zu schlagen.

Jetzt! Mit einem gewaltigen Satz sprang er auf das Jungtier zu.

Doch er verfehlte es. Im letzten Augenblick hatte es die Gefahr erkannt und war zurückgewichen. Die anderen Tiere der Herde spürten nun auch die Bedrohung durch den Jäger. In wilder Flucht stoben sie davon. Es war ein anmutiges Bild, wie die Gazellen mit weiten, eleganten Sprüngen entschwanden. Aber der Tiger, der den ersten Versuch verfehlt hatte, blieb hinter dem Jungtier. Sein geschmeidiger Körper streckte sich im Lauf, kam näher und näher. Mit einem letzten großen Satz riss er es zu Boden.

Der Tod kam schnell für die kleine Gazelle.

Anne hatte fasziniert zugesehen und spürte, wie ihr Schwanz aufgeregt hin und her peitschte.

Schwanz, wieso Schwanz? kam ihr plötzlich in den Sinn, und sie drehte sich auf dem sonnenwarmen Felsen um, auf dem sie lag. Ein wundervoller schwarz und gelb geringelter Schwanz verlängerte ihr Rückgrat. Als sie daraufhin ihre Hände untersuchte, stellte sie mit Genugtuung fest, dass sie über veritable Tatzen verfügte, deren Krallen von beeindruckender Größe und Schärfe waren. Genussvoll streckte sie sich. Steifheit und Müdigkeit waren aus ihren Muskeln gewichen.

Die Verwandlung irritierte sie seltsamerweise überhaupt nicht. Aufgrund irgendeines fernen Wissens war das alles für sie ein völlig normaler Vorgang, und nur zu bald würde sie wieder in die Menschenwelt zurückkehren. So genoss sie das Abenteuer.

Als sie aufstand, um die Gegend zu erforschen, bemerkte Anne, dass der jagende Tiger seine Beute inzwischen aufgeschlitzt hatte und gierig verschlang.

Hungrige Tiger haben ein eingeschränktes Denkvermögen, erinnerte sie sich dunkel und beschloss, noch ein wenig zu warten. Lange dauerte es aber nicht. Der große, satte Tiger kam geradewegs auf sie zu. Sie bewunderte das feine, weiße Fell an Kinn und Bauch. Dann stand er vor dem Felsbrocken und schaute zu ihr hoch.

»Na, Anne! Kommst du runter oder soll ich raufkommen?«, brummelte er.

»Komm hoch, Tiger. Hier ist es warm und gemütlich.«

So aufgefordert, sprang er mit zwei Sätzen zu ihr empor und stellte sich neben ihr in Positur. Ein tiefes Brüllen grollte aus seiner Kehle. Sie konnte sein mörderisches Gebiss bewundern, was sie auch gebührend tat. Es war eine hübsche Demonstration der Macht.

Sie hatte sich wieder hingelegt und blickte ihn verschmitzt von unten an.

»Spiel dich nicht so auf, Tiger.«

Darauf gab Tiger keine Antwort, sondern legte sich kommentarlos neben sie. Schweigend genossen sie beide ihr Beisammensein.

Einige Zeit später streckte sich Tiger dann und schlug ihr vor: »Wenn du willst, kannst du noch ein Stück Gazellenkeule haben. Wie du siehst, habe ich diesmal das Futter beschafft.«

»Mhh?« Fragend sah Anne ihn an.

»Na ja, das letzte Mal hast du die Dosen aufgemacht.«

»Oh, ach ja. Du erinnerst dich daran?«

»Sicher!«

»Ja, mein Freund, ich denke oft an dich. Ich träume auch oft von dir.«

»Mmhhrrr«, schnurrte er.

Die Sonne war langsam zum Horizont gewandert, und die Schatten wurden länger. Ein leichter Wind kam auf und fuhr ihnen durch das Fell. Der schwere Geruch warmer Erde und fremder Pflanzen füllte ihre Nase. Anne beobachtete die Herden von Tieren gemächlich zu einem Wasserloch ziehen und einen Schwarm Vögel, der sich kreischend in den Ästen der Bäume niederließ.

»Warum bin ich hier?«, murmelte Anne leise, mehr für sich, denn eine Antwort würde sie kaum erhalten. Tiger war einer der schweigsamen Typen. Umso mehr überraschte es sie, dass er dennoch sprach.

»Hast eine Aufgabe übernommen!«

»Ich?«

»Mhm.«

Sie sah ihn an, er blickte über die Goldenen Steppen, so dass sie nur sein Profil erkennen konnte. Doch seine Schnurrhaare vibrierten. Vor Amüsement?

»Ich habe Nina bei mir. Das ist Vergnügen, keine Aufgabe«, sagte Anne.

Die Schnurrhaare erzitterten kräftiger. Tiger amüsierte sich königlich.

»O ja. Ich habe Junior ebenfalls aufgenommen. Das scheint tatsächlich eine echte Aufgabe zu sein.«

»Mhm.«

»Du ... du kennst ihn?«

»Nein. Aber seine Art.« Dann drehte er sich um, und Anne hatte das einmalige Erlebnis, einen Tiger grinsen zu sehen. »Ich war auch mal jung!«

»Au weia!«, entfuhr es ihr. Als Tiger noch ihr Kater war, hatte er seinen sehr willensstarken Charakter bewiesen. Andererseits – gerade das hatte sie so sehr an ihm geliebt.

»Bilde dir bloß nichts auf diesen gestreiften Pelzmantel ein, den du hier trägst«, grollte er.

»Oh, nein, nein. Ich bin eigentlich nur eine ziemlich dumme Aufrechte, gerade mal in der Lage, kleine Dosen zu öffnen.«

»Rrrrrichtig.«

»Und einem kleinen Übermut zu helfen, ein großer, selbständiger Kater zu werden?«

»Das macht Nina!«

»Natürlich.«

»Du gibst ihm einen Ort.«

»Ach ja?«

»Zu dem er zurückfindet.«

»Hoffentlich.«

»Streng dich gefälligst an, dass es so wird!«

»Wie du befiehlst, Tiger.«

»Mmhrrrr.«

Nein, besonders gesprächig war Tiger auch in seiner wahren Gestalt nicht, er war herrisch und kurz angebunden, aber tief ihn ihrem Herzen wusste sie, dass all das Äußerlichkeiten waren.

»Du musst mich jetzt verlassen, Anne.«

Tiger erhob sich und sah sie mit seinen unergründlichen Augen an.

Anne wollte noch nicht zurückkehren. Es war so wundervoll, so friedlich, so warm, so ruhevoll, so ganz ohne Sorgen und Schmerzen in dieser seltsamen Gegend.

»Schade. Ich würde gerne noch bleiben.«

»Du bist an einem fernen Ort, zu dem dir nur kurze Zeit Zutritt gestattet ist. Deine Helferin ruft nach dir.«

»Es ist schön hier. Schön bei dir, Tiger.«

Er beachtete ihren verlangenden Blick nicht, sondern leckte ihr sanft mit seiner rauen Zunge über die Stirn.

»Merke dir, Anne, auch kleine Katzen haben scharfe Krallen«, schnurrte er ihr noch ins Ohr, dann schläferte sie das gleichmäßige Bürsten und Schnurren ein.

Anne erwachte mit dem seltsamen Gefühl, dass jemand unermüdlich an ihrem nackten Fuß schabte und kratzte. Als sie in die Leselampe blinzelte, stellte sie fest, dass Nina hingebungsvoll ihren rechten großen Zeh ableckte. Das kitzelte fürchterlich, und sie fing an zu kichern. Vorwurfsvoll sah die Faltohrkatze von ihrer Beschäftigung auf und zog die Zunge zwischen die Zähne zurück.

»Oh, Nina, wenn du wüsstest, was ich geträumt habe.«

Anne schnappte sich die Katze und legte sie sich auf die Brust. Der weiche Bademantel gefiel auch Nina, und sie ließ sich zufrieden das Kraulen gefallen.

»Manchmal frage ich mich, wie so ein Traum zustande kommt, Nina«, murmelte Anne. »Ein Königstiger – Mann! Mann? Oh, Bärbel. Die hat mal gesagt, ich solle mir einen Mann suchen, der mir überlegen ist. Daher wird es gekommen sein. Einen Mann wie einen Königstiger. Himmel, was für ein Blödsinn!«

In dem Augenblick wurde draußen ein forderndes Maunzen laut, und Nina sprang zu Boden.

»Ach, da kommt ja auch unser Streuner«, begrüßte Anne Junior, als sie die Tür öffnete. »Und jetzt einen Mitternachtsimbiss, nicht wahr?«

»Mjauu!«

22. Versammlung der Katzen

Junior hatte sich wieder ganz erholt, die Kratzer und Risse im Fell waren verheilt und die Prellungen abgeklungen. Nach ein paar Tagen Hausaufenthalt hatte er dann auch schon wieder seine Runde mit Nina aufgenommen. Kritische Beobachter im Revier stellten mit Erstaunen fest, dass er deutlich ernsthafter geworden war. Zwar tollte er noch immer ausgelassen herum, und auch sein vorlautes Mäulchen konnte er selten im Zaum halten, aber er wurde schon des Öfteren gesehen, wie er gedankenversunken im hohen Gras vor sich hin meditierte.

»Er fängt früh an nachzudenken«, meinte Henry angelegentlich zu Nina. »Hast du ihn schon eingeweiht?«

Nina putzte sich zierlich den Schwanz.

»Tiger meinte, es sei wichtig. Obwohl ich es auch für zu früh hielt. Aber der Kleine ist auf dem richtigen Weg.«

»Du hast die Reise gemacht, kann ich daraus schließen.«

»Ja. Es drohen Schwierigkeiten. Wir müssen uns an einem der nächsten Abende treffen, ich habe Nachricht für euch. Aber ich erreiche Jakob nicht, er pflegt noch immer sein Rheuma im Haus.«

»Wenn es wichtig ist, muss es ohne ihn gehen«, schlug der pummelige Henry vor und fuhr sich mit der grauen Pfote über das eine weiße Ohr.

»Das gibt Ärger!«

»Dann soll er zu mir kommen.«

»Danke, Henry, aber meinen Streit mache ich lieber selbst mit ihm aus. Wer soll aber den Vorsitz übernehmen, wenn Jakob nicht dabei ist?«

»Du, wer sonst!«

Ninas goldene Augen wurden groß. »Oh, danke für das Vertrauen, aber ich glaube, das Thema hat sich von selbst erledigt. Da kommt Jakob.«

Sie wies mit der Nase in die Richtung, aus der der alte weißgescheckte Kater herangeschritten kam.

»Was sitzt ihr hier und haltet Maulaffen feil«, grummelte Jakob, als er näher kam.

Henry und Nina grüßten ihn höflich und tauschten ihren Geruch aus. Jakob, als Chef des Clans, hatte das Anrecht, von jeder der zugehörigen Katzen eine Duftspur auf seinem Fell zu tragen.

Anschließend brachte Nina in aller Form ihr Anliegen vor, und Jakob stimmte zu, am folgenden Abend eine Versammlung einzuberufen.

»Wo treibt sich eigentlich dein frecher Schützling herum? Der wird doch wohl nicht alleine auf Tour gehen?«

»Aber nein! Er sitzt zu Hause im Körbchen und ratzt. Du hast doch verboten, dass er ohne Begleitung herumläuft!«

Nina nahm Junior in Schutz, aber Jakob sah sie zweifelnd an. Er mochte ja den größten Teil seiner Zeit am Kamin sitzen, seine Beobachtungsgabe hatte jedoch noch nicht gelitten. Außerdem verfügte er über ganz ausgezeichnete Kontakte.

»Und weil ich das verboten habe, gehorcht er? Das soll ich glauben?«

Nina verweigerte ihm eine Antwort darauf und sah nur hochmütig dem Fasan Otto nach. Erst als sie Jakob leise kichern hörte, wandte sie sich ihm wieder zu.

»Keine Antwort ist auch eine Antwort«, meinte er und fügte hinzu: »Bring den jungen Hüpfer morgen Abend mit. Er scheint wichtiger zu sein, als ihm guttut.«

So kam es, dass Junior am nächsten Abend die strenge Anweisung erhielt, sich ordentlich zu putzen und dann mit zum Versammlungsplatz zu kommen. Vergnügt hüpfte er neben Nina her.

»War 'ne heiße Nacht gestern, nicht? Diese Frau hat ganz schön Gezeter gemacht.«

»Annes Freundin hat kein Gezeter gemacht, Junior. Ihr ist etwas Schlimmes passiert. Du warst auch ziemlich von den Pfoten, nachdem der Mann dich aus dem Fenster geworfen hatte«, erinnerte ihn Nina.

»Ja, aber ich habe nicht die ganze Nacht gewimmert und um mich geschlagen.«

»Nein, du hast gequiekt, gejault und schließlich auf die Decke gepinkelt.«

»Ehrlich?«

»Ja.«

»Oh …!«

Betroffen schwieg Junior einen Moment, dann waren seine quirligen Gedanken aber schon wieder mit dem nächsten Ereignis beschäftigt.

»Wo gehen wir hin?«

»Zum Versammlungsplatz am Waldrand.«

»Und was passiert heute da?«

»Wart's ab, Junior. So, wir sind da. Komm noch ein Stückchen weiter hier herüber, und setz dich auf den Flecken dort.«

Junior gehorchte und ließ sich auf seine artig gekreuzten Pfoten nieder.

»Es ist aber nicht sehr gemütlich hier«, stellte er fest.

Nina musste ihm recht geben. An diesem kühlen Dezemberabend war zwar noch nicht mit Frost zu rechnen, aber die nebelschwere Luft und der nasse, kalte Untergrund machten das Herumsitzen nicht gerade zu einem Vergnügen. Wenn der Wind auffrischte, wirbelten feuchte Blätter von den fast entlaubten Büschen, und einige blieben auf dem Fell der Katzen liegen. Junior hielt sich sehr zurück, nicht nach dem fallenden Laub zu haschen.

»Kommen die anderen auch noch?«, wollte er dann wissen.

Nina rückte ein bisschen näher zu ihm und antwortete: »Ja, doch. Sie kommen später. Wir sind jetzt schon hier hingekommen, weil ich dir von Anne und Tiger erzählen wollte.«

»Warum denn gerade hier? In der Wohnung hätten sie es doch viel gemütlicher gehabt.«

»Sicher, aber hier ist Tigers Grab. Und mir erschien es passender so.«

Ninas Stimme duldete keinen Widerspruch, und da Junior wissbegierig war und gerne Geschichten hörte, schickte er sich drein. Aufmerksam hörte er der Erzählung zu und lauschte auch mit wachsendem Erstaunen den Erklärungen über das geheime Wissen der Katzen, über das angeblich auch er verfügte. Und was er noch alles zu lernen hatte, um es auch richtig einzusetzen.

»Es gibt verschiedene Stadien des Daseins, die wir durchlaufen, Junior«, erklärte Nina ihm. »Die höchste Stufe ist die der Traumkatzen. Tiger zum Beispiel gehört zu ihnen. Sie haben eine ganz besondere Macht, auch über die Menschen.«

»Kenne ich auch welche?«, wollte Junior wissen.

»Ja, Kleiner, du kennst auch welche.« Nina schmunzelte. »Jakob ist ebenso mächtig und Henry und Diti.«

»Ohhhh ...! Und du?« Junior war ganz atemlos vor Staunen.

»Ich bin eine Stufe niedriger als sie, eine Wanderkatze zwischen den Welten. Mir fehlen noch einige Erkenntnisse und Fähigkeiten. Aber ich arbeite daran.«

»Und was bin ich?«

»Tja, Junior, das müssen wir herausfinden. Vielleicht – ich vermute mal, deine Anlagen sind ausreichend –, vielleicht schaffst du es in diesem Leben, von den Erwachenden Wesen zu einem Glücklichen Wesen aufzusteigen. Aber ich warne dich«, bremste sie sein aufkommendes Hochgefühl, »es ist ein langer, beschwerlicher Weg, und er verlangt großen Einsatz und Verantwortung.«

Junior war anschließend gebührend beeindruckt, und als nach und nach die anderen Katzen eintrafen, wunderten sie sich nicht unbeträchtlich über das zurückhaltende und nachdenkliche Gebaren ihres jüngsten Mitglieds.

Die Versammlung war lautlos. Für einen menschlichen Betrachter saßen die Katzen nur regungslos zusammen, ohne ein Zeichen der Verständigung von sich zu geben. Vielleicht hätte es den einen oder anderen erstaunt, dass auch arge Streithähne hier ganz friedlich zusammensaßen – wenn auch in gebührendem Abstand voneinander. Kein Maunzen, kein Brummen und schon gar kein Fauchen durchbrach die andächtige Stille. Selten, dass ein Schwanz im Gras raschelte oder ein Ohr zuckte. Großäugig und mit vibrierenden Barthaaren lauschten die Versammelten einem lautlosen Wissensaustausch oder beteiligten sich an dem Flug der Gedanken zwischen denen, die über Neuigkeiten verfügten.

Dann aber waren die Botschaften ausgetauscht, und eine sichtbare Entspannung machte sich breit. Pfoten wurden ausgestreckt, klebrige Blättchen entfernt, Wassertröpfchen vom Pelz geputzt, und der eine oder andere machte eine kurze Gymnastik.

Und dann war auch mit der Stille Schluss. Henry war der Erste, der einen langen, melodischen Ton ausstieß. Eine nach der anderen fielen die Katzen ein, und gemeinsam sangen sie eine gepflegte Katzenkantate. Voll Begeisterung lauschte Junior dem Gesang, traute sich aber nicht, mit einzustimmen. Nicht, dass er nicht gerne gewollt hätte, aber Tammy saß neben ihm, und dessen Stimme war viel zu beeindruckend, als dass er mit ihm in Wettstreit hätte treten mögen.

Als der letzte Ton verklungen war, löste sich die Versammlung auf, und jeder ging allein oder in kleinen Gruppen seines Weges.

Diti und Hommi schlenderten mit Nina und Junior zurück, ungewöhnlich schweigsam und gedankenverloren.

Das Dorf lag in trüben Herbstnebel gehüllt, gelblicher Lichtschein quoll aus den Fenstern der Häuser. Eine verfrühte Weihnachtsdekoration formte leuchtende Sterne und Schneeflocken über der Hauptstraße, und die blau-grünen Neonröhren der Sparkassenreklame warfen gespenstisch farbige Schatten auf das Pflaster. Ein paar späte Pendler fuhren durch die Ortsmitte. Die roten Rücklichter ihrer Fahrzeuge verschwanden schnell in den grauen Schwaden. Eine kleine Gruppe Kneipengänger unterhielt sich beiläufig, die Luft trug das Gemurmel ihrer Stimmen bis zum Waldrand hoch. Die Kirchturmuhr schlug eine halbe Stunde, und der Glockenschlag verhallte langsam über dem Dorf.

Das feuchte, hohe Gras streifte über den Rücken der Katzen und netzte ihr Fell. Aber die dichten Haare wiesen die Kälte zuverlässig ab. Als unangenehm empfanden sie jedoch den nassen Untergrund und die kalten Ballen.

»Ich bin froh, wenn ich wieder an der Heizung liege«, brach Nina schließlich das Schweigen.

»Ja, Elißa hat ßum Glück auch den Kamin angemacht. Da werden wir unß gleich räkeln, waß, Hommi?«

»Mhhh.«

Erstaunlich einsilbig antwortete ihr Bruder auf diese Feststellung.

»In den nächßten Tagen werden wir wohl nicht viel davon haben. Daßß Patrouillieren mußß ja verantwortlich durchgeführt werden.«

»Ja, aber du brauchst natürlich nicht den ganzen Abend umherzustreifen, es sind ja auch noch andere da. Vielleicht kannst du dich mit deinem Bruder abwechseln, nicht wahr, Hommi?«

Homer antwortete nicht, und entschuldigend flüsterte Diti: »Ich glaube, er ringt mit einem Verßfußß.«

»Ich werde auch eine Runde übernehmen«, ließ sich jetzt Junior vernehmen.

Erstaunt sah ihn Nina an. »Du sollst noch nicht alleine durch das Revier streifen, das weißt du doch.«

Der Kleine blieb stehen und richtete sich zu seiner vollen Größe auf. »Jakob hat es mir erlaubt!«, erwiderte er mit stolzem Blick.

»Sicher, aber ...«

»Laßß ihn, Nina, du bißt doch ßonßt nicht ßo ängßtlich.«

»Na ja, aber er ist ja schon einmal nur mit knapper Not an einer Katastrophe vorbeigeschrammt.«

»Und, dann weißß er eß jetßt beßßer. Nicht wahr, Junior?«
»Ja, Diti. Ich denke schon. Und außerdem sind wir ja nie ganz alleine im Revier.«

»Na, einverstanden, du sollst auch deine Runde bekommen.«
»Oh, prima, Nina!«
»Das reimt sich beinah, Kleina«, sagte zu Juniors Entzücken plötzlich Hommi. Diti und Nina sahen sich jedoch leicht zweifelnd an. Inzwischen hatten sie die Häuser erreicht, und Homer setzte sich auf einem Gartenmäuerchen in Pose.

»O weh, jetzt passiert's«, flüsterte Nina.
»Ja, daß war ßu erwarten. ßßweig ßtille!«
Homer räusperte sich und rezitierte:

>»Ich lag in sanftem Schlummer
>und schnurrte friedlich vor mich hin.
>Fern war mir aller Kummer.
>Am warmen Plätzchen vorm Kamin
>bedacht ich wohl des Lebens Sinn.
>
>Doch dunkle Schrecken bringt die Nacht
>und wilde Abenteuer.
>Gemeinsam stellen wir die Wacht
>und ringen mit dem Ungeheuer.«

Verblüfft sahen sich die beiden Kätzinnen an.
»Donnerwetter!«, entfuhr es Nina.
»Oh, Hommi, daßß war aber nett!«
Ehrfürchtig schaute seine Schwester zu ihm auf.

23. Ein Festessen aus der einen ...

Nach dem Überfall hatte sich Bärbel einige Tage mit etwas unspezifischen Symptomen wie Übelkeit und Kreislaufschwäche krankschreiben lassen und war zu Hause geblieben. Anne hatte sich am Wochenende um sie gekümmert und fast jeden Abend bei ihr vorbeigeschaut. Tagsüber behielt sie häufig eine der Katzen bei sich. Allmählich verblassten das Erlebnis und die blauen Flecken, und sie traute sich wieder unter Menschen. Ein bisschen erleichtert war sie, dass Anne nicht weiter darauf bestanden hatte, die Angelegenheit der Polizei zu melden, aber ihr Besuch bei Günter hatte sie leicht verärgert. Dass ihr Bekannter sie überfallen haben sollte, konnte und wollte sie nicht glauben. Aber wie sich zeigte, war Günter sowieso nicht zu Hause, angeblich war er zu einem Kurzurlaub nach Mallorca aufgebrochen. Das hatte zumindest ein Nachbar Anne erzählt.

An diesem Morgen wachte Bärbel gegen neun Uhr auf und stellte fest, dass sie sich eigentlich wieder ganz gut fühlte. Als sie in Pullover und Jeans schlüpfte, fand sie außerdem, dass die Hosen etwas zu weit geworden waren. Da sie seit einigen Tagen nicht mehr auf der Waage gestiegen war, wurde sie neugierig. Drei weitere Kilo waren seit der letzten Woche verschwunden, registrierte sie erfreut. Zufrieden straffte sie sich, als sie in den Spiegel sah und beschloss, dass es an der Zeit war, ernsthafte Schritte für ihr weiteres Leben zu unternehmen. Der erste wäre ein Frühstück mit frischen Brötchen.

Ein Blick durch das Fenster bestätigte ihr, dass es zwar kalt, aber sonnig war, und in ihre dicke Jacke gehüllt wanderte sie beschwingt zum Bäcker. Zusätzlich zu den Brötchen nahm sie noch eine Tüte Weihnachtskekse und eine Schachtel Dominosteine mit. Nicht für sich selbst, sondern weil sie wusste, dass Anne die für ihr Leben gern naschte. Auf dem Rückweg begegnete ihr Junior, der begeistert hinter ihr herhüpfte und sich vor die Haustür setzte, um Einlass zu fordern.

»Moment, Junior, erst muss ich die Post aus dem Briefkasten holen.«

Bärbel nestelte an ihrem Schlüsselbund und schloss dann ihr Fach auf. Ein einziger Umschlag, an sie adressiert, fiel ihr entgegen. Sie steckte ihn in die Jackentasche und betrat mit Junior zusammen das Haus. Er stürzte sofort in die Küche und blieb erwartungsvoll vor dem Kühlschrank sitzen.

Bärbel legte die Brötchen auf den Tisch und hängte die Jacke auf. Neugierig fischte sie den Brief aus der Tasche. Der Absender war ein etwas verwischter Stempel. Sie griff nach dem Küchenmesser und schlitzte den Umschlag auf. Hastig überflog sie den Inhalt.

Ihr Aufschrei versetzte Junior in Panik. Entsetzt sprang er hinter die Eckbank.

»Komm raus, du Herzchen! Junior, ich hab's geschafft! Sie wollen mehr Fotos!«

Bärbel bekam ihn zu fassen, hob ihn hoch, tanzte wie wild in der Küche umher und gab Laute zwischen Lachen und Weinen von sich.

»Junior, mein Model, mein kleiner Star!«

Voll Schrecken krallte sich Junior an ihrer Schulter fest und hoffte, diese Verrückte möge endlich aufhören, sich ständig zu drehen. Schließlich bremste sie sich ein bisschen und ließ den protestierenden Kater auf den Boden zurück.

»Ein Festmahl ist angesagt«, versprach sie ihm, aber bevor sie zur Dose griff, las sie noch einmal das Schreiben.

Unglaublich. Das passierte ihr!

Als Junior glücklich schmatzend vor seinem Teller saß, dachte sie noch immer verwundert über das Ereignis nach. Es war so viel geschehen in der letzten Zeit. Und das Erstaunliche war, dass sie langsam eine Kraft in sich wachsen fühlte, die ihr half, einen großen Teil der Probleme zu bewältigen, die sie bislang so unglücklich gemacht hatten. Dadurch, dass sie etwas tat, bewegten sich die Dinge. Manchmal auch in erschreckende Richtungen, so wie letzte Woche. Aber auch in ganz neue, ungeheuer erfreuliche Richtungen.

Sie hob den Kopf und setzte sich gerade auf. Jetzt müsste jemand da sein, mit dem sie den Erfolg teilen könnte. Sie bedauerte, dass Anne erst am Abend nach Hause kam. Dann überlegte sie, dass ihre Freundin es ihr vermutlich nicht übel nehmen würde, wenn sie sie im Büro anrufen würde.

Im ersten Augenblick war Anne alarmiert, als das Telefon im Büro klingelte und Bärbel sich meldete.

»Hallo, Bärbel, geht es dir gut?«

Anne klang so besorgt, dass Bärbel sie sofort beruhigte, indem sie auflachte und erwiderte: »O ja, mir geht es blendend. Es ist etwas passiert – etwas ganz Tolles. Du wirst es nicht glauben, aber man will meine Fotos für einen Katzenkalender haben. Ich soll nächste Woche zu einem Vertragsgespräch kommen.«

Einen Moment lang blieb Anne still, weil es ihr die Sprache verschlagen hatte.

»Ist das wahr?«

Bärbel war über Annes Fassungslosigkeit offensichtlich so erfreut, dass sie nur mit einem Glucksen in der Stimme antworten konnte.

»Glaub es mir, ich habe den Brief hier liegen.«

»Du, das ist absolut super. Das muss gefeiert werden. Wir wollen heute Abend eine Orgie veranstalten!«

»Nur wir beide, bitte. Du bist nämlich schuld daran, du und deine verrückten Katzen!«

»Dann müssen wir die beiden auch einladen, oder?«

»Keine Frage. Wollen wir vielleicht mit ihnen in ein Drei-Sterne-Restaurant?«

»Kannst du das verantworten?«

Es kam einen Augenblick lang keine Antwort, dann hörte

Anne sie irgendwo schimpfen: »Lass die sofort fallen, du Ferkel!«

Ein übler Verdacht drängte sich Anne auf, und sie fragte: »Hast du Junior bei dir?«

»Woher weißt du?«

»Es hört sich an, als hätte er mal wieder seinen dunklen Trieben nachgegeben. Solltest du den Mülleimer offen gelassen haben?«

»In der Tat. Eben kam Junior mit stolz erhobenem Schwanz ins Wohnzimmer und hat eine leere Ölflasche hinter sich hergezerrt. Aber ich habe ihn heftig angezischt, darum er hat sie mir beschämt überlassen. Also nix mit drei Sternen.«

»Doch, ich habe einen Vorschlag. Was hältst du von ›Chez Anne‹?«

»Viel, aber das bedeutet doch einen Haufen Arbeit für dich.«

»Das schon, aber es ist eine, die ich besonders gerne mache.«

»Soll ich denn schon irgendetwas vorbereiten?«

»Lass nur. Da ich im Augenblick noch nicht weiß, was die Speisekarte hergibt, gehe ich lieber nachher einkaufen. Ich wollte heute sowieso früher aus dem Büro. Und jetzt erzähl mir endlich, wie das gekommen ist. Ich habe im Moment sowieso nur langweiligen Routinekram zu machen.«

So aufgefordert, sprudelte Bärbel sofort los. Anne konnte nur dann und wann ein bewunderndes Oh oder Ah einwerfen.

»Aber jetzt lasse ich dich lieber weiterarbeiten. Ich muss noch ein bisschen darüber nachdenken«, schloss Bärbel ihren aufgeregten Bericht.

Anne gönnte der Freundin einen solchen Erfolg. Deshalb erzählte sie beim Mittagessen auch sofort ihren beiden Kollegen Jörg und Gerry davon.

»Sag mal, du hast doch da eine Anfrage von diesem Katzenstreu-Hersteller. Was wäre denn, wenn wir sie als freie Mitarbeiterin anheuern würden, wenn die Fotos wirklich so gut sind?« fragte Gerry seinen Tischnachbarn.

»Gute Idee. Anne, kannst du mir ein paar Aufnahmen

zukommen lassen? Wenn die witzig sind, kriegen wir vielleicht den Auftrag.«

»Klar, wir haben eine Menge Fotos gemacht. Also, ich glaube, meine Freundin hat ein beachtliches Talent, natürliche Posen festzuhalten. Und nicht nur bei Katzen.«

»Eine Ausbildung hat sie nicht?«

»Nein, nur Talent.«

»Trotzdem. Bring deine Freundin und die Bilder mit.«

Um halb vier verließ Anne das Büro und fuhr zunächst zu einem Gemüsehändler, der für seine ausgezeichnete Ware bekannt war. Beladen mit dünnen Keniaböhnchen und Brokkoli, Mangos und Blutorangen, Feldsalat und Walnüssen, Kerbel, Bohnenkraut, Minze und Brunnenkresse kehrte sie zum Auto zurück und startete in Richtung Supermarkt. Hier plünderte sie die Fisch- und die Fleischtheke, ließ sich ein ausgewähltes Sortiment Käse zusammenstellen, legte ein paar Flaschen Wein und Sekt in den Einkaufswagen und sammelte alle die für das geplante Essen notwendigen Kleinigkeiten zusammen.

Mühsam bugsierte sie dann den hochbeladenen Wagen durch die Gänge zu den Kassen.

Freitagnachmittags bildeten sich lange Schlangen, und sie gab die Hoffnung auf, schnell wieder zum Parkplatz zu kommen. Es war gleichgültig, an welcher Kasse man sich anstellte. Anne wappnete sich mit Geduld und zog unter den Joghurtbechern die Fernsehzeitschrift heraus, um sich die Wartezeit zu vertreiben. Als sie kurz darauf den Wagen wieder ein Stück nach vorne schob, fiel ihr Blick auf die Nachbarschlange. Überrascht zwinkerte sie und schaute genauer hin. Das war doch Staubinger!

Zum Glück stand er so, dass er sie nicht sehen konnte. Er war der Letzte, mit dem sie etwas zu tun haben wollte. Vor allem, wie er aussah! An dem Gerücht, seine Frau habe ihn verlassen, war wohl wirklich etwas dran. Er war unrasiert, graue Bartstoppeln unterstrichen sein grauhäutiges Aussehen. Er trug zwar nach wie vor einen Anzug, aber auf irgendeine seltsame Art hing auch der traurig von seinen Schultern. Die Kündigung hatte ihn ganz offensichtlich mitgenommen. Anne erinnerte sich, gehört zu haben, dass er schon seit einiger Zeit bei Benson auf der Abschussliste gestanden hatte, da seine fachliche Kompetenz für die Position, die er besetzte, nicht ausreichte. Das alleine wäre aber kein Kündigungsgrund gewesen. Schlimmer war, dass er seinen Wissensmangel, vielleicht auch einfach seine Dummheit, lange Zeit wortgewandt mit einem Lügengewebe zu überspielen gewusst hatte und damit zu einigen eklatanten Problemen beigetragen hatte. Jetzt aber war er von einem aufgeblasenen Wichtigtuer zu einem schlaffen Müllbeutel geworden, dem sogar sein Äußeres gleichgültig geworden war.

Gerade weil Anne ihn als so einen überaus gepflegten Mann in Erinnerung hatte, schockierte sie sein verändertes Aussehen. Mitleid und ein schlechtes Gewissen keimten in ihr auf. Sie überlegte, ob sie nicht vielleicht doch zu ihm hingehen und ein paar freundliche Worte mit ihm wechseln sollte. Dann jedoch stieß die junge Frau hinter ihr in der Reihe sie an, und sie besann sich darauf, ihre Waren auf das Band an der Kasse zu legen.

Als Bärbel um kurz vor sechs bei ihr klingelte, stand Anne in der Küche. Gemüsereste, Kartoffelschalen, Sahnepackungen, Käsewürfel, Salatblätter, Fleischstückchen und Zwiebelschalen lagen auf der Arbeitsplatte verstreut, auf dem Herd brodelte ein Topf mit Wasser, aus einer Pfanne spritzte Fett, der Backofen summte leise, und die Dunstabzugshaube schnaufte auf höchster Stufe. Es roch nach Fisch und Zwiebeln, Knoblauch und Orangen, es dampfte und wallte, brutzelte und blubberte, und zwei Katzen sausten in höchster Erregung zwischen ihren Füßen umher. Aber sie hatte die Lage im Griff und arbeitete gelassen. Während sie die Bohnen schnipselte, rührte sie zwischendurch in dem Saucentopf.

»Hallo, Bärbel. Gib mir mal das Sieb da rüber«, begrüßte sie ihre Besucherin und winkte auffordernd mit dem Messer.

Bärbel sah sich in dem Chaos um und reichte ihr wortlos das Gewünschte. Dabei wurde sie fast von Nina umgestoßen, die in der Hoffnung auf neue Genüsse ihren Kopf fest an ihrem Bein rieb.

»Äh …, kann ich dir was helfen?«, erkundigte Bärbel sich vorsichtig.

»Klar, die Eier müssen abgegossen werden, die Mangos filetiert, die Seezungen gesalzen und gesäuert werden, der Käse muss gerieben werden, der Schinken gewürfelt, die Sauce legiert und die Zwiebeln müssen gehackt werden. In der Reihenfolge, bitte!«

Anne grinste Bärbel an, die sie entgeistert anschaute.

»War das zu schnell?«

»Ja, bin ich denn das Küchenmädchen?«

»Na, du hast gefragt, oder?«

»Alles was über Rühreier hinausgeht, ist ›Haute cuisine‹ für mich. Und was du da gerade aufgezählt hast, stammt mit Sicherheit aus einem Buch über die gehobene Hexenküche. Woher weißt du eigentlich, was du in welcher Reihenfolge machen musst?«

»Intuition, meine Liebe.«

Ganz so hilflos, wie sie tat, war Bärbel allerdings nicht. Sie hatte inzwischen die Eier unter kaltes Wasser gestellt und begann jetzt, den Käse zu raspeln.

»Vielleicht solltest du diesen gefräßigen Wildkatzen zwischendurch mal ein halbes Schwein spendieren, die machen mich ganz nervös«, schlug sie vor.

»Ach was, die haben ihre Portion Hackfleisch schon bekommen. Jetzt haben sie nur Angst, dass ich irgendetwas verderbe, was eigentlich für sie gedacht ist. Aber wenn du ihre allerallerbeste Freundin sein willst, dann darfst du ihnen dieses Stück Fisch geben.«

Bärbel unterbrach ihre Tätigkeit und beugte sich, mit einem Fischstückchen in den Fingern, zu den Tieren herab. Artig nahm ihr Nina das Futter aus der Hand. Junior benahm sich hingegen schlechter. Wenn sie nicht sehr schnell die Hand zurückgezogen hätte, hätte er seine Zähne kräftig in ihre Finger geschlagen.

»Gierschlund!«, kommentierte sie sein Verhalten.

Allmählich nahm das Menü Gestalt an. Nach einer weiteren Viertelstunde hatten sie alles so weit gerichtet, es im Ofen und auf dem Herd, im Kühlschrank und auf dem Esstisch untergebracht, dass sie sich einen kleinen Aperitif gönnen konnten. Umständehalber nahmen sie ihren Sherry in der Küche.

»Auf deinen Erfolg, Bärbel«, prostete Anne ihrer Freundin zu.

»Ja, auf meinen Erfolg!«, antwortete diese mit neugewonnenem Selbstbewusstsein.

Schweigend tranken sie einen Schluck. Bärbel setzte ihr Glas auf der Fensterbank ab und fragte: »Was gibt es eigentlich zu essen? Ich meine, ich habe jetzt eine Menge gesehen, aber was das da alles geben soll, ist mir unklar.«

»Dann lass dich überraschen.«

Anne warf noch einen prüfenden Blick in die Runde und legte zwei Brötchen zum Aufwärmen auf den Toaster. Die beiden Katzen hatten sich inzwischen unter dem Küchentisch zurückgezogen, aber beobachteten trotzdem aufmerksam weiter das Geschehen.

»Ich denke, wir sollten zum ersten Gang schreiten. Zündest du bitte mal die Kerzen an.«

Bärbel verschwand im Wohnzimmer. Anne dekorierte liebevoll kleine Häppchen auf einen Glasteller und trug sie zusammen mit den Brötchen hinter ihr her.

Den Tisch hatte sie zuvor mit schwarzen Platzdeckchen gedeckt, auf denen ihr schlichtes, weißes Geschirr stand. Es machte im Kerzenschein viel her und sah fast edel aus. Drei schwarze, schlanke Leuchter hielten die weißen Kerzen, und in hohen Gläsern funkelte der Wein in ihrem Flammen. Eine weiße Orchideenrispe stand in einer schlanken Kristallvase in der Mitte.

»Wo kommt denn diese herrliche Ranke in dieser irren Vase her?«, fragte Anne entzückt, als sie die Pflanze entdeckte.

»Mein bescheidener Anteil zur Tischdekoration.«

»Himmel, ist die schön! Danke.«

Gemeinsam nahmen sie Platz und widmeten sich der Vorspeise. Es war nur eine sehr kleine, aber köstliche Portion. Dann folgten für Bärbel immer weitere Überraschungen. Anne hatte sich selbst übertroffen!

»So viel habe ich seit Monaten nicht mehr gegessen. Und so gut noch nie, glaube ich. Aber jetzt geht kein Happen mehr«, stöhnte Bärbel.

»Ja, es war nicht ganz schlecht.« Anne freute sich über das Kompliment und nippte an ihrem Espresso. »Es macht einfach mehr Spaß, für Gäste zu kochen, als nur so für sich alleine.«

24. ... und aus der anderen Sicht

Schon als Nina und Junior Anne, beladen mit einem überquellenden Einkaufskorb und weiteren Beuteln, nach Hause kommen sahen, waren sie ihr höchst interessiert sofort in die Küche gefolgt.

»Ist etwas Besonderes los mit Anne?«, fragte Junior, als er schnüffelnd an dem Korb stand.

»Ich glaube, das alles hat mit Bärbel zu tun. Menschen feiern manchmal besondere Ereignisse mit einem Essen. Das ist immer aufregend. Wir müssen aufpassen, dass sie nichts falsch macht!«

»Ist das wichtiger als Wache?«

»Na ja, wenn sie in der Küche ist, kann ihr draußen ja nichts passieren.«

»Stimmt. Was mag da wohl drin sein?«

Junior stützte sich mit beiden Vorderpfoten auf den Korbrand und schnupperte.

»Weg da, Junior!«, befahl Anne ihm, nicht unfreundlich aber bestimmt.

Mit Bedauern sah er, dass sie den Korb mit den vielen verlockenden Sachen auf den Küchenschrank hob. Da durfte er ja nun nicht folgen. Schade! Er sah sich zu Nina um, die ebenfalls begehrlich hochschaute.

»Ob sie wohl an uns gedacht hat? Ich hab ja solchen Hunger. Wenn die nur für sich eingekauft hat, Nina? Wenn die mich vergessen hat ...!«

Junior konnte nicht mehr stillsitzen und strich ganz gegen seine sonstige Gewohnheit um Annes Beine. Das fühlte sich gut an, aber noch wichtiger war, dass sie sich herunterbeugte und ihm etwas zwischen den Fingern zureichte. Misstrauisch musterte er es. Das war doch nicht Schleckerkatz? Das roch doch ganz anders!

Er stupfte misstrauisch mit der Nase dagegen. Kalt! Aber wohl genießbar.

Vorsichtig leckte er daran. Oho, das war ja richtig gut! Wie abgepellte Maus. Ganz ohne Knochen und Schwanz.

Schmatzend zerkaute er auf Annes rechtem Schuh das Stückchen rohes Hackfleisch.

Als er fertig war, hob er den Kopf und wartete auf mehr. Anne war brav, sie hatte schon das nächste Stückchen in der Hand. Doch bevor er ihre Hand erreichte, war Nina da. Hart klatschte die Pfote zwischen seine Ohren, und schon hatte sie das Fleisch im Maul.

Er fauchte.

»Ist ja gut, Junior. Keinen Streit, ihr beiden, es ist genug da.«

Annes beruhigende Stimme besänftigte ihn etwas, aber mehr noch besänftigte ihn das Tellerchen, das sie für ihn an seinen Futterplatz stellte. Er fiel darüber her und machte sich auch nichts daraus, dass auch Nina einen Teller voll Fleisch bekam. Schmatzend und kauend genoss er diese neue Delikatesse.

Dabei entging beiden, was da noch so alles ausgepackt wurde, und da sie mit vollgefressenem Bauch – die Portion war reichlich bemessen – erst eine kleine Weile verdauen mussten, war das Schauspiel in der Küche schon einigermaßen fortgeschritten, als sie wieder auf den Plan traten.

Aber was es da nicht alles zu beobachten gab! Und Anne – ihre großzügige Hand sei gelobt – war so nett, ihnen von fast allem etwas anzubieten. Vieles war natürlich völlig inakzeptabel, rohe Kartoffelscheiben zum Beispiel oder diese stinkende Zwiebel. Da hatte Junior in einem Anfall von Leichtsinn dran geleckt. Doch zwischendurch gab es immer mal ein Fetzchen fettes Fleisch. Anne sparte sich wirklich das Beste vom Munde ab. Oder das Schälchen Sahne, das sie für beide bereitstellte. Süße, geschlagene Sahne. De-fi-ni-tiv göttlich. Fanden sie beide, Nina und Junior. Als Bärbel kam, hatten sie fast alles durchprobiert. Der absolute Höhepunkt kam dann jedoch von Bärbels Hand – meinte zumindest Nina.

Der Fisch, ahhh, der Fisch …!

Nach dem Fischgang zogen sie sich beide unter den Tisch zurück, da jetzt oben auf der Arbeitsplatte alles erledigt schien und die beiden Frauen ihre hektischen Aktivitäten eingestellt hatten. Auf dem Herd und im Ofen verdarben inzwischen all die schönen Sachen. Menschen waren nun mal so.

»Wir haben einen guten Anteil bekommen.« Nina war zufrieden mit dem Ablauf des Abends.

»Ist das nicht ihre Pflicht?«, fragte Junior.

Nina überlegte, bevor sie Antwort gab. »Nein, nicht unbedingt. Sie lässt uns ja auch jagen, also müsste sie uns nicht mit Futter versorgen. Das wäre etwas anderes, wenn wir reine Wohnungskatzen wären. Dann ist das Menschenpflicht.«

»Nur in der Wohnung? Wie grausam!«

»Es gibt welche von uns, die finden das ganz in Ordnung. Nie kalte Pfoten, keine Revierkämpfe, keine Hunde, immer gutes Futter und weiche Kissen.«

»Wie langweilig.«

»Geschmackssache. Ich finde die Abwechslung ja auch schöner.«

»Sieh mal, die gehen jetzt nach drüben und wollen essen. Sollen wir sie nicht sicherheitshalber begleiten?«

Junior war aufgestanden.

»Auf jeden Fall ist es im Wohnzimmer dann angenehmer als hier.«

Nina erhob sich auch, reckte sich und stolzierte, so gut sie es mit ihrem vollen Bauch konnte, ins Nachbarzimmer. Ein wenig schwerfällig sprang sie auf das Sofa und legte sich auf ihre Decke. Junior war ihr gefolgt, machte jedoch eine kurze Runde durch das Zimmer und legte sich dann an der Küchentür nieder. Er dämmerte ein Weilchen vor sich hin, doch ließ seine Aufmerksamkeit keinen Augenblick nach. Als Anne das Fleisch aus dem Ofen geholt hatte, hinterließ das einen so überwältigenden Duft, dass er doch noch mal in die Küche gehen musste.

»Weißt du, Anne, ich habe mir noch etwas überlegt«, sagte Bärbel, nachdem sie die Espressotasse abgestellt hatte. »Seit letzter Woche habe ich keinen Sport mehr gemacht, und ich habe auch viel zu viel Angst, noch mal hier zu joggen. Würdest du mich vielleicht doch mal in dein Training mitnehmen?«

Erfreut sah Anne sie an. »Aber sicher, gerne. Du musst nur wissen, dass es anfangs immer eine gewisse Zeit dauert, bis man die Bewegungen beherrscht.«

»Das macht mir nichts aus. Ich glaube, ich habe eine ganze Menge gelernt in der letzten Zeit. Ich bin wohl ein bisschen geduldiger mit mir geworden.«

Sie schwieg nachdenklich mit gesenkten Augen. Dann hob sie den Blick und musterte Anne, die gedankenverloren in die Kerzenflamme starrte.

»Du bist irgendwie unglücklich, nicht wahr? Was ist passiert?«

Anne zog leicht die Schultern hoch. »Ach, ich weiß nicht. Mich bedrückt so ein bisschen die Sache mit Staubinger. Ich habe ihn heute im Supermarkt gesehen ...«

»Aber du hast dich doch maßlos über ihn geärgert.«

»Ja, habe ich. Ach, alles ist so ein Murks.«

»Murks?«

Es mochte am Wein, dem gedämpften Licht, Bärbels stiller Freundlichkeit liegen, dass Anne ihre Zurückhaltung aufgab und ihrer Freundin von ihren zerbrochenen Hoffnungen erzählte. Bisher hatte sie es vermieden, über Christian mehr als nur ein paar Worte zu verlieren, aber jetzt berichtete sie von der missglückten Mail und schloss: »Es liegt wohl eher daran, dass wir doch offensichtlich ganz unterschiedliche Auffassungen vom Leben haben. Ich kenne ihn ja eigentlich gar nicht richtig, ich habe mir wahrscheinlich nur eingebildet, dass es da Möglichkeiten geben könnte. Aber er braucht mich nur als Catsitterin. Seit ich diese – mhm – ziemlich blöde Mail geschrieben habe, hat er sich nicht mehr gemeldet. Eigentlich verständlich.« Nach einer Pause fuhr sie fort: »Es ist vielleicht besser so. Mit Matthias konnte ich auch nicht zusammenleben. Ihm war ich ebenfalls zu hart. Es macht mich nur so traurig, weil ich mich der Illusion hingegeben habe, dass ich ihm so gefalle, wie ich bin. Und weißt du, was mich auch traurig macht, ist, dass ich Nina wieder zurückgeben muss.«

»Könnte es nicht sein, dass es alles nur ein Missverständnis ist. Ich meine, vielleicht hat er die Mail geschrieben, als er schlechte Laune hatte, oder so? Wahrscheinlich tut es ihm jetzt schon wieder leid.«

»Dann hätte er sich doch noch mal melden können.«

»Ich weiß nicht, sind die Verbindungen nach China eigentlich stabil? Manches kann auch irgendwo im Datenorkus verschüttet werden.« Dann schlug Bärbel sich plötzlich die Hand vor den Mund. »Wo, sagtest du, hält er sich auf?«

»In China, in der Provinz Jiangsu, dort sind mehrere Minen zu betreuen. Wo genau er ist, weiß ich nicht.«

»Und die Nachrichten hast du in der letzten Zeit auch nicht verfolgt?«

»Was? Doch, natürlich. Nein, nicht so sorgfältig? Warum?«

»Weil es wieder einmal ein Unglück in einem chinesischen Kohlebergwerk gegeben hat. Hunderte von Arbeitern sind verschüttet worden.«

Elektrisiert sprang Anne auf. »Wann, wo?«

»Kann ich dir auch nicht genau sagen. Lass uns nachsehen.«

Sie fanden im Internet recht schnell die richtigen Hinweise, und Anne musste sich mit einer Hand auf den revoltierenden Magen drücken.

»O Gott, Bärbel, warum schreiben die so wenig? Mitarbeiter internationaler Firmen verletzt, versuchen zu retten, Mist …«

»Pscht, Anne. Es ist ja nicht gesagt, dass er sich gerade dort aufhält.«

»Er hat von einer Mine geschrieben, in der es große Sicherheitsprobleme gab«, meinte sie erstickt. »Und das wirft ein ganz anderes Licht auf seine Formulierung, seine derzeitige Situation ließe eine ausführliche Antwort auf mein Gejammer wegen Staubinger nicht zu.«

»Malst du das jetzt nicht zu düster, Anne? Was, wenn er einfach nur furchtbar eingespannt ist. Da laufen doch bestimmt etliche Rettungsaktionen. Er wird überhaupt keine Zeit haben, sich um Privates zu kümmern.«

»Nein, sicher nicht«, antwortete Anne fahrig. »Wenn ich nur nicht so eine hässliche Antwort auf seine kurze Nachricht geschrieben hätte. Ich habe ihn völlig falsch verstanden.«

»Setz dich hin und schreib eine kurze Entschuldigung und bitte ihn, dir ein Lebenszeichen zu schicken, weil du dir Sorgen um ihn machst.«

Anne nickte und rief das Mailprogramm auf. Die wenigen Zeilen waren schnell getippt, dann nahmen sie ihren Weg nach China.

Hoffentlich.

»Hör auf, dir so viele Gedanken zu machen, Anne. Das wird schon wieder gut.«

»Ach, Bärbel. Es ist lieb, dass du mich trösten willst.«

»Hab einfach weiter Hoffnung, Anne! Das hast du mir doch auch immer gesagt.«

Ein klägliches Lächeln stahl sich über Annes Gesicht, und mit einem leisen Ton der Selbstironie erwiderte sie: »Die Retourkutschen habe ich jetzt wohl verdient. Komm, wir räumen den Tisch ab.«

Gemeinsam stellten sie die Teller, Schüsseln und Tassen zusammen und trugen sie in die Küche. Das Schlachtfeld sah schlimm aus.

»Ich helfe dir abwaschen!« Energisch griff Bärbel zu, und bald darauf stapelten sich Geschirr und Töpfe sauber auf dem Küchenschrank.

»Wo sind eigentlich die Katzen?«, wollte sie plötzlich wissen.

»Sie werden wohl ihren Verdauungsschlaf halten. Hast du in der Hektik des Aufräumens versehentlich die Butter weggeworfen?« Anne hielt das leere Butterdöschen in der Hand.
»Nein, wieso?«
»Das war doch vorhin noch fast ganz voll. So viel habe ich doch gar nicht …?«
Ein würgendes Geräusch ließ sie herumfahren. Der Anblick, der sich ihnen bot, war grotesk.

»Es ist ganz hervorragend, einen großzügigen Menschen zu haben, aber dennoch sollten wir immer darauf achten, unsere natürlichen Grenzen der Futteraufnahme einzuhalten«, hatte Nina Junior vor einiger Zeit gewarnt. »Und du solltest nicht so viel durcheinander fressen, davon kann dir ganz furchtbar schlecht werden.«
Heute hatte er viel durcheinander gefuttert. Aber schlecht geworden war ihm davon nicht. Nein, schlecht geworden war ihm von etwas ganz anderem. Und das war nicht seine Schuld. Das hatte Junior der vorwurfsvoll schimpfenden Nina auch gesagt. Es war einfach die Macht des Schicksals, nicht wahr?
Musste Anne denn das halbe Pfund Butter offen auf dem Küchenschrank stehen lassen?
Musste sie das wirklich, wohl wissend, dass sein ganzer Ehrgeiz darin bestand, in einem Satz die Höhe von siebzig Zentimetern zu erreichen?
Musste sie das genau an dem Tag, als es ihm zum ersten Mal gelang?
Und musste sie ihn dann auslachen, als er vom oberen Regalbrett aus sein Innerstes nach außen kehrte und wie ein kleiner Wasserspeier wieder alles von sich gab?
Betrübt überlegte er, dass sie wohl musste.

25. Wache

Fleuri beobachtete den Mann. Er kam ihr komisch vor. Vor sich hin murmelnd und gestikulierend ging er in der Dunkelheit zum Versammlungsplatz. Wenn nur dieses dämliche Glöckchen nicht wäre!

Bimmel, bimmel, bimmel.

Hoffentlich war der Typ so mit sich selbst beschäftigt, dass er darauf nicht hörte. Jetzt hatte er den Platz erreicht und bog in den Wald ab. Hier endete eigentlich Fleuris Revier, aber die Ablösung war noch nicht gekommen, also musste sie wohl oder übel weiter. Obwohl vereinbart war, dass bis zur nächsten Versammlung die Grenzstreitigkeiten zurückgestellt werden sollten, betrat sie Tims und Tammys Revier nur sehr ungern.

Jetzt blieb der Mann da stehen und wühlte mit dem Fuß im Laub am Boden. Schemenhaft tauchte neben Fleuri der weiße Tim auf.

»Huch, hast du mich erschreckt«, entfuhr es Fleuri.

»Du mich nicht, Bimmelbammel.«

»Ach, nerv mich nicht. Das Geklingel geht mir auch auf den Geist.«

»Schon gut, jetzt schwirr ab, ich bleibe ihm auf den Fersen.«

Ohne Gruß wandte sich Fleuri zum Gehen. Notwendige Zusammenarbeit brachte nicht notwendigerweise Höflichkeit mit sich.

Auf dem Rückweg traf sie Diti. Zu ihr hatte sie ein etwas besseres Verhältnis, obwohl beide sich gewöhnlich mit hochmütiger Nichtachtung straften. Fleuri fand Diti zu anmaßend wegen ihrer Siam-Herkunft – die war schließlich ziemlich zweifelhaft, nicht wahr? –, und Diti fand Fleuri zu eingebildet auf ihr wuscheliges weißes Fell – das konnte die doch gar nicht alleine pflegen, oder?

Aber heute waren beide in Gesprächslaune.

»Grüßß dich, Fleuri. Rundgang beendet?«

»Ich grüße dich auch, meine Liebe. Ja, ich bin auf dem Heimweg.«

Sie setzte sich dennoch an den Wegesrand, und Diti ließ sich neben ihr nieder.

»Gab eß etwaß Beßondereß unterwegß?«

»Nicht viel. Der Mann ist wieder zum Platz hochgegangen. Und dann in den Wald. Da hat Tim dann übernommen.«

»Intereßßant. Er geht faßt jeden Tag da hoch. Wir ßollten daß beßßer überprüfen.«

»Das ist Tims und Tammys Runde. Ich rede nicht gerne mit denen. Die sind so ungehobelt. Und als Kätzin muss man da immer aufpassen. Vor allem, wenn die Gefühle kommen.«

»Na, die Kleinen wären doch niedlich. Weißßes Wußßelfell mit ßßwarzer ßßnauße. ßßßüüßßßß.«

Diti warf ein angedeutetes Küsschen in die Luft.

»Diti, halt an dich!« Fleuri funkelte die andere zornig an.

»Ißt ja ßßon gut. War nur ein ßpaß. Ich werde Hommi ßagen, daßß er Tim mal außfragen ßoll, waß da oben weiter paßßiert.«

»Ah, das ist eine gute Idee. Aber er soll vernünftige Sätze bilden, sonst bekommt er wieder eine gescheuert.«

»Dafür kann ich nicht garantieren. ßßließlich ißt mein Bruder ein Dichter«, erklärte Diti ein bisschen arrogant.

»Es wäre gut für ihn, wenn er auch ein Denker wäre«, konterte Fleuri. Sie erhob sich und verabschiedete sich kühl von Diti.

»Dußßelige Kuh!«, murmelte Diti hinter ihr her. Sie beauftragte dennoch ihren Bruder, herauszufinden, was im Wald geschah.

Am nächsten Tag wusste sie mehr. Wie es aussah, ging dieser Mann jeden Tag dort oben spazieren. Einzig sein Verhalten, wenn andere Menschen vorbeikamen, war eigenartig. Sowie er

Stimmen oder Schritte hörte, versteckte er sich im Unterholz. Nur einmal war er aufgetaucht und war ein paar Meter hinter einer Spaziergängerin mit Hund hinterhergegangen. Aber der Hund hatte ihn bemerkt und geknurrt. Da war er schnell wieder verschwunden. Seltsam! Er blieb auch immer auf demselben Weg, meinten Tim und Tammy, so weit sie das beurteilen konnten. Es war die Runde, die Anne und Bärbel häufig liefen. Na ja, Bärbel jetzt nicht mehr, aber Anne war schon noch manchmal unterwegs. Allerdings in der letzten Zeit nur noch bei Tageslicht.

Diti und Hommi beschlossen, Nina und Junior davon zu berichten, damit sie nötigenfalls eingreifen konnten. Die Gelegenheit ergab sich am nächsten Tag, als sich alle vier an Annes Auto trafen.

»Wie geht'ß euch?«, grüßte Diti die beiden, die eben aus dem Haus kamen.

»Oh, super, wir hatten gestern Abend ein prima Futter, und mir war hinterher höllisch schlecht.«

»Daßß ißt mal eine Qualitätßaußßage«, bestätigte Diti ernsthaft.

Nina räumte ein, dass der vorherige Abend in der Tat ein sehr angenehmer war.

»Anne teilt ihre Beute sehr verschwenderisch, das muss man schon sagen. Darum war es auch nicht unbedingt nötig, dass Junior anschließend die Butter aufgeleckt hat.«

Junior vermittelte nicht den Eindruck, als sei von ihm die Rede. Er sortierte seinen Schwanz und sah wie beiläufig einem fallenden Blättchen nach.

»Du ßollteßt auf Anne aufpaßßen. Wir meinen, ßie darf nicht mehr alleine durch den Wald laufen. Hommi hat mit Tim geßprochen.«

»Da stellst du uns eine fast unmögliche Aufgabe. Das habe ich schon bei Christian versucht. Wenn sich die Menschen in den Kopf setzen, sie müssten sich bewegen, dann hält sie nichts mehr.«

»Daßß ißt nicht ganß wahr. Unßere Elißa versucht, möglichßt jede Bewegung ßu vermeiden.«

»Und wie machst du das?«

»Kann ich doch nichtß dran drehen.«

»Siehst du. Umgekehrt ist das genauso.«

»Na gut, dann werden wir eben hinter ihr herlaufen, wenn ßie wieder mal lostrabt. Aber dass müßßen wir in ßtaffeln machen, wir halten daßß Tempo nicht durch, auf die ßtrecke.«

»Das scheint die einzige Möglichkeit zu sein«, stimmte Nina zu.

»Gut, wir organißieren daß, wenn ßie wieder loßlegt. Gib Beßßeid, ja?«

»Danke, das ist sehr nett von euch. Aber jetzt wollen Junior und ich uns etwas die Pfoten vertreten. Vielleicht gehen wir auch mal hoch zum Weg.«

Junior sah sie ablehnend an.

»Muss das sein?«

Diti kicherte, als sie seinen abweisenden Gesichtsausdruck sah.

»Die ßtelle ßteht wohl bei dir in ßßlechtem Geruch?«

»Grrrrrr!«

»Junior!« Spielerisch drohend zeigte ihm Nina die Kralle.

»Ich gehe dann auch mal, Hommi hat heute die Talrunde übernommen.«

»Ganz alleine?«

»ßicher, er ist letßhin richtig unternehmungßlußtig.«

»Pass auf, dass er nicht ein richtiger Stromer wird«, warnte Nina mit einem Grinsen.

Beleidigt stand Hommi auf und machte das erste Mal in dieser Unterhaltung den Mund auf:

>»Ich streife durch den Wald wie alle
> und schärf mir ordentlich die Kralle.
> Sagt also nicht, ich sei ein Stromer,
> denn schließlich nennen sie mich Homer!«

»Oh, oh!«

Nina, Diti und Junior drehten sich hastig um und gingen auseinander.

Annes Arbeitstag war diesmal erst um sieben Uhr abends beendet. Sie holte tief Luft, als sie über den Parkplatz zum Auto ging. Den ganzen Tag hatte sie in diesem überheizten Besprechungszimmer verbringen müssen, und durch die Klimaanlage waren bestimmt eine Myriade Bakterien geschleudert worden. Ihre Augen brannten, und sie hatte das Gefühl, dass sich eine Erkältung heranschlich. Außerdem kreisten ihre Gedanken ständig um Christian. Er hatte, wie sie es schon fast erwartet hatte, nicht geantwortet. Ihre Versuche, mehr Informationen über das Grubenunglück zu bekommen, waren auch gescheitert. Kurz hatte sie erwogen, bei seiner Firma anzurufen, aber dann hatte sie gezögert. Was, wenn er eben doch lediglich wütend auf sie war und deswegen nicht antwortete? Um ihre Gedanken vom Karussellfahren abzulenken, beschloss sie auf der Heimfahrt, am Abend trotz Kälte und Dunkelheit noch eine Runde zu laufen, um sich ordentlich durchpusten zu lassen. Erfahrungsgemäß half ihr das bei einem drohenden Schnupfen. Zwar bestand noch immer die Möglichkeit, dass der Mann, der Bärbel überfallen hatte, sich irgendwo in der Gegend herumtrieb, aber eigentlich glaubte sie das nicht so recht. Bei dieser feuchtkalten Witterung blieben hoffentlich auch Sittenstrolche im Haus.

Als sie ins Haus ging, traf sie Bärbel im Flur, die fröhlich pfeifend das gemeinsame Treppenhaus putzte.

»Die fleißige Hausfrau!«, kommentierte Anne das feuchte Vergnügen.

Die Bemerkung stieß auf taube Ohren. Anne stieß den Wischlappen mit den Fuß an.

»Hä?«

Bärbel guckte überrascht hoch. Sie hatte einen Knopf im Ohr und die Musik ziemlich laut gedreht. Heftig gestikulierend deutete Anne ihr an, den Krawall vom Kopf zu ziehen.

»Hallo, Bärbel! Schmutzwetter, nicht?«

»Hallo, Anne! Könntest du deinen Katzen nicht mal angewöhnen, sich die Pfoten abzuputzen, wenn sie draußen aus dem Schlamm kommen?«

»Du stellst Ansprüche!«

»Schon gut. Wie geht's?«

»Ach, meine Nase ist verstopft, und mein Kopf fühlt sich an wie mit Watte gefüllt.«

»Du hast dich erkältet!«

»Vielleicht bin ich auch nur allergisch gegen zu warme Büroräume und trockene Luft. Ich werde jetzt mal ein paar Kilometer laufen!«

»Bist du wahnsinnig? Im Dunklen, wo doch der Typ sich noch da draußen herumtreibt?«

»Ach was, das glaube ich nicht. Ich brauche einfach etwas frische Luft.«

»Ich finde das aber trotzdem ziemlich leichtsinnig.«

»Na gut, wenn ich in einer Stunde nicht zurück bin, kannst du ja die Polizei verständigen«, spöttelte Anne und schloss ihre Wohnungstür auf.

»Bis später«, verabschiedete sie sich von Bärbel, die sich schulterzuckend wieder den Knopf ins Ohr drückte.

Nina und Junior empfingen sie maunzend und strichen ihr um die Beine.

»Kommt, Futterzeit!«

Mit der Drehung in Richtung Küche schossen die beiden los und saßen schon erwartungsvoll zu ihr aufblickend am Futterplatz, als Anne den Raum betrat. Sie füllte also gehorsam die zwei Teller mit gerecht verteilten Portionen und stellte sie den beiden Katzen hin.

»Guten Appetit, ihr Süßen. Ich ziehe mich jetzt um und laufe noch eine Stunde.«

Mit diesen Worten verschwand sie im Schlafzimmer.

»Das darf die nicht«, meinte Nina mit Angst in den Augen. »Komm, Junior, wir müssen sie daran hindern!«

Die beiden Katzen ließen ihre Teller Teller sein und eilten hinter Anne her. Gerade wollte sie in die knallrote Trainingshose steigen, als Nina ihre Krallen in das Hosenbein schlug.

»Hey, Nina, was soll denn das? Ich habe jetzt keine Lust zum Spielen!«

Anne versuchte, die Krallen aus dem Stoff zu ziehen, aber Nina wehrte sich. Halb angezogen setzte sie sich auf die Bettkante und redete begütigend auf die Katze ein.

»So lass mich doch die Hose anziehen, die hat dir doch gar nichts getan.«

Vorsichtig, weil sie ärgerliche Krallenhiebe erwartete, streichelte sie den cremeweißen Kopf der Faltohrkatze. Nina begann zu schnurren. Als Anne ihr dann noch die zierlich geknickten Ohren massierte, wurden die Geräusche des Wohlbefindens fast ekstatisch. Auf diesen Moment hatte sie gewartet. Mit einem heftigen Ruck zog sie das Kleidungsstück unter dem schlaff gewordenen Tatzengriff weg und schlüpfte in die Hosenbeine. So!

Nina war sofort wieder ernüchtert und erkannte, dass sie überrumpelt worden war. Aber da waren ja noch die Socken. Mit einem Sprung war sie auf dem Ballen gelandet, den die eingerollten Baumwollsocken bildeten.

»Du spinnst, meine Liebe. Du bist schon genau so hysterisch wie Bärbel. Nur gut, dass das nicht meine einzigen Socken sind.«

Ein bisschen ungehalten fischte Anne ein weiteres Paar aus der Schublade und zog sie sich über. Nina sah ein, dass sie verloren hatte. Jetzt blieben nur noch die Schuhe.

Als Anne in die Garderobe ging, stellte sie fest, dass Junior der Länge nach über den Laufschuhen lag.

»Jetzt du auch noch! Runter da, oder ich werde böse!«

Anne hob den Kleinen hoch und mit ihm den rechten Schuh.

»Junior, es langt!«, fauchte sie ihn an, aber der kleine Kater blieb hartnäckig. »Lass den Schuh sofort los, oder ich dusche dich!«

Sie schüttelte ihn leicht, und er maunzte jämmerlich. Sie schüttelte fester, und er maunzte jämmerlicher. Aber schließlich war der Schuh zu schwer, als das er ihn weiter in den Krallen halten konnte. Mit Gepolter fiel er zu Boden.

Anne trug Junior in die Küche und setzte ihn vor seinen Futternapf. Dann ging sie zurück und fand Nina, die den anderen Schuh mit den Zähnen festhielt und versuchte, ihn mit den Vorderpfoten wegzuzerren. Der Anblick war grotesk, und Anne meinte lächelnd: »Nina, du bist doch kein Löwe, der ein erlegtes Tier nach Hause schleift. Ihr beiden seid heute regelrecht größenwahnsinnig.«

Sie griff sich den Joggingschuh und zog ihn mit einem heftigen Ruck zu sich. Dann schnappte sie die kreischende und fauchende Nina, öffnete die Wohnungstür und setzte sie auf die frischgeputzte Treppe. Endlich kam sie dazu, sich fertig anzuziehen.

Als sie die Tür wieder öffnete, sauste Junior an ihr vorbei. Beide Katzen standen oben an der Haustür und begehrten Auslass.

»Okay, ich habe euch beleidigt, also, dann zischt mal ab.«

26. Scharfe Krallen

Nina und Junior rasten in unterschiedliche Richtungen davon. Junior sauste über die Wiese zum Versammlungsplatz, um dort auf Anne zu warten. Nina flitzte um die Häuserecke, dass die Schlappohren im Wind flatterten. Sie suchte Diti. Ihr Zeitgefühl sagte ihr, dass die Katze auf ihrer Runde etwa vor Jakobs Haus sein müsste. Aber da war sie nicht. Stattdessen saß Fleuri auf dem Eckposten des Gartentores und putzte sich.

»Grüß dich, Fleuri«, rief sie einigermaßen außer Atem. »Hast du Diti gesehen?«

Fleuri unterbrach unwillig das schwierige Geschäft des Bauchputzens und musterte Nina gelangweilt.

»Sie wird auf ihrer Tour sein, denke ich.«

»Ja, aber dann sollte sie jetzt hier sein.«

»Nö, wir haben heute Abend umorganisiert. Bei Eliza gab's wohl Probleme.«

»Warum sagt mir denn keiner was? Fleuri, die Sache ist ernst! Anne ist eben zum Joggen in den Wald aufgebrochen. Weißt du, ob der Mensch wieder unterwegs ist.«

»Tut mir leid, da musst du auf Henry oder Hommi warten, die sind heute seine Aufpasser.«

»Himmel, bist du ungefällig, Fleuri.«

»Und du übertreibst deine Mutterliebe mal wieder!«, rief Fleuri ihr hinterher.

Zornig wandte sich Nina ab und versuchte die Witterung von den Genannten aufzunehmen. Richtig, Homer war hier gewesen. Sie folgte dem schwachen Geruch.

Anne hatte mit gutem Tempo begonnen. Sie lief einen asphaltierten Feldweg zwischen Weiden hindurch, der leicht bergauf ging. Da der Weg auch zu einem Grillplatz im Wald führte, standen in größeren Abständen Straßenlaternen am Rand. Nach den ersten fünf Minuten merkte sie zu ihrer Freude, dass die Nase freier wurde und sich die Wolken in ihrem Kopf allmählich lichteten. Sie hatte sich vorgenommen, die große Runde zu laufen, die etwa acht Kilometer ausmachte. Der größte Teil davon führte entlang der viel frequentierten Spazier- und Wanderwege, die im Normalfall auch abends noch von den unermüdlichen Joggern aufgesucht wurden. An diesem Abend aber war es menschenleer, noch nicht einmal die Hundebesitzer hatten sich auf einen Spaziergang aufgemacht. Also trabte sie alleine durch die Dezembernacht.

Junior hatte die Abkürzung genommen und saß jetzt mit bebenden Flanken in der Nähe des Versammlungsplatzes. Er schnüffelte. Da war ein Geruch, der ihm bekannt vorkam und der ihm Angst machte. Aber sosehr er sich auch anstrengte, er sah und hörte nichts Verdächtiges. Er hoffte, dass einer der anderen in den nächsten Minuten hier auftauchen würde. Auch wenn er mit Tim und Tammy nicht die besten Erfahrungen gemacht hatte, hoffte er heute sogar inständig, dass sie es seien. Aber nichts tat sich. Weiter unten hörte er schon leise das Trapp-Trapp von Annes Schuhen auf dem Asphalt. Sein ganzer Körper war voller Spannung, die Sinne aufs Äußerste geschärft. Er sog noch einmal die Luft ein und prüfte die Gerüche. Filterte alles heraus, was nicht von Interesse war, Waldboden, Mäusenester, Tannenzapfen, alte Kuhfladen, Wildwechsel großer Tiere, vergangene Katzentreffen. Was übrig blieb, war der Geruch, der Angst machte, und dass Hommi hier in der Nähe war. Gut so. Das war wenigstens etwas. Doch wo war Hommi? Junior lauschte. Annes Schritte kamen näher, aber da raschelte noch etwas. Die leisen Pfoten einer Katze knisterten auf den trockenen Tannennadeln im Unterholz. Das war das eine. Das andere war plötzlich das Geräusch schweren, menschlichen Atmens.

Nina folgte der Duftspur. Sie war so konzentriert, dass sie gar nicht merkte, dass eine andere Katze plötzlich neben ihr auftauchte.

»ßuchßt du mich?«

»Himmel, hast du mich erschreckt, Diti. Ja, natürlich suche ich dich. Anne ist in den Wald gelaufen, und aus der dusseligen Fleuri war nichts Vernünftiges herauszubekommen. Was ist bloß mit der los?«

»Ach, die ißt eingeßßnappt, weil Hommi ein Gedicht auf ßie gemacht hat.«

»Wir müssen so schnell wie möglich zum Platz hoch! Ist dein Bruder jetzt da?«

»ßicher. Er hat heute die Runde da oben übernommen.«

»Ist denn auf ihn Verlass? Ich meine, er ist doch immer so gedankenversunken.«

»Du brauchßt dich nicht ßo vornehm außzudrücken. Ich weißß, er ißt manchmal ein rechter Trottel. Vor allem, wenn er wieder an ßeinem Werk arbeitet. Aber im Moment geht'ß.«

Inzwischen hatten auch sie den Friedhof am Waldrand überquert und den geschotterten Wanderweg erreicht. Der schnelle Lauf hatte sie Kräfte gekostet. Für einen kurzen Sprint waren sie hervorragend ausgerüstet und trainiert. Ausdauer ist jedoch nicht die große Katzenstärke. Sie blieben sitzen und versuchten ihren Atem wieder unter Kontrolle zu bekommen. Nach einer Minute fing Diti an zu flehmen.

»Da riecht doch waß.«

Nina zog die Oberlippe hoch und schmeckte die Luft.

»Mensch!«

Sie lauschten.

»Ich höre Hommi. Von linkß!«

»Und Tim und Tammy, von rechts.«

»Daß ißt gut. Kannßt du ßßon wieder?«

»Ja, los!«
Die beiden Kätzinnen sprangen in Richtung Wald.

Anne hatte jetzt den Waldrand erreicht. Hier ging der Wegbelag in Schotter über, ihre Schritte knirschten auf den Steinen. Sie lief nicht gerne auf Schotter, weil sie immer ein wenig Angst hatte, auf den rollenden Steinchen auszurutschen. Nach wenigen Metern würde sie aber in den Wald abbiegen, wo auf dem Wanderweg schöner schwingender Nadelboden war. In guter Kondition und mit federnden, langen Schritten legte sie Meter um Meter zurück. Hier im Wald wurde es dunkler, denn die Laternen hatte sie schon weit hinter sich gelassen. Regenschwere Wolken verhingen den Himmel, so dass auch das Licht des Mondes ihren Pfad nicht beleuchtete. Doch noch reichte der durch die entlaubten Bäume fallende Schein der Lichter des Dorfes aus, den Weg zu finden.

Eigentlich hatte Bärbel recht, ich hätte nicht laufen sollen. Es ist heute so einsam hier, dachte sie. Umkehren wollte sie jedoch nun auch nicht mehr. Der Weg zurück war ebenso unsicher wie die Strecke, die sie noch vor sich hatte. Es wurde vielleicht sogar sicherer, denn die beiden letzten Kilometer würden an den Häusern vorbeiführen. Immerhin schenkte sie ihrer Umgebung eine gesteigerte Aufmerksamkeit.

»Hey, Tammy, der komische Typ ist wieder da. Siehste ihn?«
»Klar, vor allem rieche ich ihn. Was drückt der sich denn da so hinter die Eiche?«
»Bleiben wir einfach mal hier sitzen.«
Die beiden weißen Kater mit den schwarzen Flecken kauerten sich regungslos hin und behielten den dunkelgekleideten Mann im Blick, der lauschend an dem Baum lehnte. Tammys Ohren drehten sich vor und zurück.
»Da läuft wer!«
»Da hinten kommt Hommi.«
»Nich der schon wieder!«

Plötzlich raschelte das Laub neben ihnen, und Junior kam japsend zum Stillstand.

»Der jetzt auch noch. Heute Abend is ja die Hölle los!«

Junior atmete stoßweise und fiel dann abgekämpft neben Tim nieder.

»Anne, hha, hha, hhhha, Anne kommt!«

»Oje, das sieht nich gut aus. Jetzt hat der Typ die Schritte auch gehört. Komisch, was macht der da mit seinem Gesicht?«

»Hey, da kommt Hommi!«

Der Siamkater trabte in gemächlichem Tempo den Weg entlang.

»Psst, Hommi, hierher und kein Wort!«

Homer spitzte die Ohren und drehte sich zu der Stelle, von wo er gerufen wurde. Mit zwei Sätzen war er bei Tim, und in dem Augenblick sahen sie Anne um die Biegung kommen.

Himmel, hoffentlich ist das wirklich kein Wetter für Sittenstrolche, dachte Anne, als sie in die Dunkelheit des Nadelwaldes einbog. Na, noch fünfhundert Meter, dann wird es wieder heller, tröstete sie sich dann.

In dem Moment sah sie den Mann.

Er war wie aus dem Nichts aufgetaucht. Sie bremste unwillkürlich ihren Lauf. Er kam auf sie zu. Entsetzt sah sie in sein Gesicht. Eine Strumpfmaske entstellte seine Züge. Die Sekunde des Grauens nahm ihr die Möglichkeit, sofort zu reagieren. Er griff nach ihr. Sie spürte seinen harten Griff an der Kehle, und in diesem Moment setzte ihre antrainierte Reaktion ein. Mit voller Wucht trat sie ihm gegen das Schienbein und wand sich aus dem Würgegriff. Doch der Mann schien wie besessen. Der Schmerz hatte ihn zwar den Griff lockern lassen, aber er wollte sein Opfer haben. Mit ausgestreckten Armen kam er wieder auf sie zu. Ihr Fuß traf ihn diesmal zwischen den Beinen. Der Mann grunzte vor Schmerz auf, aber der Mantel hatte die Wucht des Trittes gemindert. Mit einem gewaltigen Schrei schoss Annes angespannte Hand zum Fingerstich gegen seinen Hals vor, aber er wischte ihren Arm beiseite.

Ich habe es mit einem Irren zu tun! Der merkt gar nichts mehr! schoss es ihr durch den Kopf, als sie strauchelte. Sie fiel nach hinten auf den weichen Waldboden. Schon war der Mann über ihr. Blitzschnell drehte sie sich auf die Seite und trat zu. Der Mann geriet ins Stolpern. Das gab ihr diese winzige Gelegenheit aufzustehen. Doch schon stürzte er wieder auf sie zu. Sie wich aus und wäre beinahe noch mal gefallen. Diesmal über ein helles, fauchendes Knäuel am Boden.

»Auch kleine Katzen haben Krallen«, flüsterte es in einem fernen Winkel ihres Bewusstseins. Noch bevor sie den Gedanken ganz begriffen hatte, packte sie das Tier am Genick und Hinterleib und warf.

Kreischend, spuckend, fauchend, die ausgestreckten Krallen voraus, flog das pelzige Geschoß in das Gesicht des Angreifers. Annes Ferse schlug im selben Augenblick auf seinem Brustkorb auf. Hier war keine Zurückhaltung mehr gefordert. Es war einer dieser Tritte, mit denen auch dicke Bretter zu Bruch gingen. Mit einem Satz sprang sie über den am Boden liegenden Mann hinweg und rannte los.

Die letzten zwei Kilometer bewältigte sie in Rekordzeit. Sie hatte nur einen Gedanken: Weg von hier!

Im Schutz der Häuser wurde sie allmählich langsamer. Als sie das Haus erreichte, hatte sich ihr Atem schon fast wieder normalisiert.

»Nein, ich bin keine Heldin, ich bin nicht cool und gelassen geblieben. Ich habe nicht mal seine Taschen durchsucht, ob er Papiere bei sich hatte. Ich bin auch nicht sicher, ob er nur hingefallen ist oder ob ich ihn k. o. geschlagen habe. Vielleicht habe ich ihn ja sogar umgebracht.«

Anne war so zitterig, dass sie den Schlüssel nicht ins Schloss bekam. Aber sie hatte sowieso keinen Stolz mehr zu verlieren, also klingelte sie Sturm bei Bärbel.

Als die Freundin ihr öffnete, warf sie nur einen Blick auf Anne und erkannte, was passiert war.

»O Gott, Anne! Komm rein.«

Hommi leckte sich das Blut von den Pfoten. Er wusste nicht, ob er wütend oder stolz sein sollte. Einerseits war er der Held des Abends, andererseits war es ausgesprochen demütigend gewesen, durch die Luft gewirbelt zu werden und einem Menschen die Krallen durch's Gesicht zu ziehen. Der Schwanz tat noch immer weh, sosehr Nina und Diti auch geleckt und gerichtet hatten.

Neben ihm saßen die anderen Mitglieder der Wache. Tim und Tammy diskutierten gerade fachkundig Annes Kampftechniken. Junior sah voller Bewunderung zu Hommi auf. Er war der Erste gewesen, der sich an den liegenden Mann herangetraut hatte.

»Den hast du ganz schön zerlegt. Der kann seine Nase vergessen und vielleicht auch ein Auge.«

Nina fragte interessiert: »Ist er tot?«

»Nee, er schnauft noch. Anne hat ihn aber ganz schön platt gemacht.«

»Trotzdem, wir sollten von hier verschwinden. Wer weiß, was er macht, wenn er aufwacht.«

In diesem Moment kam der Mann wieder zu sich und stöhnte schmerzgepeinigt auf. Wie ein paar flüchtige Schatten verschwanden die sechs Katzen im Dunkel.

Die Nacht war lang für Bärbel und Anne. Diesmal hatte auch Bärbel eingesehen, dass die Polizei verständigt werden musste. Trotz allem war Anne froh, als sie erfuhr, dass der Mann von der Stelle verschwunden war, wo sie ihn niedergeschlagen hatte. Wer immer es gewesen war, die Angaben, die sie machen konnte, waren nicht präziser als die, die Bärbel in Erinnerung hatte. Sie würden zu keinem eindeutigen Ergebnis führen. So blieb es bei einer Anzeige gegen einen Unbekannten.

»Aber mit einer Katze zu werfen – mein Gott, deine Geistesgegenwart möchte ich haben.« Bärbel schüttelte den Kopf.

»Ich weiß auch nicht, was mich da überkam. Es schien mir in dem Moment das Sinnvollste. Himmel, wenn ich mir das überlege ... wenn dir so eine wütende Katze ins Gesicht fliegt ...« Bei der Vorstellung verkrampfte sich Annes Magen.

»Woher kam die Katze überhaupt? Hast du sie erkannt?«

»Nein. Ich weiß nicht. Sie war hell ... Wo ist Nina?«

Das war dann der Augenblick, als Anne gänzlich die Kontrolle über sich verlor und in heller Panik nach draußen laufen wollte. Bärbel hatte alle Hände voll damit zu tun, sie zu beruhigen. Doch diese Nacht schliefen beide nicht, sondern saßen mal redend, mal schweigend beieinander.

Schließlich kam Nina irgendwann in den frühen Morgenstunden mit Junior heim, und alle zusammen zogen sich in ihre jeweiligen Schlafecken zurück.

Am folgenden Tag ließ Anne sich von ihrer Hausärztin untersuchen und wurde von ihr angewiesen, sich ein paar Tage Ruhe zu gönnen.

»Nach einem Wettkampf habe ich schon schlimmer ausgesehen, nicht wahr?«

»Ja, äußerlich schon. Aber so ein Überfall geht auch an die Seele. Suchen Sie sich eine schöne Beschäftigung, die sie ablenkt, aber nicht anstrengt, und kommen Sie nächste Woche noch mal vorbei. Sie haben doch bestimmt jemand, der sich um sie kümmert?«, erkundigte sich die Ärztin mitfühlend. »Es wäre ganz gut, wenn Sie sich jetzt etwas verwöhnen ließen.«

Als Anne die Praxis verließ, murmelte sie ein von Herzen kommendes »Scheiße!« und trat völlig undamenhaft gegen einen Mülleimer.

In der Nacht träumte Anne wirres Zeug und wurde durch ein kräftiges Rütteln an ihrer Schulter geweckt.

»Ist ja gut, Anne. Du träumst ja wohl ziemlich eklige Sachen, was?«

Anne rieb ihre verklebten Augen und sah Bärbel an. »Wie spät ist es denn?«

»Fast Mittag. Ich habe schon mal die Einkäufe erledigt und ein bisschen aufgeräumt. Du hast so tief geschlafen, da wollte ich dich nicht wecken.«

»Du liebe Zeit! Ich schlage mich hier im Schlaf mit meinen Schuldgefühlen herum, und du spielst die Haushälterin.«

Mit einem Satz war Anne aus dem Bett und wollte ins Badezimmer gehen.

»Moment! Es wird dich vielleicht interessieren, dass vor etwa einer Stunde Christian angerufen hat.«

»Waaas?«

»Er fliegt am Zweiundzwanzigsten abends zurück.«

»Wie schön für ihn. Demnach ist ihm wohl nichts Ernsthaftes zugestoßen.«

»Dazu hat er nichts gesagt. Aber er hat gefragt, wie es dir geht. Ich habe ihm gesagt, das müsse er abwarten und selber sehen.«

»Nicht schlecht, Bärbel, nicht schlecht.«

Erleichtert setzte sich Anne auf den Bettrand und malte mit dem nackten Zeh Kreise in den Teppichboden. Bärbel musterte sie neugierig. Als sie hochsah, stahl sich ein leises Grinsen über ihr müdes Gesicht.

»Frag mich nicht, Bärbelchen. Ich weiß es selber noch nicht. Es wird sich zeigen, wenn er wieder hier ist.« Die Neugier hatte sie dennoch gepackt. »Erzähl mal ein bisschen genauer, was er gesagt hat.«

»Na ja, erst war er etwas verdutzt, dass ich mich hier gemeldet habe. Dann erinnerte er sich wohl daran, dass ich noch immer das Haus meiner Verwandten hüte. Er bat mich dann, mit dir sprechen zu können. Ich habe ihm gesagt, dass du noch schläfst und ich dich nicht stören wollte.«

»Mhm. Eigentlich hättest du das aber tun sollen!«

»Ja, aber – weißt du, du hast dir so viel Sorgen um ihn gemacht, und er hat sich nicht gemeldet. Da dachte ich, ein bisschen könnte ich ihn auf die Folter spannen. Er meinte erst, er habe sich in der Zeit verschätzt, aber ich bestätigte ihm, dass es kurz nach halb elf sei. Daraufhin wollte er wissen, wieso ich mich an deinem Telefon meldete, und warum du zu dieser Uhrzeit noch schliefst.«

»Sollte ihn das tatsächlich kümmern?«

»Hörte sich ganz so an. Er wollte wissen, ob du krank seist, aber ich habe ihm versichert, du seist nur ein bisschen mit den Nerven runter, weil du einen kleinen Unfall gehabt hättest.«

»Bärbel, du bist richtig fies!«

»Ich bin lernfähig.« Bärbel grinste Anne an. »Zum Schluss habe ich ihm gesagt, dass sich Nina bestimmt freuen wird, ihn wiederzusehen. Damit musste er sich zufriedengeben.«

»Na gut, wie es aussieht, haben wir beide uns gegenseitig nun einiges zu erklären.

Aber bevor Anne dazu weiter in Gedanken versinken konnte, brachte Bärbel sie wieder in die Gegenwart zurück.

»Übrigens, Junior hat nach dir gefragt. Ob du eventuell eine schöne Maus haben möchtest, er hat sie schon mal auf dem Sofa abgelegt.«

»Oje, lebt sie noch?«

»Eher nein, aber die Blutflecken gehen ein bisschen schwer raus.«

»Die Erde hat mich wieder. Ich gehe duschen!«

27. Klaßße Raßßegeflügel

Nina und Junior hatten nach dem ereignisreichen Abend alle Pfoten voll zu tun gehabt, sich um Anne zu kümmern. Als sie in den frühen Morgenstunden nach Hause kamen, saß sie zwar noch wach da, und Bärbel war bei ihr, aber den folgenden Tag hatte sie die Müdigkeit überwältigt. Anne war am Nachmittag zu Bett gegangen und in einen unruhigen Schlaf gefallen. Diesen Schlaf galt es zu bewachen. Abwechselnd oder manchmal auch zu zweit legten sie sich neben sie und schnurrten ihr beruhigend etwas vor. Wenn sie wach wurde, achteten sie darauf, dass ihre Hand ein Stück Pelz zum Anfassen fand. Wenn sie zu unruhig wurde, leckten sie mit ihren Kratzezungen ein Stückchen Haut, so dass sie aus den Tiefen der Träume ein wenig nach oben kam.

Fast vierzehn Stunden blieb Anne im Bett, aber am frühen Samstagmorgen hatte sie sich wohl genug erholt, dass sie wieder alleine für sich sorgen konnte.

Nina und Junior begaben sich auf ihren wohlverdienten Reviergang. Es war eisig kalt geworden, die Autos sahen aus wie glasiert. Einige vermummte Gestalten schabten und kratzten an ihren Fahrzeugen, und wenn sie losfuhren blieb eine weiße Nebelwolke minutenlang in der klaren Frostluft stehen.

Junior war fasziniert. Manche Spuren, die er ansonsten nur über den Geruch wahrnehmen konnte, waren heute deutlich am Boden zu erkennen, denn der gefrorene Tau hatte eine dünne weiße Kristallschicht auf den Boden gelegt.

»Was unternehmen wir heute, Nina?«

»Wir machen unseren Rundgang, was sonst?«

»Ach, ich würde so gerne noch was erleben!«, quengelte der Jungkater.

Nina lächelte ihn nachsichtig an. »Du hast Gefallen am Abenteuer gefunden, nicht wahr?«

»Ja, die letzten Tage waren richtig toll. Ich glaube, ich gewinne diesem regelmäßigen Leben nicht allzu viel ab.«

»Nun ja, das musst du bald für dich entscheiden. Allmählich bist du alt genug. Und leider auch ziemlich frühreif.«

»Warum leider?«

»Weil man dich auch aufgrund deines Alters beurteilt. Und da gehörst du noch zu denen, die viel zu lernen haben.«

»Also weiß ich schon alles?«, fragte er mit stolzgeschwellter Brust.

»Nicht alles«, dämpfte Nina sein Selbstbewusstsein. »Aber sicher mehr als andere deines Alters.«

»Dahinten sind Henry und die anderen!«, wechselte Junior plötzlich das Thema, als er der kätzischen Silhouetten ansichtig wurde. Er trabte los.

»Na, Junior, alles klar bei euch?«, erkundigte sich Henry bei der Begrüßung.

»O ja, prima. Anne ist wieder auf und kann Dosen öffnen. Was macht ihr heute?«, fragte er begierig in die Runde.

Diti schaute den unternehmungslustigen Gesellen an und meinte, die letzte Zeit habe doch wohl Aufregung genug geboten.

»Ein bißßchen Alltagßtrott kann unß jetßt ganß gut tun.«

»Richtig, vor allem ist bald Weihnachten, und da sind die Menschen sowieso völlig von den Socken.«

»Was ist Weihnachten?«, wollte Junior wissen.

»So ein komisches Fest mit viel Besuch und Essen.«

»Ja, und dann werden ßie immer ganß gefühlßßelig und machen Mußik, daß einem die Ohren klingen.«

»Die Kinder toben herum, und man muss tierisch aufpassen, dass sie einem keine Kerzen an den Schwanz binden.«

»Aber daß viele ßerknüllte Geßßenkpapier ißt klaßße!«

»Viel schöner wird Junior aber Silvester finden, wenn sie Knaller und Lichter am Himmel haben«, flocht Nina schmunzelnd ein.

Junior schaute mit leuchtenden Augen von einem zum anderen. Das versprach ja wirklich ein erlesenes Erlebnis zu werden. Viel Besuch und Essen bedeuteten sicher auch Unmengen von Müllbeuteln. Woww! Trotzdem blieb das Unterhaltungsprogramm für heute noch zu gestalten. Er suchte Verbündete.

Sein Held Hommi saß noch immer schweigend auf einem Stein und hatte die Augen halb geschlossen. Hin und wieder bewegte er vorsichtig, wie unter Schmerzen, seinen Schwanz.

»Na, Hommi, wie geht's dir denn? Hat sich dein Schwanz wieder erholt?«, fragte Junior ihn freundlich.

Homer schlug die Augen auf und sah zu ihm herunter. Er räusperte sich. Wie auf ein Kommando verstummten plötzlich alle anderen und sahen gebannt zu Ditis Bruder hin.

Der sprach:

> »Ich saß auf einem Steine
> und dachte an die Eine,
> die hat mich an mein' Schwanz gezogen,
> jetzt ist er krumm und ganz verbogen,
> und mir ist angst und bange.«

»Ey, stark, ey!«, kommentierte Junior.

»Walther von der Katzenweide«, flüsterte Henry der kichernden Nina ins schlappe Ohr.

»Da ßind Tim und Tammy!«, kündete Diti an, als sie sich von dem poetischen Anfall ihres Bruders wieder erholt hatte.

Und wirklich, kaum in der weißbereiften Landschaft zu erkennen, schlichen die beiden Kater herbei.

»Hey, Jungs und Mädels, habt ihr Lust auf 'n kleinen Spaß?«, platzte Tammy heraus.

»Klar!«, jubelte Junior.

»Vorlauter Winzling!«

Aber eigentlich klang das gar nicht böse. Henry, von Juniors Unternehmungsgeist angesteckt, fragte neugierig: »Was habt ihr denn zu bieten?«

»Bei uns auf'm Hof machen sie eine Rassegeflügelausstellung. Gestern hamse die ganzen Hühner in Käfigen in die Scheune gestellt, und heute Nachmittag gehen die Menschen hin und gucken sich die Viecher an. Anschließend hängen sie ihnen bunte Rosetten um.«

»Das ist doch langweilig!«

»Sicher, aber heute Vormittag sind keine Menschen in der Scheune nich, und wir können die Hühner mal so richtig aufmischen!«

»Raßßegeflügel? ßo richtig ßßön hyßterißßes Raßßegeflügel?« Selbst Diti bekam das Glitzern in die Augen. »ßauber!«

Außerordentlich animiert machten sich die sieben Katzen auf den Weg. Unterwegs trafen sie noch Fleuri, die ebenfalls interessiert war, und nahmen sie mit.

Tim und Tammy waren auf dem Hof zu Hause. Sie kannten die Scheune und ihre Zugänge. Auf leisen Sohlen schlichen sie voran, wiesen den anderen den Weg unter den Holzlatten des großen Eingangstores und schlüpften in das warme Innere.

Die große Scheune beherbergte ansonsten die großen landwirtschaftlichen Maschinen, die für die Dauer der Ausstellung in den Hof gestellt waren. Jetzt hatten die Mitglieder des Geflügelzuchtvereins ihre Produkte darin untergebracht. Rotlichtlampen wärmten schwarzgrünes und reinweißes Gefieder, bunte und geperlte Federkleider, Halskrausen, Hosenbeine, Bärte und Hauben. Pompöse Schwanzfedern, arrogante Halslappen, scharfe Schnäbel und fleischig-runzelige Kämme wurden in den Maschendrahtkäfigen zur Schau gestellt.

Es war still in dem Raum. Die Wärme, der milde, vertraute Vogelgeruch und das winterliche Dämmerlicht ließen die Hühner friedlich dösen. Sogar die gelbflauschigen Küken, die sich in einem am Boden aufgebauten hausförmigen Käfig aus dünnem Metallgeflecht unter der wärmenden Lampe zusammendrängten, gaben keinen Piepser von sich. Die Junghühner, in einem mannshohen Häuschen daneben, hockten blicklos auf einem Haufen.

»Hübsch hier«, meinte Henry beifällig, als er sich umsah.
Sein Blick fiel wie zufällig auf die Küken- und Jungvogelgehege.

»Ob man das wohl aufkriegt?«

Nina, die schon ganz andere Kunststücke fertiggebracht hatte, musterte das Türchen fachkundig.

»Das ist nur mit einem kleinen Hebel zugemacht. Das sollte klappen«, antwortete sie zuversichtlich.

Lautlos näherte sie sich dem Kükenkäfig. Das Hebelchen lag etwa in ihrer Nasenhöhe. Mit einer Pfote krallte sie sich in dem Maschengitter fest, mit der anderen drückte sie auf den Hebel. Das Türchen sprang reibungslos auf.

Die Küken waren unruhig geworden, als sie die Katze sahen, verließen aber den Wärmekreis der Lampe nicht. Anders gestaltete sich die Sache bei den Jungvögeln. Die fingen sofort an, hektisch umherzulaufen und schrille Laute auszustoßen. Darüber wachten auch die anderen Hühner aus ihrer Lethargie auf, und ein nervöses Gackern erfüllte die Luft. Als Junior sich auf einem der Käfige niederließ, der einen veritablen Hahn beheimatete, und neckisch seine Krallen durch das Gitter streckte, mischte sich auch noch ordinäres Krähen in die Geräuschkulisse.

Die Jungvögel hatten jetzt aufgeschreckt ihr Gehege verlassen. Sie wurden von den Katzen mit Begeisterung und fliegenden Federn durch den Raum gescheucht. Der Krach wurde ohrenbetäubend. Aber der Spaß war gewaltig. Aufgeregtes Flattern, Krähen, Kreischen und Gackern füllten die Luft, und selbst die Küken flohen in der Hektik aus ihrem warmen Lichtkreis.

Das konnte nicht unbemerkt bleiben. Plötzlich ging der Eingang im Scheunentor auf, und zwei Menschen kamen herein. Wie der Blitz hatten sich die Katzen unsichtbar gemacht. Henry, noch einen Kranz gelben Kükenflaums im Bart, Diti, Junior und Homer waren unter den stoffverkleideten Untergestellen der Käfige verschwunden, Tim und Tammy hatten eine dunkle Ecke gefunden, wo sie sich hinter einigen Kisten duckten, und Nina war mit Fleuri unter den Draperien des Jury-Tisches abgetaucht.

Die Menschen regten sich fürchterlich auf und sammelten schimpfend die herumirrenden Vögel ein.

»Diese verdammten Katzen«, fluchte einer der beiden, direkt vor Juniors Versteck. Die vier unter dem Käfig waren regungslos. Zum Glück kam der Mann nicht auf die Idee, unter die Verkleidung zu schauen, sondern pflichtete seinem Kollegen bei, dass diese verfluchten Viecher sicher schon wieder nach draußen verschwunden waren.

Als sie die Tür hinter sich schlossen, war wieder einigermaßen Ruhe hergestellt.

»Wir sollten den Laden hier verlassen, bevor die noch mal kommen«, schlug Henry vor.

»Ja, aber wir warten beßßer noch einen Moment. Wenn wir jetßt auftauchen, geht daß Gekreißße gleich wieder loß«, wandte Diti klugerweise ein.

Geduldig verharrten sie einige Minuten, dann hörten sie Tim und Tammy vor ihrem Versteck.

»Die Luft ist rein, wir können raus!«

Auch Fleuri und Nina kamen herbei. Sie saßen alle acht zusammen, um sich das Fell ein wenig zu glätten. So zerzaust von der Jagd konnte man sich draußen ja nicht sehen lassen, nicht wahr? Da geschah es.

Eines der Junghühner war nicht eingefangen worden. Es saß oberhalb der Katzen unbemerkt auf dem Käfig. Die Aufregung hatte seine Verdauung angeregt. Der Segen kleckerte auf Homers Kopf nieder, genau zwischen die Ohren.

Auf seinem Gesicht malte sich höchste Empörung ab.

Seine Freunde sahen ihn mitleidig an, und in die verblüffte Stille krähte die überschnappende Stimme von Junior:

»Scheiße auf dem Katzenfell
haftet gut und trocknet schnell.«

Schweigen!

In der Lautlosigkeit scharrte nur ein Huhn.

Nina, Diti und Henry hatten die Augen genussvoll halb geschlossen, die Mäulchen standen leicht offen, und in unheiliger Verzückung erbebten ihre Barthaare.

Tim und Tammy drehten sich mit zuckenden Flanken um. Sie unterdrückten mühsam ihr Schnaufen.

Fleuris Grinsen zeigte offen ihre hemmungslose Schadenfreude.

Junior leckte sich derweil unbeteiligt die weiße Pfote.

28. Überraschungen

Am Montag fuhr Anne wieder zur Arbeit, aber als Peter sie am Morgen in ihrem Büro aufsuchte, wollte er sie mit fast unfreundlichen Worten nach Hause jagen.

»Nein, Peter. Stell dich nicht so an. Wenn ich in der Wohnung herumsitze, werde ich nur trübsinnig. Außerdem habe ich Gerry versprochen, die Fotos durchzugehen. Bärbel Rettich kommt um zehn dazu.«

»Na gut, du musst es selber wissen.«

»Wenn du unbedingt darauf bestehst, gehe ich heute gegen Mittag.«

»Braves Mädchen!«, lobte er sie spöttisch. Dann deutete er auf die Mappe, die sie auf dem Schreibtisch liegen hatte, und bat: »Zeig mal die Bilder her.«

Bärbel hatte von den besten Aufnahmen großformatige Abzüge machen lassen, und Anne reichte ihm die Sammlung der ausgewählten Fotos. Er blätterte sie interessiert durch.

»Nicht schlecht. Wirklich. Es ist nicht ganz einfach, Tiere in ansprechenden Posen zu erwischen. Unser Hund hat mir jedes Mal den Hintern zugedreht, wenn ich mit der Kamera erschien, oder hat sich mit grundblödem Gesichtsausdruck an den unmöglichsten Stellen zu kratzen begonnen. Aber deine Freundin scheint fix zu sein. Ich denke, mit den Bildern kann Gerry etwas anfangen.«

»Es würde mich für Bärbel freuen. Sie ist eine interessante Frau. Man muss sie nur richtig einsetzen.«

»Na, viel Spaß dann dabei. Und du gehst wirklich früh heute«, ermahnte er sie noch mal, als er das Zimmer verließ.

Eine Stunde später stand Bärbel in ihrem Büro. Sie trug einen weiten, dunkelgrünen Rock. Der breite Gürtel betonte ihre inzwischen deutlich sichtbare Taille, und eine kurze Wildlederjacke über dem beigefarbenen dünnen Rolli rundete ihre unerwartet elegante Erscheinung ab.

»Verräterin, du warst alleine einkaufen«, begrüßte Anne sie.

Schuldbewusst zupfte Bärbel an der Jacke.

»Steht mir das nicht?«, fragte sie vorsichtig.

Obwohl Anne solche Gesten eher fremd waren, stand sie spontan auf und umarmte die verblüffte Bärbel liebevoll.

»Es steht dir traumhaft«, versicherte sie ihr. Dann trat sie ein bisschen verlegen zurück und entschuldigte sich für ihren Gefühlsüberschwang.

»Hab dich nicht so. Ich kann damit leben, Anne. Aber wo ist jetzt mein Geschäftstermin? Nur für dich habe ich mich natürlich nicht so schön gemacht.«

Nach einem Blick auf die Uhr meinte Anne: »Er muss jeden Moment kommen. Diese Werbeleute sind immer ein bisschen unpünktlicher als andere!«

»Verleumdung«, kam es von der Tür her, und Gerry trat ein. Anne wollte gerade mit der Vorstellung beginnen, als sie merkte, dass sich die beiden verblüfft ansahen.

»Ich kann es nicht glauben, Bärbel Rettich …!«

»Gerhard, was für eine Überraschung!«

Etwas trocken warf Anne ein: »Warum werde ich das Gefühl nicht los, dass ihr euch schon mal getroffen habt?«

»Ach, flüchtig, wir haben nur so an die zwanzig Jahre nebeneinander gewohnt.«

»Tja, siehste, so ist das mit Nachbars Töchterlein. Kaum verliert man sie aus den Augen, verwandeln sie sich schon in irgendwelche atemberaubenden Schwäne.«

Es war dem sprachlosen Gerry deutlich anzumerken, dass die neue, attraktive Bärbel ein unerwarteter Anblick für ihn war.

»So, genug Geplänkel. Ich habe für euch das Besprechungszimmer vorne reservieren lassen. Mich braucht ihr ja vermutlich nicht mehr bei dem Gespräch.« Energisch schob Anne den noch immer etwas verwirrten Gerry zur Tür hinaus. »Hier, nimm die Mappe, Bärbel, und folge Gerry. Wenn er wieder aufgewacht ist, wird er auch den Weg finden.«

»Das Leben birgt Überraschungen«, stellte Anne für sich fest, als die beiden abgezogen waren.

Aber das war noch nicht die letzte Überraschung an diesem Tag – wenn auch bei weitem die angenehmere.

Am frühen Nachmittag war Anne wieder zu Hause. Das war auch ganz gut so, denn nach den wenigen Bürostunden fühlte sie sich ein wenig schlapp.

»Was bin ich nur für ein empfindsames Häschen«, ärgerte sie sich über sich selber. »Es ist mir doch überhaupt nichts passiert.«

Sie setzte sich mit einer Zeitung ins Wohnzimmer und blätterte darin herum. Das Bild traf sie wie ein Schlag. Christian, mit Schutzhelm, schwarz verschmiertem Gesicht, ein Blutfädchen, das von der Schläfe rann – aber es war ganz eindeutig Christian. Atemlos las sie den Artikel über die spektakuläre Rettungsaktion, die der Projektleiter der Sicherheitsanlagen umsichtig eingeleitet hatte, um die fünfzehn Bergleute aus der Kohlemine zu retten, die durch ein Schlagwetter verschüttet worden war. Er selbst war in den Schacht eingestiegen, um die Kommunikation zu organisieren, war dabei in Gefahr geraten und leicht verletzt worden, aber er hatte es geschafft, dass die Männer geborgen werden konnten. Sehr vorsichtig, so schien es, hatte er die Fragen nach der Sicherheit in dem Bergwerk beantwortet, aber der Schreiber hatte herausgefunden, dass sich das Unternehmen schon zuvor ernsthafte Gedanken gemacht hatte und der Betriebsleitung Warnungen hatte zukommen lassen.

»Auf die sie vermutlich nicht gehört haben, was, Christian?«, murmelte Anne. Sie hatte ihn als zunächst zurückhaltenden, dann aber freundlichen Mann kennengelernt, als liebevollen Katzenbesitzer und ruhigen Nachbarn. Dass er als Ingenieur in einer angesehenen Firma für Anlagensicherheit arbeitete, hatte sie gewusst, ihn aber eher als Wissenschaftler denn als Mann der Tat eingeschätzt.

Hier hatte sie sich wohl geirrt.

Interessant.

Die Katzen schliefen zufrieden auf ihren Decken, aber als sie die Zeitung auf den Tisch legte, blinzelten sie Anne an. Junior stand auf und streckte sich. Dann sprang er vom Sofa und stakste zum Fenster. Anne sah ebenfalls hinaus. Es war ein wunderschöner klarer, kalter Tag. Die Sonne schien, der Himmel war wolkenlos und strahlte in frostighellem Winterblau.

»Ein Spaziergang, schön dick eingemummelt. Das wäre doch jetzt was, um meinen Kopf zu lüften. Genehmigt ihr mir den, wenn ich nur durchs Dorf gehe?«, fragte sie zu Nina gewandt. Die beiden hatten offensichtlich nichts dagegen, als Anne die Jeans in gefütterte Stiefel stopfte und die dicke blaue Steppjacke überzog, einen breiten, leuchtendgelben Wollschal um Kopf und Hals wickelte und gleichfarbige Handschuhe überstreifte. Allerdings wollten sie mitkommen.

Zügig schritt Anne aus und atmete dabei die beißend kalte Luft ein. Wölkchen bildeten sich vor ihrem Mund, und ihre Wangen röteten sich. Ein paar Meter hoppelten Nina und Junior am Straßenrand mit ihr mit, dann drehten sie in ihre eigenen Gefilde ab.

An diesem Montag vor Weihnachten war viel los in dem ansonsten ruhigen Dörfchen. Das lag daran, dass viele schon Urlaub hatten und die Tage nutzten, sich entweder auf den kommenden Besuch oder die eigene Reise vorzubereiten. In der Bäckerei herrschte Hochbetrieb, und in einem Anfall von Übermut erstand Anne auch einen Marzipanstollen.

Neben ihr stand Minni Schwarzhaupt, eine ihrer Nachbarinnen, mit der sie hin und wieder ein Schwätzchen hielt. Ihre gemeinsame Verbindung waren die Katzen. Minni war Krankenschwester, sie hatte Nina nach dem Brand, bei dem die Katze verletzt worden war, Erste Hilfe geleistet. Weshalb sie sich auch immer zuerst nach ihrer ehemaligen Patientin erkundigte.

»Oh, Nina geht es gut. Sie ist zwar jetzt im Winter ein rechtes Schlafmützchen, aber seit sie mir Junior mit angeschleppt hat, scheucht der sie manchmal ganz schön auf.«

»Wer ist Junior?«, wollte Minni wissen, als sie ihr Brot in die Tüte packte. Anne erzählte ihr beim Verlassen des Ladens, auf welch ungewöhnliche Weise sie zu dem kleinen Kater gekommen war.

Minni war für ihre mehr als fünfzig Jahre bei ausgezeichneter Kondition, und gemeinsam gingen sie in forschem Tempo und angeregter Unterhaltung die Hauptstraße entlang. Natürlich kam auch das Gespräch auf den Überfall. Auf welche Art und Weise sich derartige Ereignisse im Dorf verbreiteten, war Anne noch immer ein Rätsel. Immerhin war Minni klug genug, sie nicht darüber auszufragen, sondern erkundigte sich nach ihren Weihnachtsplänen. Da Anne sich darüber bisher kaum Gedanken gemacht hatte, plauderte sie stattdessen über Bärbels Chancen, mit den Katzenfotos möglicherweise einen Auftrag über ihre Werbeagentur zu erhalten, und irgendwie glitt das Gespräch auf ihre eigene Arbeit und die Konsequenzen, die es für den ihnen beiden bekannten Staubinger hatte.

Minni verhielt ihre Schritte und meinte nachdenklich: »Als ich gestern Nachmittag zu meiner Tante ging – sie ist schon ziemlich betagt und freut sich immer, wenn ich am Sonntag ein, zwei Stunden bei ihr verbringe –, habe ich Herrn Staubinger gesehen. Er brachte gerade den Müll zur Tonne.« Sie schüttelte den Kopf bei der Erinnerung daran. »Er sieht gar nicht gut aus. Hält sich völlig krumm und schief, und als er mich sah, hat er sich sofort umgedreht und ist im Haus verschwunden.«

Anne konnte sich der Versuchung des Klatsches nicht entziehen.

»Ich habe gehört, seine Frau hat ihn verlassen.«

»Gott sei Dank. Ich hatte manchmal den Eindruck, dass er dieses hilflose, graue Mäuschen fürchterlich drangsaliert hat. Das hat er jetzt davon!«

»Sie sind auch ziemlich geradeheraus, was, Frau Schwarzhaupt?« Anne kicherte.

»Soll ich Mitleid heucheln? Ich mag Machos nicht, die ihre Frauen prügeln.«

»Hat er das?«

»Ja. Ich sollte es eigentlich nicht erzählen, aber sie kam oft genug mit ihren blauen Flecken und Wunden zu mir. Zum Arzt hat sie sich nicht getraut, und mir hat sie immer was von ›Treppe heruntergefallen‹ oder ›am Schrank gestoßen‹ erzählt. Aber so viele Treppen hat das Haus nicht. Und schließlich bin ich Krankenschwester«, schloss sie grimmig.

»Er trat immer ausgesucht höflich auf, das passt irgendwie dazu, nicht?«

Sie näherten sich langsam der Beethovenstraße und kamen dabei auch an Staubingers Haus vorbei. Hier wartete eine Ablenkung vom Dorftratsch auf sie.

»Ach, Frau Schwarzhaupt, passen Sie auf, gleich kann ich Sie mit Junior bekannt machen. Da vorne sehe ich doch schon die weißen Pfötchen.«

»Wo denn?«

»Wie üblich an den Mülltonnen. Er hat eine etwas proletarische Ader und schlitzt gerne Müllbeutel auf. Ständig ist er auf der Suche nach neuen Opfern.«

»Oh, oh«, sagte Minni.

Dann waren sie an der Gartenmauer, und Junior tauchte hinter der Mülltonne auf. Rund um die Tonne standen mehrere Beutel auf dem Boden, die er gewissenhaft zerlegt hatte.

»Junior, du Gossenkatze. Ich möchte dich Frau Schwarzhaupt vorstellen, und du zeigst dich mal wieder von deiner besten Seite!«

Junior drehte sich um, als er seinen Namen hörte. Er sah Anne verschwörerisch an und zerrte an etwas.

»Was machst du denn da? Jetzt lass doch mal den Müll in Ruhe«, forderte Anne ihn in scharfem Ton.

Diesmal jedoch ließ der Kater sich nicht beirren. Er zog weiter und förderte ein langes, schmutziges Etwas zutage. Mit einem »Flupp« war es aus dem Beutel heraus. Er schleppte es zu

Anne und legte es stolz zu ihren Füßen ab. Lob erheischend, rieb er dann seinen Kopf an ihrem Stiefel. Minni sah den Gegenstand argwöhnisch an, Anne ebenfalls. Ganz langsam kam ihr die Erkenntnis. Der Schock ließ sie leicht schwanken, aber Minni bemerkte das gleich. Schnell griff sie nach ihrem Ellenbogen und stützte sie. Anne war in diesem Moment geisterhaft blass geworden.

»Was ist, was haben Sie? Atmen Sie tief ein!«, insistierte die Krankenschwester.

Anne gehorchte und holte Luft. Die Panik legte sich. Sie bekam aber nur ein Flüstern heraus: »Die Maske!« Dann hob sie mit spitzen Fingern den blutverkrusteten, zerfetzten Nylonstrumpf auf.

Als sie sich wieder aufrichtete, sah sie in Staubingers Augen.

»Nein!«, sagte Minni neben ihr entsetzt. »Herr Staubinger, was ist denn mit Ihnen passiert?«

Beide Frauen starrten in sein Gesicht. Tiefe, rote, eiternde Striemen durchzogen es. Ein Auge war halb geschlossen, die Nase entzündet, geschwollen und verkrustet. Staubinger kam näher, und Minni wollte ihm entgegengehen.

»Nicht, Frau Schwarzhaupt. Gehen Sie zurück!« Anne zerrte an ihrem Ärmel.

»Aber man muss ihm helfen. Er hatte doch einen Unfall gehabt.«

Nur das niedrige Gartenmäuerchen trennte sie noch voneinander.

»Weg hier!«, befahl Anne mit neuer Energie, schnappte sich Junior und riss Minni herum. An der Hand gefasst zog sie die Krankenschwester rennend hinter ihr her.

Irres Gelächter folgte ihnen.

Minnis Haus lag näher, und atemlos schob Anne sie zum Eingang. Als sie sich umsah, stellte sie zu ihrer Beruhigung fest, dass Staubinger ihnen nicht gefolgt war.

»Ihr Angreifer, vermute ich mal?«, schnaufte Minni, als sie aufschloss.

Mit bewunderungswürdiger Fassung wählte sie den Notruf und reichte Anne den Hörer.

Sie blieben zusammen, bis die Beamten kamen.

»Der Mann muss völlig durchgedreht sein. So ist das, wenn man sich eine Welt aufbaut, die in der Realität keinen Bestand hat«, murmelte Minni. »Ein Wichtigtuer, der nach außen den erfolgreichen Manager spielt, aber zu Hause seine Frau prügelt.«

»Der sich ständig in Lügengewebe verstrickt, um seine Unfähigkeit zu kaschieren. Vermutlich nicht nur anderen, sondern vor allem sich selbst gegenüber«, fügte Anne hinzu.

»Der Rauswurf und der Auszug seiner Frau hat dieses Image zusammenbrechen lassen. Vermutlich gibt er Ihnen die Schuld daran, Anne.«

»Sicher nicht sich selbst.«

»Nein, sich selbst am wenigsten.«

»Aber warum hat er Bärbel überfallen?«

»Möglicherweise glaubte er, Sie erwischt zu haben. Dass Sie durch den Wald joggen, weiß ja jeder. Von Bärbel nimmt man das nicht so ohne weiteres an. Sie werden es schon aus ihm herausbekommen. Jedenfalls gut, dass diesen Umtrieben jetzt ein Riegel vorgeschoben wurde.«

Vom Küchenfenster aus konnten sie beobachten, dass Staubinger abgeführt wurde.

»Gelobt sei dieser kleine Gossenkater«, sagte Anne, als sie das Ende dieses Dramas beobachteten.

Selbstverständlich tauschten Bärbel und Anne an diesem Abend ihre Erlebnisse des Tages aus. Dann jedoch kam Anne zu einem weiteren, sehr aktuellen Problem.

»Sag mal, was machst du eigentlich an den Feiertagen? In der Aufregung der letzten Tage habe ich überhaupt keine Pläne gemacht.«

»Ach ja, die letzten Neuigkeiten kennst du ja noch gar nicht. Meine Zeit in der Filiale hier ist im Januar zu Ende, dann werde ich wieder in der Hauptverwaltung eingesetzt, bis sie was Neues für mich finden. Außerdem kommt meine Tante ja auch im Januar wieder. Dann müsste ich wieder zu meinen Eltern ziehen. Ich glaube aber, ich suche mir wirklich eine kleine Wohnung. Ich habe mir ein paar Anzeigen angesehen.«

»Das solltest du auf jeden Fall!«

»Ach, Anne, ich habe so viel vor!« Bärbels Augen blitzten voller Unternehmungslust. »Das mit den Fotos für die Werbeagentur wird zwar nichts, die wollen echte Profis – aber ich spiele mit dem Gedanken, ein echter Fotograf zu werden. Das wird zwar noch mal eine Durststrecke, aber Fotografie ist etwas, das ich wirklich gerne machen würde. Weißt du was? Zu Weihnachten schenke ich meiner Mutter die neue Bärbel! Sie hat mich ja, seit ich hier bin, nicht mehr gesehen, und ihre Anrufe habe ich auch furchtbar spärlich beantwortet. Vielleicht habe ich jetzt eine Überraschung für sie parat!«

Heimlich sorgte sich Anne zwar darum, dass Bärbel bei ihrer Mutter vielleicht eine herbe Enttäuschung erleben würde, aber sie wollte die Freundin nicht bremsen. Mit Enttäuschungen musste man eben auch fertig werden.

»Mach das! Verpack dich hübsch und binde eine Schleife drum«, schlug sie Bärbel stattdessen vor. Gedankenverloren knabberte sie dann an einem Keks und meinte: »Ich glaube, ich versuche mal mein Glück bei Christian. Wer weiß, ob er nicht eine interessierte Zuhörerin braucht, der er seine atemberaubenden Erlebnisse beichten kann.«

»Vergiss nicht, dich dazu hübsch einzuwickeln und eine Schleife drumzubinden.«

29. Juniors Autofahrt

Die beiden nächsten Tage verbrachte Anne zu Hause. Sie schlief viel und erledigte all die kleinen Tätigkeiten, die ansonsten so liegenbleiben. Sie führte auch viele Telefonate. Der fassungslosen Marianne berichtete sie über den unerwarteten Ausgang der »Affäre Staubinger«. Auch Peter rief sie im Büro an. Er war über alle Maßen entsetzt, als er erfuhr, dass Staubinger der Täter war.

»Ja, es ist auch so, dass ich darüber fast mehr schockiert bin als über den Überfall. Man will das von Leuten, die man kennt, nie glauben.«

»Und jetzt machst du dir Sorgen darüber, dass du der Auslöser für seinen Verfall bist, nicht wahr?«, erklärte Peter.

Anne seufzte. Nur zu genau hatte Peter ihre noch immer quälenden Gedanken erraten.

»Anne, Staubinger hat sein eigenes Leben gestaltet, nach seinem Willen und nach seiner eigenen Veranlagung. Was kann denn der Katalysator dafür, dass sich die Dinge verändern? Es muss ja nicht immer zum Bösen sein. Deine Freundin Bärbel zum Beispiel hat Gerry und seine Leute gewaltig beeindruckt.«

Das heiterte Anne ein wenig auf, zudem war sie Peter für sein Verständnis dankbar. Sie wünschten sich schöne Feiertage, und als er auflegte, blieb sie einen Moment nachdenklich sitzen. Er hatte recht, zwei Menschen hatten sich durch sie verändert – aber bei beiden war die Veranlagung schon vorher da. Nur sie selbst hatte sich nicht verändert. Oder?

Am zweiundzwanzigsten Dezember beschloss sie, ihre Vorräte einzukaufen und auch Christians Kühlschrank zu füllen. Wenn er am folgenden Tag nach Hause kommen würde, blieb für ihn nicht viel Zeit, sich einzurichten. Sie mummelte sich in ihre dicke Jacke, nahm die beiden großen Körbe und ging, ohne zu merken, dass ihr ein kleiner, neugieriger Kater auf den Fersen war, zu ihrem Auto. Sie bemerkte auch nicht, dass er in dem Augenblick in den Wagen sprang, als sie die Körbe in den Kofferraum stellte.

Junior war zufrieden damit, unbemerkt an der Ausflugsfahrt teilnehmen zu können. Er krabbelte auf die Rücksitzbank und rollte sich auf den Polstern zusammen.

Aber so blieb er nicht lange. Kaum bewegte sich das Fahrzeug, musste er aus dem Fenster schauen. Fasziniert verfolgte er die vorbeihuschende Landschaft. Welch ein Erlebnis! Und jetzt hier auf dieser breiten Straße. Das war doch etwas ganz anderes als damals die Fahrt zum Tierarzt, wo es nur durch das Dorf ging. Wahnsinn, dieses breite graue Band nur für diese bunten Fahrzeuge. Und wie schnell Anne fuhr! Jetzt, wieder hatte sie einen hinter sich gelassen. Da, dieser Trödelheini. Wuschhhhh, weg war er! Schadenfroh sah Junior dem grauen Auto hinterher. Anne war klasse!

Vor Aufregung lief er von einem Seitenfenster zum anderen und blieb nur durch Zufall unentdeckt.

Mist, jetzt wurde sie langsamer. Nein! Nicht doch! Jetzt ließ sie sogar diese alte Klapperkiste an sich vorbeifahren. Enttäuscht rollte er sich wieder zusammen und stellte fest, dass sie in langsamer Fahrt um einige Ecken bog, um schließlich anzuhalten.

»Mach Platz, du Mistbock!«, hörte er sie leise fluchen.

Junior wollte sich gerade aufrichten, um nach dem Rechten zu sehen, als sie mit einem Ruck wieder anfuhr. Er purzelte gegen die Rückenlehne. Dann bremste sie wieder, stellte den Motor ab und machte sich bereit, auszusteigen.

Vorsichtshalber verkroch Junior sich im Fußraum. Als auch die Heckklappe zufiel, wartete er noch einen winzigen Moment, dann tauchte er auf und sondierte die Gegend. Sie standen auf einer weiten Fläche, die über und über von Autos bewohnt wurde.

Interessant! Ob die hier gefüttert wurden? Immer wieder kamen Menschen mit Körben auf Rollen vorbei und warfen Pakete, Päckchen, Dosen und Beutel in die weit aufgerissenen Mäuler ihrer Blechlieblinge. Von Anne weit und breit keine Spur. Dann aber fuhr das Auto neben ihm fort, und ein Kombi stellte sich in die freigewordene Parklücke. Kaum waren die beiden Menschen daraus entschwunden, drückte sich die Nase eines großen Hundes an die Scheibe. Zuerst wollte Junior verschreckt unter dem Sitz verschwinden, aber dann stellte er fest, dass der Hund genauso wenig zu ihm hineingelangen konnte, wie er zu ihm kam. Das war die Gelegenheit! Hochmütig stolzierte er über die Hutablage und schwenkte seinen Schwanz. Der Hund wurde dadurch auf ihn aufmerksam und begann ihn zu verbellen. Je heftiger der Hund tobte, desto arroganter verhielt sich Junior. Er funkelte ihn wild an, dann putzte er sich wieder gelassen den Bauch, starrte abgründig an dem kläffenden Nachbarn vorbei und drehte ihm dann hochnäsig den Rücken zu. Dabei hätte er fast übersehen, dass jetzt auch Anne wieder zurückkam, auch sie mit dem Futterkorb für das Auto. Oder nein? Mann, das war ja gar nicht für das Auto. Das waren ja Berge von Leckereien für ihn und, na ja, vielleicht auch für andere. Echt eine Superfrau! An was die alles gedacht hatte! Zufrieden schnurrend zog Junior sich in die Ecke zurück.

Jetzt startete sie wieder. Als sie allmählich an Fahrt gewannen, richtete er sich wieder auf, um aus dem Fenster zu sehen. Anne guckte stur nach vorne, die würde ihn nicht entdecken. Also konnte er genauso gut auch auf die Hutablage klettern. Doch kaum war er oben und hatte sich gemütlich niedergelassen, hörte er sie sagen: »Ich sehe da zwei gespitzte Ohren im Rückfenster.«

Hatte die Frau denn Augen im Hinterkopf?

Hastig sprang er wieder runter, um der Schelte zu entgehen.

»Komm hoch, Junior! Ich habe dich gesehen.«

Vorsichtig streckte er seinen Kopf zwischen den beiden Vordersitzen hervor. Sie griff nach hinten und zauselte ihn leicht an den Ohren. Dann war sie also nicht böse. Er traute sich weiter vor. Von hier vorne war das ja noch viel spannender. Ob er ihr über die Schulter sehen durfte?

Mit einem fragenden »Mirrrh?« stützte er sich an der Rücklehne ihres Sitzes ab und hatte so seinen Kopf an ihrem Ohr. Das roch gut.

»Das findest du toll, was, du kleiner Abenteurer?«

Sein herzhaftes Maunzen bestätigte ihre Vermutung. Als ihm die Stellung zu ungemütlich wurde, kletterte er weiter nach vorne und bezog den Beifahrersitz. Da konnte sie ihm sogar die notwendigen Streicheleinheiten zukommen lassen. War das ein Leben!

Anne betrachtete den kleinen Graupelz auf dem Beifahrersitz. Natürlich hatte sie schon von Katzen gehört, die keine Probleme mit dem Autofahren hatten. Aber dieser kleine Held schien das förmlich zu genießen. Und wenn das eine kleine Möglichkeit war, ihm ihre Dankbarkeit zu zeigen – mitfahren durfte er demnächst überallhin.

30. Christians Heimkehr

Am Morgen des dreiundzwanzigsten Dezember legte Anne sich Nina um die Schultern, nahm ihren randvoll befüllten Einkaufskorb und überquerte das Grundstück zu Christians Wohnung. Sie war mit Nina diesen Weg schon oft gegangen, und die Katze freute sich jedes Mal, ihrem Heimrevier einen Besuch abstatten zu können. Diesen Morgen wollte Anne die Heizung anstellen und den Kühlschrank befüllen. Etwas verdutzt war sie allerdings, als sie die Wohnungstür aufschloss und die Flurlampe brannte.

»Habe ich das letzte Mal vergessen, die auszumachen?«, fragte sie sich laut, aber da begann Nina heftig auf ihrer Schulter zu zappeln und wollte heruntergelassen werden. Anne ließ die Katze auf den Boden hüpfen, und sie schoss mit einem glücklichen Maunzer ins Schlafzimmer. Verwundert schüttelte sie den Kopf und wollte den Korb in die Küche tragen, als sie eine ihr nicht ganz unbekannte Männerstimme schimpfen hörte: »Lass das, Nina, du wiegst ja inzwischen Tonnen!«

Zaghaft rief Anne in die Wohnung »Christian?« und öffnete die Schlafzimmertür ein Stück weiter. Dort erkannte sie einen zerzausten blonden Mann im Bett, der mit der Katze rang.

»Du solltest doch erst heute Abend kommen?«

»Och, es gibt da in China so was wie Zeitzonen, weißt du. Könntest du dieser Wildkatze mal sagen, dass sie mich aufstehen lassen soll? Was hast du ihr bloß für Manieren beigebracht!«

»Immerhin noch bessere, als du dir angewöhnt hast! Fass, Nina!«

Dass eine Katze wie ein gewöhnlicher Hund auf ein solches Kommando hören würde, stand wohl eins zu einer Million.

Diesmal funktionierte es jedoch. Nina, die sich zum Fußende vorgearbeitet hatte, sprang und landete mit ihrem gesamten Gewicht auf Christians bloßer Brust. Er kippte nach hinten um, und Nina schob ihr Gesicht an seine Nase. Sie stupste ihn, dann riss sie das Mäulchen bis zum letzten Gelenkanschlag auf und gähnte herzhaft.

»O Gott! Das ist nicht fair! Weißt du, was du für einen Mundgeruch hast, Nina?«

»Es gab Fisch zum Frühstück«, bemerkte Anne schadenfroh.

»Hast du auch Fisch gegessen?«

»Warum?«

»Weil ich mich frage, ob ich dich um einen Begrüßungskuss bitten soll.«

»Falsche Wortwahl! ›Darfst‹ ist der richtige Ausdruck. Und dann ist noch die Frage, ob ich will.«

»Können wir die nicht danach klären.«

»Mh.«

»Anne?«

Eigentlich wollte sie ihn zappeln lassen – eigentlich. Aber jetzt saß er da, zerrupft, wie Junior. Und leider wirkte er dadurch auch sehr sexy.

Konnte frau da widerstehen?

Als Anne etwas später wieder in ihre Wohnung zurückging und sich aufs Sofa setzte, um die Zeitung zu lesen, kam Junior angekrochen und rieb verlangend sein Köpfchen an ihrem Oberschenkel. Sie vermutete, dass er seine Freundin vermisste oder sich inzwischen an ihre Streicheleinheiten gewöhnt hatte.

»Na, heute gibt's aber viele Schmusekater, was?«

Hingerissen drehte und wendete sich auch Junior unter ihren kraulenden Fingern.

Sie aber hatte plötzlich eine wunderbare Idee.

Christian und Nina hatten Annes Einladung zum Weihnachtsessen mit großem Vergnügen angenommen. Sie vergnügte sich unter Juniors strenger Aufsicht in der Küche, und anschließend genossen sie gemeinsam ein exzellentes Essen bei Kerzenlicht. Schnell verflog dabei die Zurückhaltung, und schon bald tauschten sie ihre Erlebnisse der letzen Wochen aus. Alle Missverständnisse verflüchtigten sich dabei. Zunächst hatten sich die beiden Katzen auch noch am Tisch aufgehalten, waren dann aber bald zu ihren eigenen Abendvergnügungen nach draußen geschlichen.

Gegen zehn Uhr räumten sie zusammen den Tisch ab, und Christian öffnete eine Flasche Champagner. Bevor sie sich jedoch damit in das Wohnzimmer zurückzogen, bat Anne ihn, noch einen Moment zu warten.

»Ich habe da noch einigen Katzen meinen Dank abzutragen«, bemerkte sie lächelnd und schwenkte Butter in einer großen Pfanne.

»Was machst du denn da?«, wollte Christian neugierig wissen.

»Hühnerherzen und -mägen und andere schöne Sachen. Leicht angebraten und lauwarm serviert.«

»Bei dir möchte ich Kater sein!«, schnurrte er und rieb seine Nase an ihrem Ohr.

»Schwindler, als Mensch hast du es viel besser. Du kannst schon mal den großen Teller aus dem Schrank holen!«

»Den hier, mit dem Goldrand?« Er klang ein bisschen zweifelnd.

»Es ist Weihnachten! Da nehmen wir das gute Geschirr.«

»Na, wenn du meinst.«

Anne füllte die große Platte mit einem gewaltigen Haufen Fleisch und trug ihn zur Schiebetür. Christian schob den Vorhang zurück und öffnete das Fenster. Er stutzte.

»Hast du Einladungen verschickt?«, fragte er über die Schulter.

»Nein, wieso?«

»Weil hier eine ganze Katzenkolonie sitzt.«

»Ach, die haben das wohl gerochen«, meinte Anne schmunzelnd und stellte den Teller auf den Boden.

Die zwei Siamkatzen waren die Ersten, die sich heranschlichen. Dann folgte die dicke grau-weiße Katze, eine weiße mit einem Glöckchen um den Hals, zwei kampferprobte schwarz-weiße Veteranen und zu guter Letzt Nina und Junior. Friedlich schmatzend fand jeder von ihnen ein Plätzchen um das große Tellerrund.

Es wurde kalt im Zimmer, und Anne schob die Tür wieder zu. Christian hatte zwei hohe Gläser mit dem golden sprudelnden Champagner gefüllt und reichte ihr eines davon.

»Auf uns, Liebste!«

»Ja, auf uns. Und dass sich Missverständnisse immer aufklären.«

»Du hast Katzenaugen, Anne«, murmelte er, bevor er trank.

Als sie die Gläser absetzten, ertönte plötzlich von draußen ein eigenartiges Geräusch. Ein Zwischending etwa zwischen Feuerwehrsirene und Nebelhorn. Dann setzte ein gellendes Kreischen ein, ein Jodeln und Jaulen, ein Quietschen und Gurren und andere ebenso ungeheuerliche Töne folgten. Dazu läuteten die Glocken zur Weihnachtsmesse.

»Großer Gott, was ist denn jetzt los? Zerfetzen die sich jetzt gegenseitig?«

»Ach nein, sie bringen uns ein Ständchen. Das kommt mir irgendwie bekannt vor.«

Anne öffnete noch einmal die Tür und sah Arm in Arm mit Christian, wie der Chor auf umgedrehten Blumentöpfen, dem Gartengrill und dem Boden sitzend, fröhlich drauflos johlte.

»Nina hat eine grässliche Stimme, ich schäme mich fast«, flüsterte Christian ihr ins Ohr.

»Ja, wie ein verstimmter Dudelsack, nicht wahr?« Anne kicherte.

Mit einem Crescendo schloss die Vorführung, und auf leisen Sohlen verschwanden die Sänger in der Nacht.

In den nächsten Tagen hielt sich Junior erstaunlich oft im Haus auf und suchte – ganz ungewohnt – Annes Nähe. Er kam sogar hin und wieder und bat um Streicheleinheiten. Sie freute sich darüber, dass der Kleine – der gar nicht mehr so klein war – seine Zurückhaltung endlich aufgegeben hatte. Zwischen den Feiertagen fuhr sie tagsüber für ein paar Stunden ins Büro, um die liegengebliebene Arbeit zu erledigen. Es war zum Glück sehr ruhig, denn die meisten Mitarbeiter hatten sich Urlaub genommen. So kam sie zügig voran und gönnte sich den Luxus, schon am frühen Nachmittag wieder nach Hause zu fahren. Christian hielt es ähnlich. Die Rettungsaktion in dem Bergwerk hatte ihm zu denken gegeben, und er hatte Anne gesagt, dass er die Weichen für seine Zukunft neu stellen wollte. Aber auch er kam immer schon früh nach Hause, und auch bei ihm beobachtete Anne, dass er seine Zurückhaltung mehr und mehr aufgab.

Gelegentlich entlockte es ihr ein leises Schnurren.

31. Junior erhält einen Auftrag

Junior beobachtete die Straße. Heute war Christian vor Anne da und stieg gerade aus dem Auto. Von Nina war jedoch keine Spur zu sehen. Kaum klappte die Autotür zu, schoss der grauschwarz getigerte Kater auf seinen weißen Pfötchen herbei und verschwand unter dem Fahrzeug.

»Na, mein Junge, willst du nicht mit reinkommen?«, fragte ihn Christian.

Junior legte seinen Kopf schief und sah ihn fragend an: »Brirrrrr?«

»Auf! Komm mit!«

Christian ging voran, und Junior trippelte neugierig hinterher. Christian war schließlich Ninas und Annes Mensch und damit vertrauenswürdig. Und es gab eine fremde Wohnung zu begutachten. Vor allem war er neugierig, welche Müllkultur der Mann pflegte.

Keine, wie Junior sofort enttäuscht erkannte, als er die Wohnung betrat. Alles versteckt in irgendwelchen Eimern mit Deckeln. Ja, es roch noch nicht mal nach Abfall! Na ja, vielleicht hatte Christian andere gute Seiten, man sollte ja schließlich nicht voreilig urteilen. Er begann seine Inspektionsrunde.

Die Küche war bis auf den Müll einwandfrei. Es roch, als ob oft Fleisch verwendet würde, zwar verdorben durch Braten, aber immerhin. Sogar ein halbleeres Schüsselchen mit Sahne stand in einer Ecke. Das Wohnzimmer war auch ganz in Ordnung. Lustig, diese Sofas! Ganz anders als bei Anne. Da konnte man gar keine Fäden rausziehen, die waren wie große Tiere mit Haut überzogen.

Elegant hüpfte Junior auf den Ledersessel.

Es fühlte sich aber auch nicht schlecht an, es roch sogar noch entfernt nach Tier. Lange hielt es ihn aber hier nicht, und Junior setzte seinen Rundgang am Boden fort. Da lag so ein weißes Fell herum, also nicht eigentlich ein Fell, aber es fühlte sich schön kitzelig unter den Ballen an. Er tretelte ein bisschen auf dem Berberteppich herum.

Dann wanderte er in das nächste Zimmer. Christian hatte netterweise alle Türen offen gelassen. Er selber war aber verschwunden. In dem Raum, in dem er sich jetzt befand, waren Bücherregale. Aufgrund schlechter Erfahrung mit staubiger Literatur tat der Kater es als uninteressant ab und wollte es schon verlassen, als er den Korb unter dem Schreibtisch fand. Ein wunderschöner, runder, geflochtener Weidenkorb mit einer blau-grün karierten Decke darin, die herrlich nach Nina duftete.

Fast wäre er der Versuchung erlegen und hätte sich hineingerollt, wenn ihn nicht heftiges Atmen in das nächste Zimmer gelockt hätte. Verwundert blieb er an der Tür zum Schlafzimmer stehen. Da war Christian. Was machte er denn da Ulkiges? Warum hielt er so komische Dinger in den Händen, hob sie hoch und ließ sie wieder runter. Vor allem – warum schnaufte Christian dabei so?

Christian sah ihn lediglich aus den Augenwinkeln an und legte die Hanteln auf den Boden.

Junior näherte sich ihnen vorsichtig und tastete behutsam mit der Pfote nach dem kalten Eisen. Ob das ein Spielzeug war, ähnlich wie das silberne Kügelchen von Anne? Er erinnerte sich an eine äußerst genussvolle Stunde Toben. Animiert stieß er gegen die Hantel, aber statt dass sie wegrollte, blieb sie stur liegen, und er hatte sich schmerzhaft die Pfote gestoßen. Nein, das Zeug gefiel ihm nicht. Soll doch Christian alleine damit spielen. Abgesehen davon, was machte der denn jetzt schon wieder? Er lag der Länge nach auf dem Boden und drückte sich mit den Armen hoch und runter. Da könnte man doch mitmachen! Mit einem Satz war Junior Christian in den Nacken gesprungen und erfreute sich an dem beständigen Auf und Ab der Liegestütze. Das war hübsch, und er bemühte sich auch, zum Festhalten nicht seine Krallen in die bloße Haut zu senken. Er hatte gelernt, dass Menschen da sehr empfindlich waren (Fast so wie diese dünnen, weißen Müllbeutel, aber das sagte er niemandem!). Außerdem war die Haut warm und roch ein bisschen nach Schweiß. Und die festen Muskeln darunter bewegten sich so schön. Er schnurrte. Auf und ab und auf und ab und auf und ab und ... warum hörte der jetzt auf? Weitermachen! Los, los!

Als Christian auf sein ärgerliches Maunzen nicht reagierte, drückte er leicht, wirklich nur ganz leicht etwa acht Krallen in den Nacken. Warum sagte er »Aua!« und hob ihn vom Rücken runter? Das war nicht fair. Wütend funkelte Junior den Mann an, der das schöne Spiel beendet hatte.

»Junior, ich kann nicht mehr. Nach hundert Liegestützen muss ich auch mal eine Pause machen!«

Schlappschwanz, dachte Junior und wollte beleidigt weggehen, als er bemerkte, dass Christian ein neues Spiel anfing. Jetzt hatte er sich auf den Boden gesetzt, Beine angewinkelt, die Hände im Nacken verschränkt, und hob und senkte den Oberkörper. Dabei stellte Junior fest, dass auch Menschen ein Fell hatten. Nicht so dicht und so schön natürlich, wie es jeder Katze eigen war, aber rudimentäre Überreste davon zeigten sich noch auf Christians Brust.

Nichts wie drauf!

Christian lachte noch, als sich der Schlüssel im Schloss drehte und Anne die Wohnung betrat.

»Oh, ihr beide macht Krafttraining. Was habe ich doch eine vielseitige Katze! Darf ich auch mal?«

Schonungslos entfernte Anne den kleinen Kater von Christians bloßer Brust und fiel mit eisigkalten Fingern über ihn her.

Junior beobachtete von erhobener Warte ihre sich lebhaft entwickelnde Balgerei. Dann aber trottete er ins Nebenzimmer und gab der Versuchung nach, sich in Ninas Korb zu legen.

Ausgeruht verließ Junior einige Stunden später mit Anne das Haus, absolvierte seine Revierrunde, hielt hier ein Schwätzchen, dort eines, aber irgendwie fühlten sich seine Pfoten unruhig an. Es trieb ihn wieder zurück nach Hause, so als ob dort etwas auf ihn wartete.

Auf sein Maunzen hin wurde ihm wie gewohnt aufgetan, der Napf war frisch gefüllt, seine Decke glatt gestrichen. Aber als er sich darauf zusammenrollte, zuckte es wieder in seinen Pfoten. Unruhig tretelte er den weichen Stoff, dann aber sprang er hinunter und eroberte das andere Sofa. Hier lag noch immer Ninas Decke, sie kam ja oft zu Besuch derzeit. Doch auch diese Decke lud ihn nicht zum Verweilen ein. Nein, es war die andere Sofaecke – jene, die er bisher immer gemieden hatte. Die Stelle, an der der Herr des Hauses gestorben war. Sie machte ihm Angst, und dennoch zog sie ihn an. Mit gesträubtem Fell und kleinen, staksigen Schritten näherte Junior sich dem verbotenen Platz.

Nichts geschah.

Mutiger ging er weiter. Setzte sich vorsichtig.

Noch immer passierte nichts.

Er legte sich nieder, lauschte, flehmte.

Nichts.

Er legte den Kopf auf die gekreuzten Pfoten und versank doch ins Nachdenken.

Er hatte seine Angst überwunden, jene Angst, die er verspürt hatte, als er das erste Mal von Nina in Annes Wohnung geführt worden war. Gut, seither war viel Zeit verstrichen, und er war älter und wissender geworden. So viel hatte er erlebt, so viel gelernt.

War es nicht an der Zeit, aus all dem Konsequenzen zu ziehen?

Das Leben bei Anne war bequem, ihm wurde regelmäßig Futter serviert. Wenn er nach draußen wollte, öffnete sie ihm die Tür, und auf sein Maunzen ließ sie ihn wieder in die Wohnung. Wenn er schlafen wollte, fand er ein gemütliches Plätzchen, und manchmal – ja manchmal kraulte sie ihn heimlich. Er mochte sie, aber er fürchtete sich auch ein bisschen vor ihr, und das wunderte ihn, denn sie wollte ihm ja eigentlich wirklich nichts Böses. Auch wenn sie manchmal mit ihm schimpfte. Das tat aber Nina auch. Das war nicht schlimm.

Es könnte nun Tag für Tag so weitergehen, nicht wahr?

Junior seufzte.

Konnte es nicht. So ganz genau konnte er die Kralle nicht drauflegen, aber da war etwas, das ihn beunruhigte. War es dieser Christian, dem sie plötzlich so viel Aufmerksamkeit schenkte? Den mochte sie wohl sogar noch lieber als Nina und ihn. Aber gut, das waren Menschensachen.

Das andere – ja, das andere.

Sie hatte das Bild von Tiger wieder in einen neuen Rahmen gesteckt, und da er nun wusste, dass dieser Kater etwas ganz Besonderes war, hatte er sich die Aufnahme ein paar Mal lange angesehen. Ein getigerter Kater mit weißem Latz, weißen Pfoten und weißem Gesicht, das aussah, als trüge er einen etwas verrutschten Mittelscheitel zwischen den dunklen Ohren. Ein ganz gewöhnlicher Feld-, Wald- und Wiesenkater.

Und doch hatte er ihr viel mehr bedeutet als Nina.

Und noch viel mehr als er.

Ganz gewiss.

Das spürte Junior, wann immer er sich die Mühe gab, darüber nachzudenken. Gerne tat er das nicht, denn dann wurde ihm unbehaglich zu Mute. So, als ob da ein Loch war, das er gerne gefüllt haben wollte. So wie das, was entstanden war, als Mama gestorben war.

Junior war ein mutiger kleiner Kater, und es zeichnete ihn aus, dass er schon in jungen Jahren bereit war, nicht nur äußeren Gefahren zu trotzen, sondern sich auch den Fährnissen der eigenen Erkenntnis zu stellen wagte.

Auch wenn es wehtat.

Trauer tat weh.

Und das Wissen darum, dass Anne ihn wohl mochte, aber ...

Ja, aber – geliebt hatte sie Tiger. Und sie vermisste ihn noch immer. Auch das hatte er gefühlt.

Leise begann Junior zu schnurren, um sich selbst zu trösten.

Warum war es ihm eigentlich so wichtig, von Anne geliebt zu werden? Sie war doch bloß ein Mensch, fragte er sich dabei.

Oder nicht?

Einmal hatte er in Ninas Augen eine Katze gesehen, eine der Großen.

Es gab so ungeheuer viele Geheimnisse, und ganz langsam dämmerte Junior, dass Anne wohl eine Katzenseele hatte.

Darum verlangte es ihn danach, von ihr geachtet und geliebt zu werden.

Darum war er nur ein Anhängsel für sie, aber kein Ersatz für Tiger.

Junior schloss die Augen, und in einem goldenen Strudel, der ihn höllisch erschreckte, wurde er herausgezogen aus seinem Körper und stand plötzlich einem Kater gegenüber, der ihn mit bezwingenden grünen Augen ansah.

Tiger!

»Ich kehre zurück. Du musst mir den Weg weisen!«, war sein knapper Befehl.

Dann wieder Strudeln und Flimmern, und Junior war wieder er selbst.

Vollkommen durcheinander begannen seine Pfoten zu zucken, und sein Schwanz peitschte wie von selbst über den Sofarand.

»Sieh mal, Junior jagt im Traum über die Goldenen Steppen«, hörte er Anne mit einem Lächeln in der Stimme sagen. Doch er bekam die Augen nicht auf, um ihr zu zeigen, dass er wach war. Dann streichelte ihn ihre Hand über den Rücken, und das wilde Zucken verebbte.

Er wurde ruhiger, schlief tatsächlich ein.

Und als er erwachte, stand sein Entschluss fest.

32. Ein Abschied

Dann kam die Silvesternacht. Anne und Christian waren mit Freunden im Theater und hatten anschließend in einer gemütlichen Bar das neue Jahr begrüßt. Um kurz nach Mitternacht beschlossen sie, nach Hause zu fahren, denn die dunklen Wolken, die schon den ganzen Tag bedrohlich über dem Land gelegen hatten, versprachen in Kürze heftigen Schneefall.

Sie hatten Nina in Annes Wohnung gelassen, damit Junior, falls ihn die Feuerwerksknallerei erschrecken sollte, seine Freundin bei sich hatte. Er schien sich aber nicht besonders gefürchtet zu haben, die beiden lagen, Nase an Schwanz und Schwanz an Nase zusammengerollt, auf dem Sofa.

Anne streichelte beide Katzen noch mal, weckte sie aber nicht, ging selbst zu Bett und war bald eingeschlafen.

Gegen drei wurde sie plötzlich wach. Hellwach!

Sie setzte sich auf und lauschte. Kein ungewöhnliches Geräusch war zu hören. Trotzdem krabbelte sie aus dem Bett und schlich barfüßig ins Wohnzimmer. Erstaunt sah sie Junior an, der Nina über die Ohren leckte. Als er sie entdeckte, hüpfte er vergnügt von seiner Decke und rieb seinen schwarz-grau getigerten Kopf mit den schwarzen Ohren an ihrem nackten Schienbein.

»Willst du wirklich raus in die Kälte, Junior?«

»Ja, Anne. Ich möchte mich jetzt von dir verabschieden«, antwortete er mit seinem hohen, noch nicht ganz erwachsenen Stimmchen.

Anne kniete sich, nicht im Mindesten erstaunt, auf dem Boden nieder und strich dem Kater über den Kopf.

»Du willst noch viele Abenteuer erleben, nicht wahr? Gut,

vielleicht wirst du später mal eine ruhige Hauskatze, mein Held.«

»Ich wusste, dass du mich verstehst. Ich habe mich entschieden, ein wenig auf Wanderschaft zu gehen. Ich ... nun, ich habe einen Auftrag, glaube ich. Aber du wirst mir immer als mein liebster Mensch in Erinnerung bleiben«, flüsterte er mit einem Schnurren in der Stimme.

Anne hob ihn hoch, so dass ihr Gesicht auf seiner Höhe war. Sie sahen einander in die Augen, beide von klarem Grün, und sie blickten sich tief in die Seele ...

Dann stupste Junior seine rosa Nase an die ihre und pustete sie leicht an. Anne erwiderte das Küsschen.

»Viel Glück, mein Kleiner. Und danke für alles.«

Junior hob seine weiße Pfote und fuhr ihr mit dem samtigen Ballen über die Wange. Dann strampelte er, und sie ließ ihn zu Boden gleiten. Er drehte sich um und schritt mit erhobenem Schwanz zum Fenster. Anne öffnete ihm.

»Brrrrp!«, war sein letztes Wort, und er stiefelte davon.

Anne lehnte den Kopf an die kalte Glasscheibe und beobachtete mit leichter Trauer, wie die Spur seiner Pfoten in der dünnen Schneedecke langsam unter den leise fallenden Flocken verschwand.

Noch zwei weitere Gestalten beobachteten Juniors Fortgang. Diti und Homer saßen auf dem Gartenmäuerchen.

»Daß war ßu erwarten, nicht?«

»Mhh.«

Als auch sie die Spuren verschwinden sahen, richtete sich Homer auf und rezitierte mit salbungsvoller Miene:

>»Sage mir, Muse, die Taten
> des vielgewanderten Katers,
>   welcher so weit geirrt ...«

»Homer ...? Oh! Homer!«

Andrea Schacht
Der Tag mit Tiger
Roman
189 Seiten
ISBN 978-3-7466-2352-8

Von Katzen und Träumen

Als Anne nach Hause zurückkehrt, findet sie ihren Kater mit dem Namen Tiger verletzt vor. Offenbar ist er angefahren worden. Der Tierarzt kann nicht mehr helfen. Eine lange Nacht wacht Anne am Lager ihrer Katze – und gerät plötzlich in eine wunderbare Katzenwelt, in der sie die unglaublichsten Abenteuer erwarten.

Mehr von Andrea Schacht (Auswahl):
Katzenweihnacht. AtV 2499
Auf Tigers Spuren. AtV 2451
Die Katze, die im Christbaum saß. AtV 2112

Mehr Informationen erhalten Sie unter
www.aufbau-verlag.de oder in Ihrer Buchhandlung

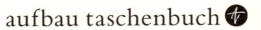

Andrea Schacht
Die Katze, die im Christbaum saß
Weihnachtsgeschichten
199 Seiten
ISBN 978-3-7466-2112-8

Katzen lieben Weihnachten

In ungewöhnlichen, wundersamen und amüsanten Geschichten erzählt Andrea Schacht von den Freuden des Weihnachtsfestes – und den Überraschungen, die an diesen Tagen die Katzen für die Menschen bereithalten. Wer hätte schon gedacht, dass auch Katzen Sendboten des Himmels sind? Ohne Probleme springen sie für den erkrankten Weihnachtsmann ein oder sorgen dafür, dass Engel die richtige Musik machen können. Und eines wissen sie genau: Weihnachten ohne sie wäre nur halb so schön.

Weitere Titel von Andrea Schacht (Auswahl):
Das doppelte Weihnachtskätzchen. R&L 00737
Die Katze und der Weihnachtsengel. R&L 00725
Auch als Lesung. DAV 978-3-89813-556-6
Katzenweihnacht. AtV 2499
Weihnachten mit Plüsch und Plunder. R&L 00750

Mehr Informationen erhalten Sie unter
www.aufbau-verlag.de oder in Ihrer Buchhandlung

Andrea Schacht
Das doppelte Weihnachtskätzchen
128 Seiten. Gebunden
ISBN 978-3-352-00737-8

Morgen, Katzen, wird's was geben

Auf ihren Streifzügen durch die Gärten entdecken die beiden Katzen, die kämpferische Silky und die phlegmatische Maunzi, dass sie einander aufs Haar gleichen. Da beide mit ihren chaotischen Menschen nicht so recht zufrieden sind, beschließen sie, die Rollen zu tauschen. Doch was als harmloses Spiel unter Katzen beginnt, bringt heillose Verwicklungen mit sich. Die Turbulenzen werden so heftig, dass ein friedvolles Weihnachtsfest ins Wasser zu fallen droht.

Mehr von Andrea Schacht (Auswahl):
Die Katze und der Weihnachtsengel.
ISBN 978-3-352-00725-5
Die himmlische Weihnachtskatze.
ISBN 978-3-352-00704-0

Mehr Informationen erhalten Sie unter
www.aufbau-verlag.de oder in Ihrer Buchhandlung

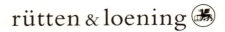

Andrea Schacht
Die Katze mit den goldenen Augen
159 Seiten. Gebunden
ISBN 978-3-352-00747-7

Das Geschenkbuch für alle Katzenliebhaber

Eines weiß Helge, der Schriftsteller, ganz genau: Menschen und Katzen verstehen einander nicht. Doch dann, als wieder einmal Ebbe in seiner Kasse herrscht, soll ausgerechnet er ein Buch über Katzen schreiben. Notgedrungen nimmt er den Auftrag an – und gerät in das schönste Abenteuer seines Lebens. Nicht nur, dass er auf magische Weise Ronan, den Streuner, und Zinti, die Katze mit den goldenen Augen, kennen- und lieben lernt. Plötzlich scheint sich auch Lea, die schöne Nachbarin, für ihn zu interessieren. Ein Reigen poetischer, geheimnisvoller und amüsanter Katzengeschichten. Ein Katzenbuch für jede Jahreszeit.

Mehr von Andrea Schacht (Auswahl):
Auf Tigers Spuren. Roman. AtV 2451-8
Der Tag mit Tiger. Roman. AtV 2352-8
Die Katze und der Weihnachtsengel. ISBN 978-3-352-00725-5

Mehr Informationen erhalten Sie unter
www.aufbau-verlag.de oder in Ihrer Buchhandlung

Andrea Schacht
Die Katze und der Weihnachtsengel
128 Seiten. Gebunden
ISBN 978-3-352-00725-5

Von Engeln und Katzen, die nicht singen können

Was geschieht, wenn sich ein verstoßener Engel und ein
– leicht – übergewichtiger, verwöhnter Kater zusammentun?
Nun, dann wird Weihnachten zu einem besonderen Erlebnis.
Nachdem man ihn aus dem Engelschor geworfen hat, weil
er immer wieder aus der Reihe tanzt, zieht es Malachi auf
die Erde hinab. Bei seinem Sturz bringt er gleich einen Zug
zum Stehen und trifft Pippin, einen vorlauten Kater auf
der Flucht. Zusammen mit Merita, einer furchtlosen älteren
Dame, die ausgezogen ist, um eine WG zu gründen, planen
sie ihr ganz eigenes Fest.

Mehr von Andrea Schacht (Auswahl):
Katzenweihnacht. AtV 2499
Auf Tigers Spuren. AtV 2451
Die Katze, die im Christbaum saß. AtV 2112

Mehr Informationen erhalten Sie unter
www.aufbau-verlag.de oder in Ihrer Buchhandlung

rütten & loening

Andrea Schacht
Weihnachten mit Plüsch und Plunder
151 Seiten. Gebunden
ISBN 978-3-352-00750-7

Weihnachten wird es mit Katzen schön

Ginger, eine junge rothaarige Frau, erbt von ihrer Patentante einen Antiquitätenladen – und eine Menge Probleme. Doch zum Glück hat sie ihre Katzen Plüsch und Plunder, die auch im größten Weihnachtsstress die Übersicht behalten. Und dann taucht kurz vor dem Fest auch noch ein Mann im Laden auf, der nicht nur die beiden Katzen hinreißend findet. Der neue Weihnachtsbestseller von Andrea Schacht. Ein modernes Katzenmärchen voller Spannung und Poesie.

Mehr von Andrea Schacht (Auswahl):
Die Katze und der Weihnachtsengel. RL 00725
Auf Tigers Spuren. AtV 2451
Die Katze, die im Christbaum saß. AtV 2112

Mehr Informationen erhalten Sie unter
www.aufbau-verlag.de oder in Ihrer Buchhandlung

Michaela Schwarz
Meine Nacht mit Anna
Eine Hunde-Geschichte
115 Seiten. Gebunden
ISBN 978-3-352-00767-5

Mit den Augen eines Hundes

Jasper ist groß und stolz – und der stärkste Hund im Park, so zumindest sieht er sich. Als seine Gefährtin Anna in einer Nacht krank daniederliegt, beginnt er aus seinem Leben zu erzählen. Von seiner Ankunft in der Familie, von seinen Ängsten bei seinem ersten Ausflug in die Welt der Hunde, von seiner ersten Liebe und wie er sich so verlief, dass er glaubte, nie mehr zurückzufinden. Sein ganzes Hundeleben offenbart er Anna. Bis am Ende der Nacht etwas passiert, mit dem Jasper am aller wenigsten gerechnet hat.

Mehr Informationen erhalten Sie unter
www.aufbau-verlag.de oder in Ihrer Buchhandlung

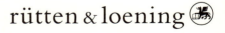

Johann Wolfgang Goethe
Kleine Philosophie des Glücks
*Herausgegeben und mit einem Nachwort von
Klaus Seehafer
160 Seiten. Leinen*
ISBN 978-3-351-02998-2

Lebenslehre zum Thema Glück

»Lass uns einander zur Freude leben und nicht zu weise werden.« An Charlotte von Stein

**»Gar freundliche Gesellschaft leistet uns
Ein ferner Freund, wenn wir ihn glücklich wissen.«**
Torquato Tasso

Zuspruch und Ermutigung mit Goethe: eine facettenreiche Lebenslehre zum Thema Glück, gegründet auf Tätigsein und Liebe, Selbsterkenntnis und Selbstbescheidung.

*Mehr Informationen erhalten Sie unter
www.aufbau-verlag.de oder in Ihrer Buchhandlung*